向明談詩

無邊光景在詩中

目錄

卷　三　詩的美麗與莊嚴

卷一 詩的花花世界

詩人難為
——聞歐巴馬就職頌詩被嗆

　　詩人難為，詩人被罵、被嗆聲乃平常事，尤其有獨立個性，且能出類拔萃者，最易被人指指點點。義大利大詩人但丁的名詩《神曲》，由於係根據基督教神學經典，描寫歷經「地獄」、「煉獄」最後終於到達「天堂」一窺三位一體上帝的一路遭遇，異常艱深，常被人諷刺，但丁的「偉大」是由於他的詩讓人看不懂。我們的南宋大詩人陸游雖頂著一個「愛國詩人」的美名，卻被鄭板橋在他的第五封〈寄舍弟〉家書專就「詩題」談論時，認為「題高則詩高，題矮則詩矮。」他將杜甫和陸放翁兩人的詩題來佐證此一說法，他說「少陵詩高絕千古，自不必言，即其命題，已早據百尺高樓矣。一種憂國憂民，忽悲忽喜之情，宛然紙上。放翁詩則又不然，詩最多，題最少，不過山居村居、春日秋日、即事遣興而已。蓋南宋時君父幽囚，棲身杭越，國將亡，必多忌，陸乃絕口不提國事，免遭羅織。」在這裡放翁顯然被貶成「題矮則詩矮」的膽小鬼了。陸游很倒楣，近代名家錢鍾書在他的《談藝錄》一書裡，直批陸放翁的詩常常「自作應聲之蟲」。因為「放翁多文為富，而意境實鮮變化，古來大家，心思句法，複出重見，無如渠之多者。」他舉了不少詩例，以證實他不是亂放話。就以《周易》這本經典言，他舉出放翁的八首詩中都有「周易」二字，譬如「研朱點《周易》，飲酒讀《離騷》」（〈閉門〉）「癡人未害看《周易》，名士真須讀《楚辭》。」（〈小疾謝客〉）等等，列舉數十個重複各類用詞用典的範例以後，他作結說「悉皆

屢用不一用，幾乎自作應聲之蟲。」放翁碰上了這麼一個好讀書愛挑剔的現代才子，想必在長眠的地下也只能哈哈一笑。

今天看報才知詩人又被嗆了。這次挨嗆的可是和剛剛就職的美國總統歐巴馬扯上了關係。歐巴馬於元月二十日就職那天，除了手按《聖經》跟著大法官宣讀誓詞以外，尚有一個由名詩人獻詩讚頌的節目。這個儀式係自六十年代約翰·甘迺迪總統就職，由當時八十一歲的美國元老詩人勞勃脫·佛洛斯特開始，至今年的歐巴馬總統就職由詩人獻詩已是第四屆。由於這是美國破天荒的黑人當選總統，因此獻詩也由一位現年四十六歲黑人女詩人依麗沙白·亞歷山大教授擔任。亞女士係歐巴馬舊識，都曾在芝加哥大學任教，出版過兩本詩集。二〇〇五年所著詩集《崇高美國》入選普立茲獎決選。亞女士以極虔敬的心情寫下了〈這一天的讚歌〉（Praise Song for the Day）在就職典禮上面對歐巴馬總統以及全美國的民眾，她用美國拓荒詩人惠特曼口吻般開放而又平易的頌詩，她說：

> 每一天，我們匆匆忙於生計，你我大家擦身而過，眼神彼此交換或不交換，欲交談或寒暄一番。周遭盡是喧囂，盡是雜音、刺叢和鼓噪，每個人把祖先掛在嘴上。有人正縫合傷口，織補制服破洞，修補破舊輪胎，讓殘缺恢復完整。
> 有人試圖創造樂音，以一對木匙敲打汽油桶，或以低音提琴、共鳴箱、口琴及人聲。
> 一個婦人帶著兒子等公車。一個農夫觀望幻變的天色。一位老師說：「拿起你們的筆，開始寫。」
> 我們在語詞上相遇，用詞多刺或平順，低聲細語或強烈辯解，用字一再思考。

我們走過鄉間小道或高速公路，那些路標示著某個人的願望，或者某人所聲稱：「我想看看另一邊世界會是些什麼，我知道走下去路會越走越順。」

我們需要找到一處安全的所在，我們走向我們現在尚看不到的地方。坦白說，好多人已為這一天而死，那就為這些帶我們到這兒的死者而歌頌吧！他們鋪設鐵軌，架起橋樑；他們採摘棉花，收割萵苣；一磚一瓦起漂亮的高樓大廈，然後衣著整潔的在裡面工作。

為奮鬥而歌頌，讚美這美好的一天。為每一個手寫的簽名而歌頌；那些是從廚枱上合計出來的。有些人「愛鄰如己」的過日子，有些人首先絕不傷人或所取絕不超過所需。

要說世上最強而有力的一個字，那就是「愛」。愛超越姻親、子女、國族。愛會投擲出滿池亮光，愛無須搶先抱怨。在今天的鮮明發亮光澤中，這冬日的氣溫，任何事情都可以完成。任何話語都已開始，瀕於邊緣，瀕於滿溢，瀕至頂端。我們在這片光燦中歌唱前行。

照說像這樣一首簡短而又平易近人的詩，應該受到大家的肯定，至少不應被批評其中有任何不對的地方。然而那天朗誦時現場反應非常冷淡，掌聲零星。最糟糕的是網路上罵聲此起彼落，大都認為這首詩非常失敗。據來自英國的外電報導，有的網友說：「她唸完後，我沒一點印象。」比較毒的則說「笨拙可笑」（inept）、「令人毛骨悚然」（horrible），還有人形容「都是些陳芝麻爛穀子（trivial）」。倒是這位耶魯大學的教授詩人頗有風度，她早就被前任美國桂冠詩人比利・柯林斯告誡過：「這種詩幾乎不可能寫得完美，因為牽涉太

廣。」她說，詩對許多人而言太高深難懂，因此她設法寫得平易近人些，內容儘量不複雜。「我也收到好幾百封來自巴西、芬蘭給我鼓勵的信。」她說她是應活動要求而作此詩，覺得無怨無悔，尤其為老友歐巴馬就職賦詩意義非凡，但就此一次，下不為例。「這不是一個藝術家該做的事。」

　　詩人難為，面對天下眾多悠悠之口、各懷心思的小腦袋，寫出的詩哪能令人個個心服滿意？說起來，詩人能被罵、被人挑剔指點，倒是一件好事。至少表示有人關心詩，有人在意詩，總比寫了無人聞問的冷漠對待要窩心些。

（刊於 2009/9/17《更生日報・四方文學週刊》）

張愛玲與新詩

近代文壇才女張愛玲崛起於四十年代，民國時代最曖昧混亂的一段時期。七十年代起開始風靡台灣，自此，難以抗拒的張愛玲熱即一直籠罩在這個島上。

張迷、張腔、張學不一而足。而且與時俱進的有越來越多的有關她的祕辛發掘或公開了出來，吊足一般張迷的胃口。張愛玲那神祕蒼涼的手勢，並未因她已離此詭譎繁華的後現代已經整整十六年而稍止息。對於新詩這一區塊，由於她並不寫詩，好像沒有可以騷動的地方。何況詩一直是由詩人自己那個小圈圈在自行取樂，別人多半也敬而遠之。

據我讀書的記憶，張愛玲只有在早年淪陷區時，對與她同時代的路易士，即台灣詩壇大老，現已將近百歲的紀弦先生有過一些印象式的批評。文章題名為〈詩與胡說〉，載於一九四四年八月號的《雜誌》月刊，是因為讀到該刊每月文摘中的紀弦的詩〈散步的魚〉而寫的。她說：「這首詩不是胡說，不過太做作了一點。小報上逐日取笑他的時候，我也跟著笑，笑了很多天，在這事上我比小報還要全無心肝。」拉雜折損了一段之後，接著說：「但是讀到了〈傍晚之家〉這首詩以後，我又是一番想法了，覺得不但〈散步的魚〉可以原諒，就連這人一切幼稚惡劣的做作也應當被容忍了，因為這首詩太完全。」接著她還點評出幾句對紀弦詩有褒有貶的話。她說：「路易士最好的句子全是一樣的潔淨，淒清，用色吝惜，有如墨竹，眼界小。然而沒有時間性，地方性，所以是世界的，永久的。」她

這樣又打棍子，又給糖吃的說這首詩，詩到底是如何模樣，不妨也來看一看：

　　傍晚的家有了烏雲的顏色，

　　風來小小的院子裡

　　數完了天上的歸鴉，

　　孩子們的眼睛遂寂寞了。

　　晚飯時妻的瑣碎的話——

　　幾年前的舊事已如煙了。

　　而在青菜湯的淡味裡，

　　我覺出了一些生之淒涼。

　　紀老這首八行短詩，其實不過是道出一些升斗小民，天將暗時的生活感慨，平白易懂，較之那首用比較新而稍有曲度的語言寫的〈散步的魚〉要容易瞭解。

　　難怪會說這首詩「太完全」，她完全懂得詩人的用意。看來張愛玲對新詩的看法是非常傳統的，殊不知那時的路易士卻非常醉心於由戴望舒、杜衡、施蟄存等人引自西方的現代主義，並已開始在《現代雜誌》上發表詩。

　　很多作家一開始寫作是先學寫詩的，不知道張愛玲有否此經驗？不過我倒知道她在一九六一年以前譯過美國詩，收錄在由林以亮（宋淇）主編的，今日世界社出版的《美國詩選》。譯者的陣容非常強大，有梁實秋、邢光祖、余光中、夏菁、林以亮和張愛玲。這是海外華文詩壇最早接觸到的一本外國譯詩選，非常稀罕珍貴。這本詩選選譯了十七位美國重要詩人的作品。據主選者林以亮先生說，如果拿這一百年來美國詩作為限制的話，恐怕至少還得另外包

括四五位詩人進去。但由於篇幅上的限制，以及翻譯上的困難，放棄了一些技術上不可克服的作品。因之幾位當時現代詩的當紅旗手，如艾略特和龐德以及卡明斯（E. E. Cummings）等人的作品只好割愛，寧願選用愛默森和梭羅（H. D. Thoreau）等「比較率直的」詩作。而此兩位資深（按出生先後在本書中愛默森排名第一、梭羅第三）詩人的作品即由張愛玲翻譯，並負責撰寫一篇極詳盡的介紹及批評文字放在譯詩前面。這樣的安排是經林以亮先生仔細考慮過後，也經譯者同意決定的，那時張愛玲已移居香港，為一些電影公司寫劇本賺生活費。

張愛玲為《美國詩選》譯了愛默森五首詩，分別是〈大神 Brahma〉、〈海濱 Seashore〉、〈問題 The Problem〉、〈斷片 Fragments〉、〈日子 Days〉。為亨利・梭羅譯有〈冬天的回憶 Memories〉、〈烟 Smoke〉、〈霧 Mist〉）等三首。究其實愛默生和梭羅的本工所長都在散文，他們的詩名一向為文名所掩蓋。英國名評論家安諾德（Matthew Arnold）曾說：「在十九世紀，沒有任何散文比愛默森的影響更大。」並沒有人恭維過他的詩，他最感人的一首詩是在一八四二年失去一個五歲的兒子，揮淚而成的一首悲慟之作。梭羅也一直被認為是一流的散文家，至於他的詩，他的文友們都認為非他所長。連他的老師愛默森也對梭羅的詩寫下這樣不客氣的按語：「黃金是有了，可是並非純金，裡面還有雜質。鮮花是採來了，可是還未釀成蜜。」然而這兩人都進入了中文版《美國詩選》，張愛玲也譯得中規中矩，無可挑剔。只能說主其事的林以亮識人，知道這兩位大家的「比較率直的」詩誰譯最合適，他找對了張愛玲。尤其在評介兩人的長文中，看出張愛玲為兩人詩作的研究，確實下了極大的功夫。現在把張譯的愛默森名詩〈大神〉和梭羅的〈烟〉附在下面，供大家一覽她譯詩的功力：

大神（Brahma）／愛默森

血污的殺人者若以為他殺了人，
死者若以為他已經被殺戮，
他們是對我玄妙的道瞭解不深——
我離去又折回的道路。

遙遠的，被遺忘的，如在我目前；
陰影和日光完全相仿；
消滅了的神祇仍在我之前出現；
榮辱於我都是一樣。

忘了我的人，他是失算；
逃避我的人，我是他的兩翅；
我是懷疑者，同時也是那疑團，
而我是那僧侶，也是他唱誦的聖詩。

有力的神道渴慕我的家宅，
七聖徒也同樣癡心妄想！
但是你——謙卑的愛善者
你找到了我，而拋棄了天堂！

注：Brahma 為印度教中最高的神，所以譯作大神，也就是「一
　　切眾生之父」。故本詩中也充滿了東方宗教的思想。

烟（Smoke）／梭羅

羽翼輕靈的烟，像古希臘的飛人
高翔中被太陽熔化了你的翅膀
不唱歌的雲雀，黎明的使者，
在你營巢的茅屋上盤旋；
或是消逝的夢，午夜的幻影
曳起你的長裙；
夜間遮住了星星，日間
使光線黑暗並淹沒了太陽；
上天去吧，我壁爐裡的一炷香，
去請求諸神原宥這明澈的火焰。

（刊於 2010/9/27《中國時報・人間副刊》）

詩之困「惑」

——早年新詩論戰的一件公案

去年台灣的大學指考作文題為「惑」，由於這種「一字題」無適當的疆域可以收束思維能力，學生常常容易信馬由韁，愈寫離題愈遠。而有國文老師卻認為以「惑」為題，尚不符中學生這種年齡的人生經驗，當然會從平時所知的詞彙中去發揮，要他們寫出超出理解範圍以外的東西，另創新意，除了愈加「困惑」外，也無能為力了。

「惑」是一種心態，一種概念。是由於與經驗所得無法契合或一致而產生的不信任感。要將這種悶在心裡的鬱結用文字表達出來，當然可以用論說的方式來找出其緣由，描述其狀態，痛陳其弊害，然這種科學分析方法不是一個中學畢業生能力所及，即使能湊出幾句來，恐怕也是乾巴巴不帶感情的一串文字，要其不離題也難。如用抒情散文或加點有關的小經驗或小故事，使得這一直在心裡發酵的「惑」意，儼然如生的描繪到，讓人能感知到是怎麼回事，這樣寫出來的作文便會言之有物些。

我是一個一生都在追求「詩」的人，在我的詩裡各種人生經驗、心理狀態都曾嘗試用詩表現過。因此當看到大學指考要用一個「惑」字寫一篇作文的時候，心裡便覺得這個「惑」字似曾相識，好像曾經以此為題寫過一首詩，但總記不起來。直到翻遍記憶，自己的詩集、詩刊和舊稿，才發現這是我早年一首被學者、專家痛罵過的詩。

怪不得我一聽到這個「惑」字，便覺得面熟，原來這本是我追求詩的過程中發生的一件大事，豈會輕易忘掉？這首詩是這樣寫的：

惑

遂慢慢的凋落了
而固執欲彌留的
那水珠，自涓涓欲滴的瞬間拉回
緊貼這無邊的一面
尋求這剎那的入定

許多歸向都不是歸向
許多陽光都射不透一層陰霾

許多許多的你們只是
一大夥他們的拼湊
今天的棄物是明天的寵品
而卜者，這剎那究係
它之混圓，抑係
它之齏粉

這首詩發表在一九五九年十月出版的《文星》雜誌「地平線詩選」。五十至六十年代之交正是台灣「現代主義」方興未艾，詩人的現代派群體勢不可當，作品幾乎佔領全部各報刊，被傳統保守的教授學者視之為洪水猛獸，與之勢不兩立。為討伐新詩的標新立異而興起的論戰，隨時出現在媒體版面。我這首詩刊出時正值第二場新

詩論戰伊始。《文星》在一九六〇年元月刊出九篇文章，正反兩方都有。余光中、覃子豪、夏菁、黃用，《藍星》詩社四大掌門人各以不同角度為受指摘的新詩辯護。盛成、張隆延、黃純仁、陳紹鵬四位有名的大學教授則以客觀的態度認為批評應以「不薄今人愛古人」的觀點為之，他們肯定新詩的進步，雖反傳統，並未與傳統脫節。但陳紹鵬教授則褒貶互有的將當時發表的詩，取樣分為四類：第一類是氣魄宏大，音韻動人，如余光中的〈鵝鑾鼻〉和〈虹〉，覃子豪的〈追求〉。第二類是反映現實生活苦悶和立意深刻，如楊喚的〈鄉愁〉，向明的〈野地上〉，方思的〈仙人掌〉。第三類是意象美，詞句凝煉，如吳望堯的〈豎琴〉、夏菁的〈四月〉、辛魚的〈我的音樂〉、覃子豪的〈向日葵〉。第四類是文字遊戲式，生澀的詩，如林亨泰的〈風景其一〉，向明的〈惑〉。這期的文章刊出後，《中央日報》的總主筆言曦先生隨即於副刊的「新詩餘談」專欄中響應陳紹鵬教授的看法，認為向明的〈惑〉劈頭第一句就寫「遂慢慢的凋落了」為「荒誕」。因此這首以「惑」為題的詩，在詩意上首以生澀和不正經（文字遊戲）相指責；而詩的首句以「遂」字打頭則被認為有違傳統寫法，是一種「荒誕」行徑，言曦先生的寥寥數語更加落實了〈惑〉為劣詩的指責。

　　〈惑〉一詩雖被指責為文字遊戲，但就我當時寫此詩的精神狀態言，不但無半點遊戲之意，且係極為莊重嚴肅且心情痛苦的催促下，不得不藉詩這種凝煉含蓄的語言為之。前面說過「惑」是一種心情，是一種苦悶的象徵，更是一種尚未成形的概念。概念欲寫成詩不能像寫散文、小說或論說文一樣可以沿著主題的周邊肆意描述，鋪張，形容，而必須以嚴謹的形式，及濃縮的語言，針對無形的概念予以形象化，以意象語言表現之。從這首詩中第二段兩句及

第三段前三句的一連串「許多」的指陳，可以看出我們那一代青年人對許多現象的不解和疑慮，因而我藉一粒欲落未落水珠那看似遲疑的一瞬，以向卜者求問的方式，「這剎那究係／它之混圓，抑係／它之齏粉」，來解決心中的疑「惑」。這是一首典型的藉「象」以究「意」的詩。被人攻擊以「遂」字做起首句，旨在製造一種突兀感，同時使詩的結構更形緊凝，更像詩，不過稍作變貌而已。這在舊詩中稱作「突起法」或「倒敘法」。如果我把此詩第三句的「那水珠」，擺在第一句的前面，使得主詞明顯突出，也許老先生們就不會那麼大驚小怪，視為文字遊戲了。但也就與普通作文的規規矩矩起承轉合無異。

這些指責的文章刊出後，接招的文章蜂擁而出，余光中、黃用、邵析文（白萩）為此詩辯解稱，此乃現代詩中述說次序先後倒置的技巧，就如古詩中「突起法」和「倒敘法」一樣。詩人張健並於《藍星詩頁》第十五期以〈談時代脈博與詩的濃縮〉為題，認為詩一開始使用「遂……」的句式，乃因在此之前的情境無加以交代或鋪敘的必要，乃詩作者盡力將其內容予以濃縮的表現。並以自己的近作〈巴士上〉，也是以「遂」為開門見山的第一字，以證實這樣用只是現代詩人剪裁不必要鋪敘的一種手法。最後余光中在再次答辯陳紹鵬教授和詩人陳慧的相左意見中說，一切學問皆可入詩，藝術形式的小說和電影技巧，更可酌予重用到詩中。詩用「遂」字為起句，絕不荒謬，而且值得加強試驗。

四十年過去了。雖說世事如棋日日新，但「許多」「許多」的困「惑」永遠會沒完沒了的發生，豈止孩子們解答不了，我們何嘗都找到了答案？而今詩的技巧取經諸野，其命維新，更是無日不在大膽實驗。詩是不會一直耽於舊習慣、陳詞濫調而不思改進的。但

我們在無盡的困惑中，生命隨之「遂慢慢的凋落了」，卻一點也不用奇怪。

（刊於 2009/8/14《中華日報》副刊，2009/8/5 北京《新京報》副刊「大家專刊」）

艾略特詩中譯之商榷

　　二十世紀美國詩人艾略特（T. S. Eliot）曾有一首早期的名詩〈普魯夫洛克戀歌〉（The Love Song of J. Alfred Prufrock），都一百三十一行，為愛詩者所重視。

　　這首詩雖以戀歌為名，其實並非一般情人間的枕邊細語，或午夜琴挑，而是在暗諷世界的墮落，人性的貪饞，人生的灰暗和前途的荒蕪，難以愛戀下去。其實和艾氏後來所寫的長詩〈荒原〉（The Waste Land）旨趣相同，同在感嘆二十世紀人類邁入工業社會之無助和無望。這首百餘行的長詩，曾有多人譯成中文問世，最早有九葉派詩人穆旦以查良錚本名譯艾略特的作品多首於所著《英國現代詩選》，其中就有這首〈戀歌〉。台灣名作家南方朔先生曾撰〈普魯夫洛克戀歌〉新解於一家副刊專欄。此文雖名為該百餘行長詩做新解，然僅將其最後之一百二十至一百三十一行譯出，並說這最後的十二行，其實艾氏是在寫「無愛紀」的作品，足可作為本詩旨趣的代表。鑑於此段詩的重要性，現將此段詩的原文及四家中譯同列如下，供有識者之比較研究：

　　〈普魯夫洛克戀歌〉120 至 131 行原文：

The Love Song of J. Alfred Prufrock（line 120 to 131）

　　I grow old……I grow old.

　　I shall wear the bottom of my trousers rolled

Shall I part my hair behind? Do I dare to eat a peach?

I shall wear white flannel trousers. And walk upon the beach.

I have heard the mermaids singing, each to each.

I do not think that they will sing to me.

I have seen them riding seaward on the waves

Combing the white hair of the waves blown back

When the wind blows the water white and black.

We have lingered in the chamber of the sea

By sea-girls wreathed with seaweed red and brown

Till human voice wake us. And we drown.

南方朔中譯：

我愈來愈老～～～～我愈來愈老～～～～
我穿褲子將閒散的捲起褲腳

是否我將讓長髮在背後分開？是否我膽敢把蜜桃品嘗？
我將穿著法蘭絨褲，在沙灘徜徉
我見到人魚在此起彼落歌唱

我不認為這些歌聲是為我而唱

我看到他們在海浪頂上逐波向前
在反捲的波濤上激起浪花片片
當海風呼嘯過黑白參差的海面

我們在海邊小屋躑躅有如夢魘
周遭海女以紅褐海草編成花環來裝飾
直到人聲把我們驚醒，而後窒息死去

穆旦（查良錚）中譯：

呵，我變老了……我變老了……
我將要捲起我的長褲的褲腳。

我將把頭髮往後分嗎？我可敢吃桃子？
我將穿上白法蘭絨褲在海灘上散步
我聽見了女水妖彼此對唱著歌。

我不認為她們會為我而唱歌。

我看過她們凌駕波浪駛向大海，
梳著打回來的波浪的白髮，
當狂風把海水吹得又黑又白。

我們留連於大海的宮室，
被海妖以紅色的和棕色的海草裝飾，
一旦被人聲喚醒，我們就淹死。

湯永寬中譯：

我老啦……我老啦……
我要穿褲腿捲上翻邊的褲子。

要不要把我的頭髮在腦後分開？我敢吃下一隻桃子嗎？
我要穿上白法蘭絨長褲，在海濱散步。
我聽到美人魚在歌唱，一個對著一個唱。

我可不想她們會對我歌唱。

我看見她們乘著波浪向大海馳去，
一面梳理著風中向後紛披的波浪的白髮
當大風乍起把海水吹成黑白相間的時候。

我們因海底的姑娘而逗留在大海的閨房。
她們戴著紅的和棕色的海草編成的花環。
直到人類的聲音把我喚醒，我們便溺水而亡。

向明中譯：

我快老了……我快老了……
將要穿上長褲捲起褲腳管。

要將髮披腦後？膽敢吃下一枚桃子？
我將穿上白法蘭絨長褲，散步沙灘。
聽見人魚在彼此對唱。

我不認為她們是為我而歌。

我看到她們在追波逐浪
還梳理捲起的浪花白髮
當海風掠過黑白相間的海面。

　　我們在海邊的小屋徘徊

　　海女飾以紅褐色海草編成的花環

　　直到被人聲吵醒，我們已滅頂而亡。

　　美國已過世的大詩人佛洛斯特曾說：「詩就是在翻譯時失落的那些東西。」佛老的這句話說得很調皮，意思應該是：「詩是不能翻譯的，一經翻譯，最容易失落的就是詩本身。」一首詩沒有詩那些東西，還能稱之為詩嗎？可見譯詩不只是把一種語言翻譯成另一種語言就算，而是要還原成完全一樣的詩，除了要忠實傳達原詩的內容和旨趣，更要兼顧原詩的形式和音韻。然而就我們這種方塊型文字言，無論是將方塊文字翻成拼音文字，或反過來中翻英，要翻得一點也不失落，原模原樣，幾乎絕對 Mission Impossible。因此近世的翻譯家乃退而求其次的做了一些折衷處理，只要求翻譯時保持詩的清晰度，不要翻得含含糊糊，要極力維持原作的形式，節奏和語調。最基本的原則是不增添，也不削減。這些看來已是最低層次的要求，然要達到此一標準仍是非常不易。就拿這四人翻譯的十二行詩來看，也無人可打滿分，南方朔翻的這篇在維持原作的形式，節奏和語調言已盡心盡力，應是最接近的一首譯作，但也就是太求接近，增添和削減各有幾處，在詩的第二句增添了「閒散」二字，在原文中是沒有這個副詞的。根據《NORTON 現代詩選》對這行詩的解釋是指「穿衣服一絲不苟的人，捲起褲腳管以防打濕。」並非是動作「閒散」的將褲管捲起來。第四行少譯了一個「白」字，原文是 white flannel trousers（白法蘭絨長褲），第七行將 waves（波浪）譯成海浪尖上，太誇張。第八行則將 the white hair of the waves 譯成「激起浪花片片」，雖是實景實寫，卻丟掉了詩能比擬出的意象之美。第十行

在原句中（We have lingered in the chambers of the sea）根本看不出「有如夢囈」這樣的意思，應屬增添。

　　穆旦是九葉詩派的大將，不但詩著作等身，就是譯作也達八卷之多。他的譯詩的經驗當然也相對的豐富。他所譯的這段〈戀歌〉對照原著可說譯筆非常忠實，他譯的第一句「我變老了」比南方朔的「我愈來愈老」更能傳達原文 I grow old 的原意。第二句譯成「我將要捲起我長褲的褲腳」也比較能承接「我變老了」的呼應。第三句譯得那麼簡練是懂詩的譯法。南方朔和下面的湯永寬都把句子譯得像散文一樣的忠實敘述。第二句至第七句都是以主詞的「我」開頭，每一句都像一個獨立造句，這也是忠於原著的方法。本來第一句也是「我」（我變老了）打頭的，想是譯者發覺不妥，而在前面加了一個驚嘆的「呵」，打破一長串的「我」。但第三句原文開頭是問句的 shall I，中譯是可以不再用「我」字開頭的。南方朔和湯永寬以及我譯之此句都用發問句法開頭，避開了「我」字的繁瑣。第十句穆旦將原文 the chambers of the sea 譯成「大海的宮室」，極為不妥。chamber 原為小屋、房間、居室之意，音樂中的 chamber music，即譯為「室內樂」。何況 chamber 後面加 s 是多數的意思，海邊多有這種供戲水人休憩的小木屋。至於下面湯永寬譯成「我們因海底的姑娘而逗留在大海的閨房」，則使人懷疑他根據的是另一原文的版本，否則怎麼與他人有那麼大的譯差。

　　穆旦譯此詩中的兩個女性 mermaids 和 sea-girl，前者譯成女水妖，後者譯成海妖，都不比一般通俗的「人魚」和「海女」為好。尤其將已具性別特徵的 mermaid 加上「女」字；明明是「海女」的又成了中性的海妖，未免有些錯亂。

　　湯永寬所譯犯的錯誤已在前文討論時分別提及，總括而言，湯所譯出的全係散文句法，雖忠實卻非詩的嚴謹精練，所以他譯的都是長句，而且有點像拼音文字的中文版。

　　我譯此詩是在我早年（五十多年前）自習英文時的翻譯練習，我沒有進過學院，當年在軍中管教甚嚴，我偷偷溜出營房到一牧師辦的家庭補習班跟隨西南聯大的張超蓀老師學英文，早晚收聽台大趙麗蓮教授的學生英語廣播教學，後來又到徐州路的台大夜校選修了英文選讀與寫作。由於後來我的工作都與英語有關係，且又寫詩，便大膽的廣泛閱讀西洋原文作品，並試作翻譯，那時幾個同好在一起連荷馬的《奧德賽》和《依利亞特》都敢去碰，簡直不知天高地厚。當現代主義的潮流翻攪台灣詩壇時，艾略特的作品便如獲至寶的引進，但我們接觸不到中譯本，只好找來原著自行翻字典猛啃。當時年少只要聽到「戀歌」類的詩，便大有興趣，像〈普魯夫洛克戀歌〉便是在這種情況下讀到且練習翻譯的。我初譯的此詩也是粗糙且不精確，後來讀到大陸的譯本，發現都有不盡人意之處，乃參照修改，儘量把它翻譯成一首接近原文且又切合中文詩要求的樣子。卞之琳先生曾對翻譯之難建議過一段話「亦步亦趨，刻意求似，以似取信」，詩是上天獨一無二的恩賜，能夠相似，已是盡心盡力，有誰能夠完全仿真？

（刊於 1994 年 6 月《台灣詩學學刊》第五期）

MTVU 桂冠詩人

——約翰·阿什伯利

MTVU 為美國「校園音樂電視」的簡稱，這是美國 MTV 傳播網中專為全美七百五十所大學校園所做的二十四小時服務的 MTV 頻道。專門提供標準的音樂電視給所有的大學生。在 MTV 網上出現的聲頻（audio）部份本來全係音樂家的創作，現在一位已經八十歲的老詩人約翰·阿什伯利（John Ashberry）的詩也在這個 MTV 頻道上大紅特紅的出現，這是一個奇蹟。據 MTVU 公開宣佈：「他是我們最受愛戴的、最著名的詩人，他幾乎獲得過所有可以想像得到的榮譽。現在，他是我們的桂冠詩人。」

阿什伯利本為美國紐約詩派先鋒詩人，從五六十年代尚是一個波希米亞式的藝術家開始，到今天的成為「桂冠詩人」，雖然一直與諾貝爾獎無緣，但他的地位無疑已超過任何一位他同時代的詩人。他在上世紀七十年代的長詩〈凸鏡中的自畫像〉早已成為當代詩的研究對象，以此為博士論文的數量非常可觀，可以說他是當代美國詩人中曝光率最高的一位。

但是曝光率高並不代表他的詩人人都能接受。阿什伯利的創作量極大，而且越老越多產。他的詩作刁鑽古怪，完全不依章法，思想天馬行空，儼然是超現實主義的傳人。他那些晦澀到讓人啃不動的詩句，只有那些與他同好的專業批評家最有興趣，而且也同樣解釋得天馬行空，偉大得不得了。但是奇怪的是，他的讓人莫宰央（台語，看不懂之意）的詩居然能打入流行文化的領域，而且成為 MTV 界的一

塊另類招牌，且被封為「桂冠詩人」。這其中的最大招數是，他畢生的詩作都採取各種拼貼策略，利用了大量流行文化的元素，包括廣告用語，電影對白，流行歌曲不通的詞句，把這些東西像廚房倒出來的剩菜剩飯樣攪和在一起，利用一些古怪的修辭加以融合，便成了一道口味非常特殊、前所未有的「好詩」。現在，美國七百五十所大學校園都在收看他的詩。在黑色背景下，詩行慢慢浮現，停留幾分鐘後便消失。詩的句子係由商業經紀人摘出，做得很醒目，看上去有意義，然後配上重金屬搖滾，商業味十足。老阿什伯利當然受到極大的鼓勵，終於加盟 MTV 電視台進行合作。

老阿什伯利愛作拼貼詩其實是有師承的。西方現代派大師艾略特的名詩〈荒原〉即是一首複雜拼湊而成的巨著（原稿八百行，被他的老師英國詩人龐德腰斬一半成為四百三十四行）。在此長詩中艾略特動用了七種文字和三十五位名家的作品，從《舊約聖經》、梵文經典；維吉爾（古羅馬詩人）、聖奧古斯丁、但丁、莎士比亞、密爾頓至波特萊爾等名家詩句，以至流行的歌劇和澳洲軍歌也都一體全收，予以巧手編織。在詩中既可領略到古典的餘韻，也可讀到毫無詩意的現代口語。然而這種知性過強，人們無法輕易從中獲得明確意義的詩，雖已被奉為現代詩的經典，但直到而今仍始終被人認為是一首最難懂的詩。艾略特沒有生在現在這個商業掛帥的時代，不然他的這種晦澀詩一樣可以上 MTV，可能比老阿什伯利更放異彩。不過校園 MTV 冊封的「桂冠詩人」究竟不是官方所欽定的正港（台語，正牌之意）「桂冠詩人」。艾略特獲得諾貝爾文學獎才是真正行家的肯定。

阿什伯利的詩的 MTV 已經有網路放送版本，但要把他的怪誕詩譯成中文可能會更不知所云，我今只能試譯他這首比較理性的〈這間房子〉：

我走進的這間房子是這房子的一個夢

當然沙發上所有的腳印都是我的

那橢圓形的狗的頭像

是我早年的樣子

某些閃爍發光，某些悶聲不語

每天午餐我們都吃通心粉

除了星期天，其時會有一隻小鵪鶉

派來為我們服務。我告訴你這些幹什麼？

你甚至不在這裡。

This Room／John Ashbery

The room I entered was a dream of this room

Surely all those feet on the sofa were mine.

The oval portrait

Of a dog was me at an early age.

Something shimmers, something is hushed up.

We had macaroni for lunch every day.

Except Sunday, when a small quail was induced

To be served to us. Why do l tell you these things？

You are not even here.

（2008/4/4《中華日報》副刊）

從善導寺到筆架山

——懷念覃子豪先生

　　台灣第一代詩壇傳人覃子豪先生已經過世四十六周年了。每年的十月十日我們總是會到新店安坑面對筆架山的龍泉墓園去探望他，在他的墓地對他的銅像致敬，並獻上鮮花。墓園的管理人也是一位覃氏的崇拜者，除了收藏覃氏的詩集外，覃氏的墓地三十一年來始終整理得乾淨整潔，大理石的墓碑永遠光可鑑人，周圍開紫花的蘭草也一直笑臉迎人，覃老師在此安息應該還很寧靜。

　　覃子豪先生於民國五十二年十月十日零時二十分因膽道癌惡化過世，享年五十二歲，幾乎全國詩人都來致祭的追悼會上，時任行政院政務委員的經國先生亦曾親往致祭，典禮備極哀榮。火葬後，覃氏骨灰暫存台北市善導寺靈骨塔，準備將來歸葬他的故鄉四川廣漢。

　　然而，時光荏苒，在此期間雖然已組成他的作品整理及全集出版委員會，陸續完成《覃子豪全集》三巨冊，但他的靈骨一直暫厝在善導寺，無法入土為安，一直到民國六十六年已長達十四年之久，毫無任何眉目。其間他的摯友，也是台灣詩壇三老之一的鍾鼎文先生亦曾各方設法，看是否能在台北某一公園或某大學校園內設一詩人銅像，下厝覃氏骨灰，亦不失為一莊重且具紀念性之最佳處理。但經鍾老（當時鍾先生為新詩學會理事長及世界詩人大會主席）多方奔走，均無法達成心願。作為覃氏學生的我，總覺這是我們這些後人愧對前輩的一件事，但人微言輕，只覺無能為力。民國六十六

年十月十日為覃氏逝世十四周年，我乃寫〈過善導寺〉一詩，分別
發表於《中華日報》副刊，及《青年戰士報》之《詩隊伍》週刊。
其詩如下：

　　黃昏，陽光像是倦了
　　傾盡所有的餘光，落去
　　那光景
　　就像格殺你的那次絕症
　　一樣的淒苦

　　你是早已倦了
　　五十二年忙給了詩
　　十四年無根的寄居
　　你是早已困了
　　匣中的天地那麼小
　　再也展不開一張稿紙

　　一過善導寺
　　車往兩方流
　　你是哪裡也去不了
　　除了偶爾出現的
　　你那光灼灼的名字

　　此詩雖說發洩了我的無奈與愛莫能助，只能讓覃氏骨灰繼續寄
居寺中，無法一親他心愛的土地母親，但也沒得到任何人間的反應，
這首詩就像丟入茫茫海中，連泡沫也無。直到第二年八月，覃氏生

前的密友胡品清教授，想必也是關心覃氏遺骨無法入土，惴惴難安吧？她來信告訴我，她早已將我這首詩譯成英文，發表在《中英文週刊》。胡教授原旅居法國，由於覃子豪先生亦深諳及喜愛法國的象徵詩，譯有《法蘭西詩選》（此譯本在當時查禁非法書刊的時代，廣受歡迎。日前在某一聚會與紅衫軍首領施明德先生相遇，他說他當年可以把整本《法蘭西詩選》背出來），覃胡兩人遂由共同喜愛而成莫逆。胡教授對拙作〈過善導寺〉的英譯如下：

Passing by the Temple of Shan Tao
——In Memory of Master Chin Tzu-hao

Eve, the sun seems tired

Pouring out all the rest of its rays

The spectacle

Is as saddening

As the disease that took your life

You were tired long since

Fifty two years devoted to poetry

Fourteen years of rootless sojourn

You were tired long since

So small is the world in the box

Where manuscript paper can no more be unfolded

Once the temple of Shan Tao is passed by

Cars flow on both sides

But you can go nowhere

Except your glittering name

Now and then

That appears

　　我這首詩寫得並不理想，只是盡我的一點關懷的心意，但經胡教授的英譯再度見報後，就更加意義重大。也不知是巧合還是什麼，在這期間藍星詩社的大將，也是覃氏生前最器重的，有著惡魔派詩人之稱的吳望堯自越南戰場鎩羽回台了，見老友歸葬無期，他將身邊僅有的積蓄於新店安坑龍泉墓園，購得一方墓地，將覃氏骨灰自善導寺移往安葬。這是一件詩壇大事，多年未了的心願，終於在一個歷劫歸來的詩人，傾其所有慷慨奉獻的慈悲下完成了。安葬儀式是在民國六十七年的詩人節那天舉行，眾詩友、學生全都全程參與致念。民國七十二年，藍星詩社社長羅門商請雕塑家何恆雄教授，親塑覃氏半身頭像立於其大理石墓塚之碑座上，其下方則由覃氏函校學生向明、麥穗等人製作刊有覃氏名詩〈追求〉的銅雕一塊，如此構成一完美的，象徵覃子豪偉岸形象的詩人墓園。

　　在此十月十日覃氏的忌日寫下這麼一段珍貴的過往，除了時光無情，歷史浩瀚，許多我們親歷的大事，會被淹沒於無形外，可怕的是當年為覃氏後事料理的許多人都已老去，像詩人彭邦楨、魏子雲老師、胡品清教授、吳望堯詩人都已先後走入歷史。而他的老友、同學洪兆鉞、詩壇大老鍾鼎文、葉泥都已是九十多歲的老人；即使我等當年函校他的學生，也都年屆八十左右，除了可貴的記憶依稀尚存，即使每年往他墓地憑弔亦多是有心無力，爬不上通往墓

地的高坡了。因此,即使這麼簡要的記述,我想也就有其絕對的必要性。

（寫於 2009 年十月九日覃子豪逝世四十六周年紀念前夕）

（刊於 2009/10/25《更生日報‧四方文學週刊》）

石榴像苦瓜

　　「石榴像苦瓜」是指寫石榴為題材的一首詩。〈石榴〉是法國象徵派大師保羅‧梵樂希（Paul Valery 大陸譯為瓦雷里）所寫一首極為有名的作品。在未欣賞這首詩之前，我講一段李德武教授當年在課堂上，講解梵樂希這首名詩〈石榴〉的故事。儘管李教授努力把這首象徵詩欣賞簡單化，但仍無法排除學生眼裡的茫然和疑慮，於是他請學生談談自己對此詩的感受。一個男生很有勇氣的說，我從未看見過石榴，當然無法欣賞這首詩。老師又問有沒有誰吃過石榴？一個女生站起來說：「老師，我吃過。」老師說：「好，那請妳談談對這首詩的感受。」女學生想了想說：「我吃過的石榴是甜的，而這首詩是澀的，它不像石榴，倒像苦瓜。」

　　石榴倒像苦瓜，這在兩者物體的外形和內涵的原味上，絕對一點也像不起來，然而這是指讀這首詩中石榴的味道，讀者嘗出本來應是甜的石榴卻有苦瓜的苦澀。這究竟是詩本來就無法原汁原味的傳真，或不必與真實的一模一樣，還是作者的表現力有問題，無法準確寫出石榴的原味？還有從未見過的東西寫在詩上，就無法去欣賞嗎？難道只有經驗過的，才是可信賴的？這許多的問題，都在這次課堂上師生欣賞〈石榴〉詩中浮現出來。

　　當然這要認真追究，可以從多方面著手，首先應追究的是作者梵樂希的象徵手法，是否把詩象徵得得體？其次是翻譯得是否妥貼，沒有增添或縮減？再來是講解的老師是否真讀懂了這首詩，沒有誤導讀者的想像力？再就是學生欣賞詩的程度，是否能接受得了

詩的象徵手法？這一切疑問都得先從讀〈石榴〉這首詩的瞭解起，
下面是翻譯家羅洛翻譯的〈石榴〉：

> 微裂的硬殼石榴
> 因籽粒的飽滿而張開了口，
> 宛若那睿智的頭腦
> 被自己的心思脹破了頭。
>
> 假如太陽通過對你的炙烤
> 微微裂開的石榴呵
> 用精製的驕傲，
> 迸開你們那紅寶石的隔膜。
>
> 假如你們那皮的乾潤金色，
> 耐不住強力的突破，
> 裂成滿含汁水的紅玉。
>
> 這光輝的決裂
> 使我夢見自己的靈魂，
> 就像那石榴帶著神秘的結構。

梵樂希無疑是法國象徵詩的巨頭，他的詩是有名的晦澀難解。
但我們仔細去讀他的這首名作〈石榴〉，會發現只不過是一首非常傳
統的詠物詩，並沒太無法一窺堂奧之處。據大陸學者門立功在其所
著《詩學概論》中論及「詠物詩起源及其他」曾說：「所謂詠物詩是
指那些以『物』為標題或題材，通過對物的詠讚、描摹，借助物的
某些內在的特徵，寄託、象徵和類比人的情志、品格的詩。」我們

拿這一段定義式的論述來與這首詩的構成予以核對，會發現這段論述可以說是為這首詩量身打造，處處吻合詩中所象徵寄託的情境。此詩的第一段不過是拿石榴的裂開是因籽粒飽滿，和人的頭腦會因自己的心緒紛亂而脹痛了頭一樣的情境，這是一種比喻的運用，很恰切。詩的第二、三兩段是揣想石榴裂開，是被炙烤而迸開了那藏著紅寶石般子粒的橫隔膜，以及那乾涸金色的石榴皮是耐不住內裡強力的突破，而裂成滿含果汁的紅色石榴顆粒。看這樣的詮釋，似乎石榴並不像苦瓜呵！

（刊於 2006/12/29《國語日報》）

最傷的詩人策蘭

德國現代詩人保羅・策蘭（Paul Clean）近年頗受重視，被譽為二十世紀「最深的詩人」和「最傷的詩人」。中國大陸有好幾本《策蘭詩選》出版，由傾向出版社孟明所譯，及由王家新和芮虎所譯之兩種版本，均曾來台辦新書發表會；台北德國文化中心都曾全力協助。筆者於一九六〇年赴美深造，即曾於美國南方的紐阿連市（Newalen）舊書店中，購得由詩人哲羅姆・羅森柏格（Jerome Rothenberg）於一九五九年自德文英譯之《新一代德國青年詩人詩選》（*New Young German Poets*），內收當時德國的青年精英詩人十位之作品。據譯者介紹，收在這本詩集中的詩人均係出生在一次世界大戰爆發後及納粹統治初期之間的年份。譯者認為在一個自嬰兒期即已被過去埋葬的國家裡，他們歌出的痛苦本身即為一種勝利。保羅・策蘭為一九二〇年出生，比一九一五年出生的詩人卡爾・克魯洛（Karl Krolow）小五歲，因此《詩選》中他放在第二順位介紹。策蘭出生於羅馬尼亞的布科維納（Bukowina），詩選出版時，他已住在巴黎，當時即被認為係戰後德國甚至歐洲最偉大的詩人。由於他的猶太血統，他長大後雖離開德國，但他仍享有德語的優勢，不過為了生存，他將那種語言改造成為一種獨特的個人武器（詩歌），用以對抗那曾經傷害他的現實。策蘭在這本選集中只入選八首詩，但已是這本袖珍詩選中最多的一位。

筆者自美返台後，曾於一九六二年試譯保羅・策蘭等四位德國青年詩人的作品為中文。原係交覃子豪先生主持的《藍星季刊》第

五期發表，惜覃老師於一九六三年十月因病過世，該期《藍星》即
胎死腹中，未能出版。所幸有心的前輩詩人羊令野先生於一九六七
年創刊《南北笛》詩季刊，原未能在《藍星》第五期刊出作品，全
部轉至《南北笛》創刊號上發表。策蘭的詩亦首次出現於中文世界，
距今已有四十二年矣。觀諸現今出版之《策蘭詩選》多首當年喻為
最好的詩，也是策蘭在青壯年時的力作，未選入其中。現我將早年
之中譯，與選本中之英譯重新逐字檢視後，好像尚無十分走樣之
處。大陸之幾個譯本，有以根據德文原著及以英譯本為準翻譯者，
究竟何者為優已起辯論。北島與王家新最近更在網路上為各自的策
蘭譯詩，大動干戈，逐字逐句興辯，熱鬧非凡。其實翻譯是一種不
得已的行為，無論哪一種拼音文字，欲轉化為圖像的方塊字，由於
文化背景不同，思想運行有異，根本是一種不可能的任務。卞之琳
先生曾對翻譯之難建議過一句口訣：「亦步亦趨，刻意求似，以似
取信。」似可視為唯一可行之道。詩是上天獨一無二的恩賜，能夠譯
得相似已是盡心盡力，有誰能夠完全仿真？我譯之策蘭各詩如下：

生命圈

似睡未睡的太陽像你晨間之髮一樣的青
因為它們生長之速就像鳥墳堆上的萵草
它們為我們在欲望之船夢中嬉戲所吸引
因為匕首們正在時間的斷崖上等著它們

沉睡的太陽更青，你的髮也曾一度像它們
像夜風，我曾在令妹流行的裙裾邊小停

你的髮從我頭頂的樹枝垂下，雖你並不在
我們即世界，如同你是門邊的一株灌木

睡得像死去的太陽像我孩子的髮一樣白
當你在沙丘撐起帳篷他便自波濤中上昇
舞著歡樂的刃以了無熱情的眼攫住我們

冠

秋正從我手上吃一片樹葉，我們是朋友
我們自硬殼果拾取時間，我們教它奔跑
那時間便奔回它的殼中

這是在鏡中的星期天
人們在夢中沉睡
口吐真言

我的眼光落在我愛人的性感上
我們相對注視
我們低訴我們的黑暗
我們相愛就像罌粟就像記憶
我們像酒在海螺中沉睡
像海在月華血色的輻射光芒中

我們站在窗前擁抱，他們在街頭往上看

這是他們知道的時候

這是石頭慣於成長開花的時候

不安自此定下心來

這是時候的時候

這是時候

詞語之夜

詞語的夜晚⋯⋯勘測水脈的探棒已靜止

一步又一步

第三步的蹤跡

你的影子無法滌去

時間的疤痕

昭然若揭

那在血肉下埋藏的土地⋯⋯

詞語撩下的猛犬，那猛犬

正開始狂吠

在你的胸際

牠們的樂趣在狂渴

也正極度饑餓⋯⋯

最後的一枚月亮馳援你

它昇起一條長長的銀色骨骼

赤裸著有如你的來時路

在你背包的前方躍動

雖然那一點也救不了你

那條你喚醒的溪流

正近得不能再近向你吐泡沫

那一枚曾被你咬住的果子

多年前，即已向上方漂走

　　策蘭的詩是一種密閉式的經驗吐露，其中壓抑著太多的憤怒和痛苦，所以讀他的詩，對我們的智力和耐性都是一種挑戰和考驗。但不可諱言，有人形容他是一個「最深的詩人」，或是一個「最傷的詩人」，他都當之無愧。因為從苦難中榨出的苦汁，本就不可能可口，卻對我們的心智健康有所俾益。

（刊於 2009/6/11 北京《新京報》副刊「大家專刊」，2009/6/28《更生日報‧四方文學週刊》）

詩性總統歐巴馬

　　大陸上二○○七年曾經舉行一個盛大的詩獎活動，除了好作品評比外，還有一個「詩性人物」評選。結果那年的詩性人物除了切‧格瓦那外，還有影星湯唯。切‧格瓦那是當年古巴游擊隊的領導人，第三世界共產革命的英雄人物，二○○七年是他的八十冥誕，共產國家藉此來紀念他那是當然。影星湯唯是因主演《色戒》認為她塑造出一種革命女性的形象，表達出某種超出日常生活之外的激情和美感而獲選。此獎公佈之後一陣譁然，認為此兩號人物與詩扯不上半點關係，何「詩性」之有？

　　這個獎在二○○八年沒再舉行，如果今年二○○九年有此活動，新到位的美國歐巴馬總統我倒認為當之無愧，他年輕時寫過詩，選舉時引用名家詩句來加強他競選演說的號召力；而且說他當選後將在白宮添加誦詩活動。選上總統後，就職時他選了一位四十九歲的黑人女詩人依麗沙白‧亞歷山大來寫詩讚頌。這是繼六十年代以來第四屆總統就職由詩人獻詩，而且是有色人種。

　　先就他在競選時引用的詩句來說，他是非常用心且有所選擇的。他曾多次引用一九九二年諾貝爾文學獎得主德瑞克‧沃克特的詩句。沃克特是加勒比海聖露西亞島出生，身上有英國、荷蘭、非洲三重血統，是一典型的「移民／混雜（hybridity）」的身份，這一點和歐巴馬的出身背景相似。沃克特詩中所顯露的，認同與困惑，自我深處的追尋，恐怕也是歐巴馬這類特殊知識份子所一直掙扎之處。沃克特在〈新世界〉一詩中曾有這樣的悟境：

伊甸園之後，

可還有驚人之事？

有呵，亞當對

第一顆汗珠的敬畏。

從此，一切眾生

和鹽一同被播種，

去領受季節的棱角。

恐懼和收穫，

歡樂──那很困難，

但起碼，屬於自己。

　　參與總統競選，立意要去締造一個「新世界」的歐巴馬，這短詩他讀後應該有所啟示吧？這應是競選時他選擇沃克特的詩的原因。

　　歐巴馬的人格魅力特殊，在籃球場上的馳騁風雲，帶女兒吃刨冰，回憶錄中自承年輕時吸過大麻，傳媒報導他是吸煙一族，這些花邊新聞早已家喻戶曉了。但鮮有人知歐巴馬寫過詩，而且得過名家的推薦好評。一九八一年歐巴馬在洛杉磯西洋大學（Occidental College）念大學時，在該校名為《盛宴》（Feast）的文學刊物上發表過兩首詩：〈老爸〉（Pop）和〈地底下〉（Underground）。〈老爸〉一詩有四十四行，是寫他的父親的。歐巴馬兩歲時，父母分居，此後一直到一九八二年他父親去世，父子很少見面。但每見面一次，父親那種老而落魄、酗酒自我麻醉的狼狽景象，都令他百感交集，

不免發而為詩。此詩雖有分行，但組句上接近散文體，無法找出突出的短句或片段來表揚，但表露的深情卻很動人，像下面這幾句：

> 我大笑／放聲大笑，血色從他的臉／衝上我的臉，而他越來越小／小成我腦中一點，一點／可以被擠走的東西，像一粒／西瓜籽兒夾在／兩根手指中間

　　耶魯大學文學教授哈羅德‧布魯蒙評論〈老爸〉與美國現代黑人詩人休斯的詩風相似，具有城市民謠風味，像藍調歌手在低聲吟唱一些陳年舊事。

　　〈地底下〉一詩只有十二行，這首短詩讀來像是一種幻覺在作怪，完全是洪荒年代才有的景象：

> 在水下的岩壁，洞窟中
> 爬滿了猿猴
> 吃著無花果
> 吃得，嘎箚、嘎箚響
> 猿猴們號叫著，露出
> 牠們的獠牙，跳動著
> 然後摔倒在
> 激流中
> 腐臭而又濡濕的毛皮
> 在藍色中發亮

　　據那位文學教授對這首詩的看法，他認為是受了英國小說家及詩人勞倫斯的影響，傳達出一種來自地下神秘力量的直覺，一種潛在的無理性威脅。歐巴馬寫這些詩時才二十啷噹歲，有人也認為不

過是大學生在玩文字遊戲，更有人認為是他在吸過大麻後精神恍惚時的所見。不過詩人特有的敏銳力度那時卻已昭然若揭。

　　為歐巴馬在就職典禮上獻詩的亞歷山大教授，雖然是老友且同在芝加哥大學教過書，在頌詩中沒有對老友歐巴馬本人有半句徇私阿諛奉承的話，只有對國家的讚頌，表揚同胞不分種族、膚色對那塊土地無私和愛的奉獻，一再表現一個詩人應有的識見和高度，對歐巴馬的詩性魅力是只有加分的。歐巴馬總統是一個名正言順的詩性人物。

（刊於 2009/3/28《中華日報副刊》）

花生總統的詩真摯感人

——談卡特總統詩集《永久的思慮》

　　吉米・卡特說：「藝術最好從非藝術情事中引出，如此才能發現隱密，開啟心智。」

　　人不可貌相，海水不可斗量，對於美國第三十九任總統卡特先生，我們總是小看了他，以為他不幹總統後，只有回到他的老家美國喬治亞州平原鎮去經營他的老本行花生農場。有誰知道這位俗稱的「花生總統」卻是一位智商高達一七五的超人，也是美國開國以來唯一能詩能文的一位總統。他已是十六本書的作者，下野後所寫回憶錄《黎明前的一小時》曾經獲得普立茲新聞文學獎。他的長篇小說《馬蜂窩》（*The Hornets Nest*）是他諸多作品中最顯功力的第一部著作，譯成中文達四十三萬字之多。小說生動如實地再現了發生在美國南方的獨立戰爭，詳盡的描繪了當時的大大小小各種戰役；包括殘酷無情的廝殺和鄰居的反目成仇，以及南北雙方爭取印第安人的支持，既不求饒也不寬恕等一系列悲壯場面，是一部美國史詩，也是歷史小說中上乘之作。

　　吉米・卡特對詩的著力最初表現是在他當總統時，對一位肌肉萎縮症的小詩人馬蒂斯持・潘內克賦予關懷並結為好友。這位小詩人曾創作出五本詩集，並成為美國暢銷書排行榜的冠軍，被稱為「英雄小詩人」。他小小年紀即熱愛和平，反對戰爭，這一點理想和卡特總統的抱負相通，他們同為世界和平的愛好者，合出了一本詩集《心歌歷程》。可惜這位小詩人只活到十四歲即因病過世。最近卡特出版

了他的最新詩集《永久的思慮》（*Always a Reckoning*），裡面有些詩即特別表露出他對美國社會中存在的弱勢邊緣人的關注和憂思。出版的美國時代出版公司，過去從來不接受詩歌作品，這次因為作者是美國前總統，而且寫作名聲不錯，也就打破了慣例。

　　這本《永久的思慮》是卡特的第五本詩集，收錄了他的近作四十五首。這本詩集最特殊的是在書的扉頁有一篇幾達兩頁的「獻詞」（Dedication），共分十四小段，每一段獻給一個人或一群人，感恩他們對他的關愛、奉獻、容忍和犧牲。這十四小段的獻詞每一段都是書中各詩的引言，對詩的瞭解起到切入的作用。首先他感激他的父親勞碌的一生，父親那被南方俚俗所陶冶出來的天生善良秉性，常常抑制動怒，以愛來澤被子孫。他寫〈我願意分享我父親的世界〉以及〈父親的癌症和他的夢〉兩首詩紀念他的父親。接著他描寫母親莉蓮女士，說她從不讓種族歧視、失依失怙、對長者不敬，以及任何威權統治來阻止她對這些遭遇不幸的人的同情與認知。卡特為他的母親在這本書裡寫了兩首詩，一是〈莉蓮女士〉，一是〈莉蓮女士首次見到痲瘋病人〉，後者生動的寫出他母親與痲瘋病人接觸時由畏懼而親近，而知心，終至「我親吻她的唇／一點也沒覺得不乾淨」。他對他的太太羅莎琳的獻詞是「妳開啟了我的心智，使我知道容忍、愛和分享的真意」，他在〈羅莎琳〉一詩中，用詩描寫他太太的笑容：「會使鳥兒不必再唱歌／而我依然聽得見牠們悠揚的歌聲。」拉歇爾·克拉克太太是他的一位黑人鄰居，他讚美她在種族歧視及偏見橫行的敵意下，依然保持優雅的風度和高貴的尊嚴過著屈從的日子。他用一首長詩〈拉歇爾〉來讚頌這位被勞苦燒成皮膚褐色的婦人，他在詩的結尾數行的描述中說：

　　　她用笑聲說出她曾經有過的好時光

　　　她也告訴我她認為我該怎麼樣

　　　在華盛頓做總統

　　接著他讚頌他在平原鎮的家鄉父老，他在海軍潛艇服役的同
僚；那些具同一信念以簡單的語言和行動去協助急切需要者的同
好；他也用詩去懲罰或悲憫那些口稱為主說話卻自作裁量，那些在
各地踐踏人權，或者曾用寬恕或忽視的態度使得貧弱的人受害更深
的幫兇。他為這些他所讚頌或譴責的人或團體寫下了〈平原鎮〉、〈湯
姆高弟之歌〉、〈用語詞去學習仇恨〉、〈空洞的眼、腹、心〉。後面這
首詩共計四十四行，詩一開始他首先就問：

　　　我們選擇與人交往，注重幸福和金錢

　　　卻很少回頭問自己

　　　是否該將我們的聲音或權力

　　　或者將部份的財富與人分享

　　他在這詩中所付出的關懷與愛是全人類的。第七段他提到了「天
安門廣場」：

　　　一個人孤單單地在一中國廣場

　　　面對怒吼的坦克，而別的人都避開了

　　　他站在那裡是為我們大家的自由呵

　　　但少有人在乎他現在是死了還是被關

　　這以後段落的「獻詞」幾乎全是寫給詩人或協助他寫詩成功的
朋友。首先他感謝那些仍與他在一起或已離開，並沒有列名在任何

特殊類別中的朋友。他們曾經助他塑造他的生命、思想和做人的態度，無形中更塑造了他的這些詩。再次他要感激的是那些不時寫出簡練又美妙，他能瞭解的詩的詩人，包括狄倫‧湯瑪士，他認為湯瑪士的作品總以獨特的品味感動他。還有吉米‧懷海德，來到平原鎮幫他與一些已知的事物共同生活在一起。也給米勒‧威廉姆斯道聲感謝，他說米勒曾以極大的耐性，以及獨有的特殊的例子，試著教會他一首詩應具的意涵。還有才十六歲的莎拉，她唸詩給他聽，還畫出詩中她所感覺到的樣子。這些獻詞所牽涉到的詩有〈一位總統拜訪西敏寺詩人之角表示的關切〉，以及〈行吟詩人拜訪我們村子〉。後面這首詩有向詩人學習各種道理的口吻，我將之全部試譯如下：

> 有一天晚上幾個詩人來到平原鎮
> 兩個人彈吉他，他們的詩歌
> 教我們如何看待，以及可能會好笑的
> 一些我們所感所思的事情
>
> 完後，我急忙的寫下
> 以笨拙的詩行探究，為什麼
> 我們要去關心遠方饑餓的孩童
> 我要問如何能喜愛上恐懼
> 接納死亡的戰爭，而如同弱者樣
> 抗拒和平。一個詩人怎麼敢
> 自記憶中取出沉埋的麻煩視景
> 以及為何我們幾乎不瞭解
> 那些在太空中發生的事情

我發現

我的語彙幾乎無法周轉，然後

我轉向鄰近的單純語根：

一匹小馬，護理媽媽

鵝群的視野、鯨魚的歌聲

牧場的大門、競賽的咒語

一鼴鼠的追獵，戰爭祈禱者的聲音

我從詩中學習到，藝術

最好從非藝術的情事中引出

如此隱密才可能得以發現

而且從中瞭解到，大半是

從我們心智自由彈跳而出

　　從以上各獻詞引出的詩篇可以知道吉米・卡特雖然是一個在政
治舞台上演出頂出色的退休總統，卻也是一個感情豐富，深入人間，
瞭解民間疾苦的詩人。他對長上，親人，鄰家，同僚以及弱勢族群
都曾賦予真誠的愛心，關懷與同情。以他的聲望和地位，他應是一
個超現實的睥睨者，可以遠離凡塵世俗的一切愁苦。然而他極力想
做一個詩人，他向懷海德學習與人相處的一切人間世事，他譴責那
些口中有主、心中藏魔的惡人。他從那些行吟詩人的歌聲裡學到：「藝
術最好從非藝術的情事中引出，如此才能發現隱密，開啟心智。」
這些敢愛、敢恨、敢於開發新知的勇氣，都是一個誠心作詩人的必
備條件。吉米・卡特沒忘將最後的一段獻詞送給讀者。他說：「我誠
心的希望凡讀過這本詩集的人會從中吸取到愉悅，激發出省思，或

者提供一些記憶以彌補我在學識、才能或技藝上的不足。」看來，
卡特總統畢竟也是一個很謙虛的詩人。

（刊於 2007/3/24《中華日報副刊》）

藍星輝映南北笛

——懷念覃子豪和羊令野兩前輩詩人

　　每年的十月是我們舉國歡騰的慶典月份，就寫詩的人而言，卻也充滿著哀傷和懷念的心情。就在這十月的上旬，台灣新詩的第一代詩人覃子豪，是在四十六年（1963）前的十月十日上午零時二十分因膽道癌不治過世，享年才五十二歲。另一詩壇長輩，比覃小十一歲的羊令野卻也於一九九四年十月四日，因心臟衰竭與世長辭。這兩位前輩的詩作自是早已定論，各已為台灣新詩史寫下光燦的一頁。尤以覃子豪先生最後一部著作《畫廊》中的〈瓶的存在〉諸詩，是為他一生創作的高峰，至今仍有人在研究。他們這兩位前輩最為人樂道且備受尊敬和永誌不忘的，乃在他們對詩的忠誠，和對年輕一輩的愛護和扶助，彷彿有如父兄的窩心。有關的故事太多，難以一一詳述。我今要講的是一件他倆並未約定，卻在陰陽兩隔多年後，猶想盡辦法接續完成先行離席人間時的未竟之志。這種對詩的忠誠度、對老友的忠實度，以及對後輩人的關愛心，足值後人虛心的效法。

　　緣在覃子豪先生一生除了寫詩外，他還在函授學校教人寫詩，批改作業，然後自行設法創辦詩刊供年輕詩人發表。當年在他手裡的詩刊就有五種之多，有的借報紙副刊版面、有的是與詩社同仁合作、有的則由他自己微薄的公務員收入中儲款創辦。看到他生活那麼清苦，還做這既損精力又只賠不賺的傻事，我們非常不忍。他說：「我開闢這麼多園地供大家發表詩，絕不是為我個人，要名我已經

名氣不小了，我無非是要為我們詩的傳統培養出一些接棒人，我的樂趣是看到一個個優秀的詩人出現在詩的地平線上。」就是由於這樣一種培植後進的信心，一直到他病入膏肓，進入台大醫院特等病房時，他還在掛念他正在籌劃出版的《藍星季刊》第五期。《藍星季刊》可說是藍星詩社於一九五八年底創刊的褶頁型《藍星詩頁》，在一九六一年六月至一九六二年十一月間同時發行的一本詩刊，是採二十開本，六十頁上下的雜誌型詩刊。季刊之出可說是藍星詩社成立以來唯一正式的刊物，覃氏處心積累獨資創辦該刊，可說仍是在貫徹他一貫培植後進的理想。想不到的是第四期剛出版不久，他正四處邀稿準備第五期在春季出版時，卻在一九六二年三月因身體不適緊急送進台大醫院。

　　我是首日在醫院整晚陪伴在他身邊的人，因第二天下午我得乘船赴馬祖接防。在那晚和他聊天時，他念念不忘的仍是他正在集稿的《藍星季刊》。他說他已收到很多好稿，將來出版一定比上一期更精彩。雖然這時他已全身出現黃疸，但談起詩來仍喜形於色。我在馬祖駐防欲請假回台一次非常不易，待到八月底我才因妻預產期、獲准假五天回台探視。我返台後卸下行裝，飛奔至台大醫院，看到躺在病床上的覃老師，幾乎不敢相信，他的眼窩深陷，身體已被折磨得只剩骨架。此後三天我仍分出大部份時間陪他，但他仍念念不忘他未完成的《藍星季刊》，希望病趕快好，他還要辦一個至高的詩獎配合，鼓勵年輕有為的詩人出頭，彷彿自己生命還無窮無盡。我在九月初無奈的回到馬祖，直到十月十一日，《馬祖日報》刊出了覃老師已於十月十日凌晨過世的簡短消息。我因駐防期末滿不能返台，覃師過世後的一切善後，我全然不知，當然他生前念念不忘要完成出版的《藍星季刊》第五期便也隨覃師的嚥氣而消失。我為那

本準備出版季刊的稿件，是我自美返國帶回的一本《英譯德國青年詩選》，我選譯了其中四位詩人的作品。

時光荏苒，一年又一年很快的消逝，對覃子豪先生的種種掛念幾乎也日漸淡薄，直到最近幾年就只有我和少數幾位函授班的同學，每到一年的十月十日到他安坑的墳上去祭掃整理一番，至於他生前未了的願望更沒人會去管它了。

今年（2009）三四月間，連續有大陸當年朦朧詩人楊煉，和後朦朧詩人王家新，為他們分別譯出的戰後德國傑出詩人保羅‧策蘭詩選來台做宣傳，我都應邀前去捧場。兩次自德國文化中心歸來後，總覺這位德國詩人有點熟悉，尤其策蘭最有名那首長詩〈死亡賦格〉中，那每段開始必重複的幾句：「清晨的黑牛奶我們晚上喝／我們中午喝早上喝我們夜裡喝／我們喝呀喝呀！」總覺似曾相識。於是我想到四十年前曾為《藍星季刊》譯過德國青年詩人的詩，莫非就是那幾位德國詩人中一位的作品？我越想越覺得應該查證一下。於是我翻箱倒櫃，一心要把四十年前那本薄薄的《德國青年詩選》找出來，最好還把當年譯詩的草稿找到，這樣查對起來更方便。我這人一向最愛留存東西，要是經過我手的片紙隻字，我都會視為寶貝，捨不得丟，老妻經常說我的書房像一個超級字紙簍，而且誰也不准碰。也許真是我這壞習慣起了正面作用，我不但從書堆中找出那本《英譯德國青年詩選》，而且還在一大堆詩的出版物中，找出一本詩刊，中間夾有我當年譯詩的草稿。更巧的是找出的那本詩刊上，竟有譯的那些德國青年詩人的詩，其中第一人竟是現在大陸正火紅的保羅‧策蘭（Paul Celan）。那本詩刊是由當年詩壇第二代三老之一的羊令野先生，於一九五六年借《嘉義商工報》副刊版面而創立的《南北笛》詩旬刊，最後蛻變而成為雜誌型的《南北笛》詩季刊「創

刊號」，時在一九六七年的三月。這本四十二年前的詩刊偶然自塵封中出土，驚人的發現覃子豪先生病危時，尚在念念不忘的《藍星季刊》第五期的積稿，居然都已編印在這本創刊號上。可敬可佩的羊令野先生，他不是藍星詩社的一員，他只是覃氏同時代的詩友。當覃氏死後，據說大家都在搶覃氏遺物據為己有，只有羊令野先生把覃氏垂危時，在病榻接受錄音訪問的話聽進耳裡，記在心裡。覃氏在垂危時說：「現在《藍星季刊》已編到第五期，雖然我睡在床上，但有很多朋友幫忙，大概不久就可出來了。」羊令野把話銘記在心裡，他把覃氏未能實現刊登的稿件，悄悄收存了起來，五年之後，他設法把停刊九年的《南北笛》復刊，並將《藍星》存稿優先編入，然後在〈編後記〉中做出交代，這份對故友的付託如此情深義重的予以實現，恐怕前所未有，亦難再出現於講究現實功利的今日社會了。創刊號的雜誌型《南北笛》有詩有文、內容本就扎實，當時尚在盛年的紀弦大老，尚在壯年的葉泥、鄭愁予、沈甸（張拓蕪）、林泠、辛鬱、梅新、羅英、楚戈、秦松，以及尚是青年的林煥彰、白荻、黃荷生、趙天儀均是當時詩壇要角，再加上覃氏準備在《藍星季刊》上出現的葉珊（楊牧）、張健、管管、羊令野、桓夫（陳千武）、楓堤（李魁賢）、藍菱、吳天霽等人的詩創作，以及胡品清、于歸、向明的譯著，形成一份空前未有的詩文學大宴，如此堅強的陣容恐怕再也難得有了。

詩人的命運大抵相同，羊令野一生亦如覃子豪先生也是想方設法創辦些詩刊澤被後進，在他手裡除了創辦的《南北笛》報紙型旬刊和雜誌型季刊外，他在《青年戰士報》創辦的《詩隊伍》週刊，共編十五年。也曾組「詩宗社」出版叢書型詩刊如《雪之臉》、《風之流》等多種，亦培植不少詩的寫作人才。總之覃子豪和羊令野兩

位前輩在世時，都做著詩壇保護神的人物。尤其將一份本已胎死腹中的詩刊藉機復活，讓諸多詩人的心血不致埋沒於無形，這份功德，唯有大慈悲、大善心的智者才有此恢宏的胸襟。值此十月慶典的日子，我們要對這兩位前輩致敬（按：雜誌型《南北笛》詩季刊僅出五期，四五期係合輯，故僅有四本。由於發行不廣，而今持有此全套四本者恐已不多，本人所存四本已捐《文訊》文學資料庫保存）。

（刊於 2009 年 2 月號《文訊》）

阿巴斯的詩與地震

在四川的汶川大地震尚未發生前的那幾天，我正迷醉於阿巴斯《隨風而行》（*Walking with the Wind*）的詩集中。阿巴斯是伊朗的大導演，他的電影《放大》、《櫻桃的滋味》以及 DV 電影《五》，都是這些年來影迷的最愛。但是阿巴斯居然也和我一樣寫詩，則是絕對沒有料到的事。我最近出了一本詩集《地水火風》，妙的是阿巴斯這本詩集的〈前言〉作者伊朗評論家邁克・畢爾德說，現代波斯詩歌常常會用到「宇宙四要素（風、火、水、土）」，阿巴斯詩中也多見這種角色在互動，最多見的是風。阿巴斯的這本《隨風而行》詩集裡的詩都有點像日本俳句，多在三到四行之間。兩百二十一首詩中，只有十首六行，五首五行。每行最多五個字，有極少幾行是七個字。阿巴斯在詩集前面的〈致中國讀者〉的短文中說：「電影或者圖片攝影並不總能捕捉到生命中短暫但重要的瞬間，而一段文字卻可以有效地見證精確。這樣的瞬間，任何一種相機都留不住。」可見阿巴斯對文字的運用顯出了極大的信心。他也確實有如此功力，這極精確瞬間捕捉的東西，其實也是無窮大張力的壓縮，後來他的第九部電影的拍攝據說即是由這些瞬間的詩行的放大，或壓縮的釋放而完成的，因而電影片名也是《隨風而行》。

一件巧合的事情發生了。當我正在《隨風而行》讀這些詩讀得入味，翻讀到第 152 頁那三行詩：

地震
連螞蟻的穀倉
都毀於一旦

震驚八方的汶川大地震便於此時突然傳來。這三行詩是這整本詩集
中，唯一提到地震的一首，其形容地震毀滅力的徹底，真是夠狠準。
想不到這狠準的描寫竟巧合的立即出現在幾千里外的當今現實世
界，而由精密的傳播科技，清楚的呈現在我的眼前。我很清醒這不
是我的時空錯亂，只是我很幸運離災難的現場較遠，卻看得觸目驚
心。接著排山倒海的地震資訊出現了，有人拿唐山大地震的災情來
比擬，又有人拿一九九〇年中東的伊朗八點九級強震分析誰最嚴
重。「伊朗」二字馬上讓我從悲傷中恢復神智，我不正在讀伊朗阿巴
斯的詩嗎？本來阿巴斯並不是以詩出名的，他是以拍攝伊朗地震三
部曲《何處是我朋友的家》、《生生長流》及《橄欖樹下的情人》而
獲得一九九二年坎城影展羅賽里尼獎及一九九二年吉弗尼影展楚浮
大獎的。這部原名《The Earth Moved We didn't》的三部曲片名譯成
中文為《生生長流》（直譯為《地球動了我們不動》）曾為金馬影
展亮麗的展出過，此時真應該找來看看阿巴斯怎麼樣為伊朗地震
做紀錄。

　　此時汶川大地震的災難慘狀現場隨著時間的慢慢流轉，以及救
災人員日夜不停的想方設計聞聲救苦，一幕幕的悲劇都顯現了出
來，傳遍了全中國，全球華人世界。那哀號彷彿就在耳際，那血流
彷彿就在自身，那水泥塊的重壓連這麼遠的我們也感受到沉重，那
些活生生稚弱生命旦夕之間活埋更是蝕骨椎心。這種活生生的慘
狀，痛苦了多少人心，更讓一向敏感的詩人幾乎從全國各地任何一

個角落都動員起他們的筆，交出一首首呼天搶地的詩，幾乎沒有任何理由不認為那也是我們自己的骨肉親人，那疼痛是不分你我必須共同承擔的疼痛。於是專為抗震救災而寫的詩，鋪天蓋地而來，挾泥沙以俱下，已成為國人情感共同宣洩的最佳管道。據粗略的估計，從各種傳播媒介發表出來的詩，不下八萬首。大陸全國各地及海外華人世界舉辦的詩歌朗誦會及募款活動不可勝數。一本本厚重的地震詩專輯印了出來，詩人們激情的表現真是可以撼動天地，告慰祖靈。大概全世界各地沒有任何一個國家地區會有那麼多詩人站出來為一場大災難分憂解愁。

　　我也沒有例外的被幾家報刊來電要我為地震寫一首詩。這已不是第一次了，台灣「九二一大地震」的上午十一時多，正當電視台正將恐怖的災難現場一一報導出來時，一家出版社委託一位詩人朋友來電話，說為配合出版社的一本超大型詩選的出版發表會，要求入選詩人速寫一首關懷地震的詩，配合新書發表會先來一場詩歌朗誦。我聽了之後當下立即的反應是「匪夷所思」。面對這麼嚴重的大災難，大家都震得啞口無言、莫知所措的時候，我們寫幾句不關痛癢的所謂「詩」，便算盡到了關懷之情，未免也太廉價了，詩能像「撒隆巴斯」膏藥樣貼了會立即療傷止痛嗎？當下我就回答說：「抱歉，我現在只有痛苦沒有詩。」他急著說：「那怎麼辦？難道我們寫詩的就沒有一點反應？」我說：「現在最直接有效的表示，就是把我們這本書獲得的稿費捐出來，拿去買東西救災。」

　　現在這次要我寫詩的是對岸的報刊，我這台灣的詩人也被邀了，當然也得感激他們看得起。其實我的反應是和九二一一樣的，我認為詩如只表達幾句無關痛癢的空話，對災難絕對「莫路用」。於是我就利用我這種荒謬的詩無用論寫了一首短詩，題為〈詩無能〉，

大意是說面對如此巨大災難寫首詩是無用的，「遠不如把白淨的稿紙，遞給／那位喪子失孫的老奶去擦眼淚。」「還不如把執筆的手／拿起鐵鍬救出水泥塊下無辜的學童。」我的快七十的老妻說：「別空口說白話寫什麼詩／我去烙幾十張餅給他們吃／缺水缺糧，活命要緊。」這時我那小孫子瞪著大眼說：「汶川在四川省耶！／你們在台灣怎麼送去？」這時我們才猛醒：「不但詩無能／人也無能。最後只得捐一日所得養老金表寸心。」此詩北京的《新京報》當即於五月二十日配合全國下半旗的悼念活動刊出，那天的《新京報》版面僅「大悲無聲」四字，一共只三首悼念詩，且都摘去作者名字。廣州的《華夏詩報》也要做地震專輯，我也是把這首詩傳去；另外幾家網刊要稿也是這首詩。很快的〈詩無能〉這首詩收集到了北京出版的一本由一百四十一位詩人執筆的地震詩專輯《大愛無疆》。不過很顯然，我所說的〈詩無能〉幾乎是與所有響應寫詩的人唱反調，沒有人會認為詩是無能的，早就有人肯定詩可以「燭照三才，輝麗萬有」。現在有人則認為這眾多的詩是民間普遍的輓歌，希望以這些哀歌感動神靈，憐憫這些可憐百姓。我的初衷絕對和大家一樣，只是我總認為「坐而言不如起而行」，現在災區最需要的是現實的救助，寫再深情的詩也只是一點空幻的慰安和不滿的發洩，於事無補。尤其我們這隔著老遠海天的老人，只能看著電視災難現場線上轉播掉眼淚。也許是湊巧吧！四川成都的女詩人翟永明帶頭，領著一批詩人到災難現場去服務了，連遠在鼓浪嶼的舒婷也趕了過去。我仍在網上為地震當天「北川詩社」五十餘詩人正在文化館開會，全部被活埋的消息求證。因為這消息只在《中華讀書報》五月二十四日的版面一語帶過。

　　我找到阿巴斯的《生生長流》來看。我發現全片中寫的是一對父子親自走訪災區，想找尋當年拍片的兩位兒童演員是否安全無

恙。在尋找過程中，他們記錄了劫後餘生的人們，和無數令人傷心的牆倒屋塌現場和將近乾枯的水源。人們雖然背負著極大的沉痛哀傷，卻是以一種充滿積極有信心的態度，面對生命，繼續生活。全部的影片中沒有一絲說教、抱怨、批判，只有敬畏和感恩。阿巴斯在接受採訪時說，在這部影片中，他極力讚頌的是大難不死的村民們的旺盛生命力，而沒有停留在對死者的追悼上。他強調的是對現實生活的肯定，生命不該在災難時停擺，生活更該在重建中繼續。影片得獎時所獲讚譽說這是對尊重生命之最高禮讚，親睹大地震後的希望重建工程。我們對汶川大地震所遭受的苦難不也是應該以這種「生命在繼續」的態度去勇敢以實際行動面對嗎？一紙空幻的詩的溫情，終究抵不過親自以雙手遞上抹淚紙巾，或藥棉洗滌傷口的感人呵！

（刊於 2008/7/16《中華日報副刊》）

卷二　詩的視野大而無外

躲進詩中避難

——讀蘇紹連的詩集《私立小詩院》

近日天氣十分燠熱，有說又是聖嬰在搗鬼，真搞不懂，這年頭連本應救苦救難的聖字輩人物也要趁火打劫，怪不得人人想往清涼的地方避難。

邇來窗外籬外、村外、可窮千里目的山外，陣陣暴戾之氣沸騰昂揚，刺耳、障眼、沖鼻、腐蝕口腔、潰爛腸道，逼得人人想往類似烏托邦的地方避難。

避難，避難，說得輕鬆容易，做起來又何其難。真應了相聲人物郭德綱那句捧哏的誇張：「這年頭出門都得記住裝上避雷針，以防不知哪裡突來的五雷轟頂。」就像 X 家，照說在此錢能通神的今天，污來的幾十噸銀子，隨便撒幾文小錢出來，全家不就可以往國外的香格里拉去享清福。偏偏他們自掘墳墓於前，死不認罪於後，不但法網難逃，就是眾怒也容不得他們一走了之，他們想避難恐也不可能了。

既然好人壞人都難遁逃於當今天下，看來只有讓我們這些可以建造空中樓閣、天府之國的詩人，來為大家建造一座以詩做庇護的避難所了。那就是詩人蘇紹連剛剛落成的《私立小詩院》。此紙上詩院屬於詩人的私家領地，既不歸國家財產局所有，也不隸屬於哪個財團，所以進出非常方便，不用會客登記，也不會有保全盯梢。因為此詩家領地內全係不值錢，卻無價的詩之金句、語言的瑰寶。誰要進來，隨時歡迎，說不定還有更好的禮物相贈。至於門票頂不上吃兩個大漢堡的代價，如不想花錢，只要能進門，流覽完全 free，

任憑順手牽羊偷上幾段或幾句，不會有人計較，而且會感謝這位懂詩的行家。

　　《小詩院》內全係以「私」字打頭命名各社區，以示與公共空間有別。計有「私玩物」、「私身體」、「私用品」、「私寵物」、「私食物」、「私生活」、「私現象」、「私領域」、「私空間」等等最私密、最貼身的所在。只要一看標示，便知一切與公家扯不上半點關係，且絕無任何機密、極機密，可以隨便翻看，不受任何拘束。有時一看還會逗得你哈哈大笑，原來《小詩院》的這些詩並不那麼板著面孔，全都是各色小精靈，只要願去接觸它，它就會給你一些意想不到的開示，就像老禪師說的話，永遠只有三言兩語，真的言簡意賅，卻夠你驚詫或深思，自己怎麼從來就沒有這種悟性或搜秘的本領？

　　寫詩本是最私密的事情，也是普天下人人羨慕和崇仰的一種行業，然而詩人自己卻並不那麼想，且看他在「私生活」這一社區，對「寫詩」所做的夫子自況：

　　　喜歡寫詩，是生活中的不幸

　　　以一個星期為單位
　　　一年五十二個單位
　　　竟然都是那些龐大的公噸公里在生活中輪替

　　　詩，變得越來越沉重

　　詩所承受的重量會以公噸、公里計，這種重擔只有一個責任心重的詩人才有此感受，怪不得蘇紹連要躲進自己的小詩院來輕鬆。然而詩人的生活到底會如何的不幸，他用「空椅子」來做譬喻：

> 我一個人坐在一堆空椅子中
> 我一個人坐在一堆寂寞中
>
> 空椅子和寂寞交錯的結構
> 是詩的生活方式

　　喬完了「空椅子」便知道詩人是生活得多麼無趣，成天與寂寞做堆的空椅子打交道，卻還要生產出「輝麗萬有」的詩，真的強人所難呀！

　　聽說「憂鬱症」已居國人慢性病患的首位。大概是幾百年前范仲淹那句「先天下之憂而憂」起了說服作用，蘇紹連看出了這種趨勢，他在小詩院中煞有其事的說：

> 憂鬱來了，它沒有攜帶任何身份證明
> 我們只得數著門牌號碼來抵抗憂鬱
>
> 樹木在我們的沉默之中落著葉子
> 在擁擠的語言之間失去呼吸
>
> 我把一生僅有的幾個睡眠檔案刪除了
> 疲憊的我，只想成為垂掛在你臂彎上的那件外套

　　憂鬱現在已是隨時挨家造訪的不速之客，就像那些賣保險的推銷員，糾纏得會令人夜不成眠，疲憊得只想成為一件垂掛在你臂彎上的外套，可見現在的人被憂鬱折磨得多麼可憐，有一臂彎依靠也是好的。

　　蘇詩人寫詩歷來有許多巧思，構成有趣的意象呈現，譬如〈鹽〉這首詩：「當年以海浪的方式／一波一波的／移民到陸地上。」原來

鹹鹹的鹽是這樣走上岸來的，聽來真是新鮮。又譬如〈唇的印象〉：「我看著妳的唇離開了妳的臉／飄浮在半空中／像隻上了紅漆的蝙蝠／／我開始倒垂懸掛／等待，黑色夜晚降臨在我的脖子上。」這不活脫是情侶擁吻時的幻象奇景。紅唇像蝙蝠，蓋滿脖子上的秀髮暗得像黑夜降臨，曾經有誰是這樣奇怪的描寫過接吻？他詩中的〈火柴〉會寫出「蠟炬成灰淚始乾」一樣的堅貞：「他在她身上摩擦，做愛／／有了愛的火花／他看見光明／他看見最小的世界／／甘願讓自己的身體燒成灰燼。」他這首詩看似詠物，卻是在藉物抒情又敘事。

　　蘇紹連是台灣中生代詩人中最受重視的人物。他在《私立小詩院》落成前有一篇文情並茂的自供，道出他創建這座小詩院的林林總總，仔細讀完發現這分明是一篇他另一拿手傑作「散文詩」。這就是我在前面所暗示的，只要去接觸就會有貴重禮物相贈，果不其然，看後保證發現物超所值。凡對目前處境感覺不適者，可到尚不大為人知曉的《私立小詩院》去，去找詩的寬解和庇護，現在去尚不必排隊，請大家告訴大家（按《私立小詩院》係詩人蘇紹連第十四本詩集，由秀威科技公司出版）。

（刊於 2009/8/15《聯合報》副刊）

五四詩人聞一多

　　聞一多是早年一位最有建樹，也是一位爭議最多的人物。當年由於他堅持主張新詩應有一種新格律來維持自由詩的秩序，不致肆意亂來，因而發明了一種具建築美的詩體。認為新詩仍應有「節」的勻稱和「句」的整齊。這種段落及字數整齊方正的詩，後來一直到而今，被人諷刺他為「豆腐乾體」詩人。大陸上則一直稱他為「愛國詩人」，這固然是由於他後來因參加政治活動，莫名其妙的被暗殺死掉有關。但他的愛國行為實際是因他在當學生時，曾參與五四運動，做過一些驚天動地的大事，因之我直接稱他為「五四詩人」，也不為過。五四運動確實是由學生發起的愛國運動，起因是當時的北洋政府懦弱無能，任令一次大戰後舉行的巴黎和會，美英法日等帝國主義舉行分贓會議，重新分配殖民地和勢利範圍，把德國在我國山東的特權全部讓給日本。而日本對我國的二十一條不平等條約，又藉口不在會議討論範圍內置之不理，北洋政府除了妥協任這些強權宰割外，毫無反抗作為。因之北京各大學的學生在五月四日那天，齊集天安門，向東交民巷的各國公使交涉，並舉行沿街遊行，大聲疾呼「外爭國權，內懲國賊」，並火燒北洋軍閥總督曹汝霖在趙家樓的公館。五四的第二天清晨，清華大學飯廳門口，發現一張大紅紙，上面寫著宋朝岳飛的「滿江紅」三個大字，好多人都圍過來觀看，猜誰在這個時候還敢怒髮衝冠，不要腦袋。這時聞一多站出來說：「那是我幹的。」於是學生馬上成立代表團，由他擔任文宣。一九二〇年七月，「清華文學社」成立，他在《清華週刊》上首

次發表他的新詩，從此不再寫舊體詩，一生都以新詩的寫作和改造為職志。

　　聞一多首次發表的新詩處女作題名〈西岸〉，共七十八行，分為七段，後來收在他的第一本詩集《紅燭》之中。這是一首非常重要的詩，卻是從來不被重視的詩，因為聞一多出現的話題太多了，就詩的這一區塊而言，他和新月社的關係，他和徐志摩的暗中較勁，還有他那首「豆腐乾體」詩〈死水〉的出色，在在都會把他初試啼聲的作品淹沒掉。其實所有詩人的處女作都最珍貴，最真實，最能看出他是否能成為一個大詩人所具的潛能。俗話說「人看即小，馬看蹄爪」，由小窺大，應是可信的經驗法則。現將〈西岸〉的前後兩段摘出，待我們找出這首聞氏處女作的價值所在：

西岸

He has a lusty spring, when fancy clear
Takes in all beauty within an easy span

-----Keats

他有一個快樂的春天，使得清晰的想像力
只須那麼安適的一彈指，將美盡收眼底

——濟慈

一

這裡是一道河，一道大河
寬無邊，深無底
四季裡風姨巡遍世界
便回到河上來休息
滿天糊著無涯的苦霧
壓著滿河無期的死睡
河岸下側睡著，河岸上
反倒起了不斷的波瀾
啊！捲走了多少的痛苦！
淘盡了多少的欣歡！
多少心被羞愧才鞭馴，
一轉眼被虛榮又煽癲！
鞭下去，煽起來，
又莫非是金錢的買賣，
黑夜哄著聾瞎的人馬，
前潮刷走，後潮又挾回，
沒有真、沒有美、沒有善，
更哪裡去找光明來！

　　這首聞一多初生的新詩，開篇即引用了十九世紀英國浪漫派大師約翰·濟慈（John Keats）的名詩〈人生四季〉中，對春天讚頌的前兩句，足見他對這首詩的經營方向，已有一定的腹稿。在那新詩剛剛引進的早期，在詩前引用外國詩句做楔子，也是非常新鮮的。

這首詩我初讀並沒太大的印象，只覺得就一個初從舊詩轉變過來寫新詩的人而言，真是非常不易。可說要徹底放棄舊詩語言的習慣框架，而做前所未曾有過的、自由而不逾矩的全新文字安排，是一很大的挑戰。即使快九十年後的今天新詩寫手，也無如此掌控語言的能力。當然他這詩中仍殘留有舊詩的影子，譬如很多的對仗句，及只有舊詩才有的語彙，譬如風姨、苦霧、鞭馴、煽癲、欣歡等壓縮過後的現在看來怪異的名詞或動名詞。但不可否認的是，苟無曾經有過豐富的舊詩的修養，要平地起新詩的高樓也難。聞一多自小就受舊詩詞薰陶，且愛剪紙藝術，這些美學修養都有助他改變詩路的力道。

　　七

　　　　也有人相信他，他還講道：
　　　　「西岸地豈是為東岸人？
　　　　若不然，為什麼要劃開
　　　　一道河，這樣寬又深？」
　　　　有人講：「河太寬，霧正密，
　　　　找條陸道過去多麼穩！」
　　　　還有人明曉得道兒
　　　　只這一條，單恨生來錯──
　　　　難道學那些鳥兒飛著渡，
　　　　難道學那些魚兒划著過，
　　　　卻總都怕說得：「搭小橋，
　　　　穿過島，走著過！」為什麼？

　　這首詩雖分成七段，但段與段之間雖「斷」，但意仍「不斷」的在完成一個龐大的隱喻。從整首詩的敘述結構去看，詩的脈絡背景是在暗示他當時所處的民初那個時代，滿清的昏聵陰影仍未消除，野心的外敵隨時想侵凌這古舊卻富足的中國，造成國內軍閥割據，盜賊四起，民不聊生，有良心的知識份子莫不憂心這黑暗的日子要如何度過，憧憬中的光明何時才得降臨。詩以一水中分，形成河的東西兩岸來象徵黑暗與光明的對峙，更是困居與解脫的掙扎所在。詩既命名〈西岸〉，這是他相對於自己在東方（我們是東方人），而對西方的想望、憧憬與猜度所形成的情意結。他在詩的第二段說：「呵！這東岸的黑暗恰是那／西岸的光明的影子。」他是為尋找那光明的影子而嚮往西岸。他深知自己所在的東岸，是「滿河無期的死睡／撐著滿天無涯的霧幕」（第三段首兩句），雖然嚮往的西岸他從未見過，但他心裡感知「有時他忽見濃霧變得／緋樣薄，在風翅上蕩漾」，而且釋出金光，有一座仙境樣的小島浮在中央（第四段）。有時那仙境卻「鴛鴦睡了，魚龍退了／滿河一片淒涼／惡霧瞪著死水／一切又同從前一樣」（第五段）。總之，人類立足的最本質的恐懼和希望，不停的在他的腦子裡做天人交戰。而且由於他這一會兒「見著的是小島」，一會兒「猜著的是岸西」，他在詩中自認很多人「不笑他發狂，便罵他造謠」（第六段）。

　　我們知道聞一多先生最出名的一首詩就是〈死水〉，這絕不是巧合，也不是無意中取下的名字，實在是在這首初出道的新詩中就已經寫出「惡霧瞪著死水」了。在他的腦海裡，當時的中國處境根本就是「一潭死水」：「這是一潭絕望的死水／清風吹不起半點漣漪。」在〈死水〉一詩中他不斷的強調他這種絕望的觀點，他對當時國民政府治理的國家極為不滿。所以我要說，他的處女作〈西岸〉並不

簡單，事實上已經埋下他以後激烈行為的火種。須知〈死水〉是〈西岸〉發表八年後才出版的作品（〈西岸〉1920，〈死水〉1928）。在這期間，聞一多終於在一九二二年去了他愛恨交織的西方列強代表國——美國，完成了他到西岸的美夢。當然他不是「鳥兒飛著過」，也並非「魚兒划著過」，而是坐海輪，穿過日本島而去的。他在芝加哥美術學院學繪畫，同時也在科羅拉多大學研究文學和戲劇。一九二五年他提前完成學業回國擔任北京藝專（中央美術學院前身）的教務長，一面教學一面寫詩作畫，並開始治印。他自己的詩集〈死水〉，徐志摩的詩集《落葉》、《猛虎集》，這些書的封面都是他設計繪製；清華年刊中，他寫的李白少年時代的《夢筆生花》故事，十二幅插圖亦是他的傑作。他也曾為潘光旦所寫的《馮小青》一書設計封面，並作插畫〈對鏡〉，這幅畫生動地表現了悲劇少女的變態心理，八十年前這幅畫即為我國現代繪畫中難得的珍品。這樣看來他想方設計到他憎惡卻又嚮往的〈西岸〉去，其實是去取經，是去探西方文化的究竟。他在家書中說：「我乃有國之民，我有五千年之歷史與文化，我有何不若彼美國人者？將謂吾國人不能製殺人之槍砲，遂不若彼之光明磊落乎？」聞一多有一句名言：「詩人的主要天賦是愛，愛他的國家，愛他的同胞手足。」在他的生命歷程中始終有一條脈絡分明的主線，即是明確的主張「藝術為人生，藝術為改造社會，以藝術作救國」的理念。他這首〈西岸〉在為「五四」憤怒和向西方取經的矛盾衝突間誕生，亦應作如是觀。

（2010/5/2《人間福報・閱讀週刊》）

遲開的花，不凋的奇葩

──談廢名和他的詩

　　遠在漢江河畔的眉睫一年多前就告訴我《廢名詩集》快要出版了，他認為：「這是詩壇上一朵遲開的花，同時也是遲謝的。廢名是詩人，漸漸已成公論。」眉睫是大陸年輕一代後起之秀的評論家，這一段話出自他的筆下，令我好生納悶。據我所知，廢名曾為語絲社的成員，在文學史上被視為京派作家。當然早年他是寫小說的，對沈從文以及後來的汪曾祺都曾產生過不小的影響。至於在詩上，廢名早在二十年代即已聞名詩壇，甚至被人議論。且曾在北大教詩，他在課堂上授課的講義均是最受歡迎的詩學理論，他怎麼算是「遲開的花」？除了他的詩因過早走入現代，曾被人指責為晦澀難懂外，幾曾有人敢否定他是詩人？

　　我想眉睫的感慨可能與廢名的一直未被人重視有關，尤其大陸改革開放後，好多當年的老詩人都從被禁錮中解放出來得以重見天日。我就曾於二○○一年親身參與過李金髮百年誕辰作品研討會，那個研討會是官方指定要李金髮的故鄉廣東梅縣（現稱梅州）文化局主辦的。據閉幕式的主辦單位報告，他們當初接獲指示時連李金髮是何許人都不知道，後來還是李氏的唯一兒子夏威夷大學李明心教授出面，邀請海內外專家學者提出研究報告數十篇才使研討會得以成功，事實上那也是李金髮的詩人身份平反。主持人在結論時說我的那篇論文正好彌補李金髮那段被凍結的歷史空白。我的論文題目是「李金髮在台灣」。

　　三十年代風雲一時的徐志摩據說解放後也是被冷落的，他在浙江海寧的故居當年國府為他立的比人高一倍的紀念碑，文革時被攔腰斬斷，運到鄉下去鋪路去了，他的傳誦一時的〈再別康橋〉再也上不了教科書。但是二〇〇二年卻為他舉辦了一次國際學術研討會，以紀念他一百零五歲冥誕和逝世七十周年。他的故居修茸得美輪美奐，那塊腰斬的紀念碑也找了回來豎立在故居新增的花園裡，教科書裡也能讀到〈再別康橋〉。我是台灣唯一去發表論文的人，題目是「徐志摩與台灣」。我對一大群教授學者說台灣詩壇最值得稱道的是對於前輩詩人絕不以言廢人，或以人廢言，我們一直賦予最大的尊敬，我們的「詩路」網站上的典藏區都為尊敬的前輩詩人建立了完整的資料庫。近幾年來大陸的文學界平反得更積極，建國後即採歇業不合作的「九葉派」詩人，和因胡風事件牽連的「七月派」詩人都已受到極大的重視和關愛，研究他們的專著已經有好幾本。九葉派僅存的鄭敏女士至今仍以大嗓門在與保守份子辯論新詩是否已形成傳統，已能享有言論自由了。

　　相對的廢名就被冷落了，要不是年輕一代的學者評論家為他整理出詩集和以北大講義為主的「論新詩及其他」，廢名的出現確實是遲了些。不過與那些被文化當局好意翻身的老詩人極為不同的是，《廢名詩集》的出版不是在大陸而是在台灣，是台灣一家民間出版社投以巨資完成。足以證明我們對前輩詩人的懷念和尊敬不受時空地域以及色彩的影響。我們認為只要好詩能夠出土讓我們讀到，永遠也不嫌遲。

　　對廢名先生一向尊若師長的眉睫會連絡上我，係由於我曾幾度在我出版的幾本詩話集上分析介紹過廢名先生的詩。而這些文章幾乎都曾在我的個人網站發表，便這樣引起眉睫和一些朋友的注意了。我在台灣讀到的廢名先生的詩並不多，大概頂多六十首，都是

改革開放後大陸十餘本詩選中廢名先生的精品，有的詩幾乎每本必選，像〈海〉，像〈街頭〉，像〈星〉。我從廢名和沈啟无（開元）合集的《水邊》詩集中讀到了他在民國二十四年所作的〈理髮店〉，感到廢名先生那麼早就已經進入我們的所謂「現代」，在那個封建思想尚盛的時代，他居然敢為一般人不屑的「下九流」理髮業寫詩，在題材上敢於突破傳統。足見聞一多主編的《現代詩鈔》說：「廢名的詩與同時代詩人的藝術個性殊異，是個敢於作怪，敢於創新的詩人，新詩人中的一個異數。」一點也不誇張。廢名的〈理髮店〉和汪銘竹的〈在修容室中〉，以及瘂弦的〈三色柱下〉，我認為是三首罕見的且能代表三個時代的寫理髮這一行當與時俱進的詩，我以「詩人的頂上功夫」為題發表在《人間福報》副刊我的〈詩探索〉專欄，後收在《我為詩狂》的詩隨筆集中。

我最早讀到廢名先生的詩是他一首最為人傳誦的〈海〉，這是一首只有八行的小詩，初看至第七行尚感覺不出有什麼難處，到第八行「花將長在你的海裡」，便覺得不可思議了。有一本新詩鑑賞大辭典的名家對這句詩的賞析是：「這句詩描寫出一種詩意的特別境界，這純屬藝術虛構。詩人以他獨有的大膽想像，把大海與荷花融為一體，構成一個新奇的藝術世界，表現出人與自然的和諧美。」這段解釋幾乎完全沒有抓到癢處，和他在賞析一開始以題目〈海〉大作文章一樣的走進偏差。任何詩都是情與景的契合，這首詩的「池岸」、「好花」和「海」只是一個場「景」，詩人藉此場景道出詩人想表達的「情」意。此詩用對話方式，前一段是說他在池邊看到一朵花美若妙善（觀音的別號），使他覺得池岸邊有此美景，他也不必去看海了。這時那朵花就說了，你不愛海沒有關係，那朵花曾開在你的海裡，意即花會來就你。這是一首簡單不過的擬情詩，只不過不是傳

統的線性直述，耍了一點隱喻的技巧。由於此詩用了「妙善」、「善男子」兩個佛家語，有人便認為這是一首「禪詩」。更扯的是說台灣現代詩中的禪詩，可以溯源到廢名這些有禪意的詩。據《中國新詩金庫》的主編周良沛在「廢名卷」中考證，廢名的作品看來有禪味，事實上與他在早期生活低潮時與研究唯識論的同鄉熊十力經常在一起論儒道、佛學有關。又說：「廢名的詩，不論他本人有多少禪宗的精神，與王維的那些寫永恆中的變化相比，怕都不好近禪詩。他那思想，詩筆跑野馬，信之隨之，讀得人雲裡霧裡之筆，既非不可說破，又不可不說破，有叫人『頓悟』之妙，又不是禪宗『看山是山，看山不是山，看山又是山』的三段境界。說它是禪詩，是現代，是『朦朧詩』，只好聽便。」

　　廢名的詩是否接近禪佛那是見仁見智，不過他本人的外貌卻又近乎方外人。據卞之琳對廢名的描述，說廢名的鄉土氣很重，相貌奇特，闊嘴大耳，剃和尚頭，衣衫不整，有點像野衲。我直覺想到的是廢名的這幅形象似乎也有傳人，我在昆明見到的當代最著名的詩人于堅和上海的默默，幾乎都是同一樣子，而且詩也和廢名樣總「前衛」在別人好遠。不過卞之琳是不太承認廢名的，只說廢名「應算詩人」。說他的詩思路難辨，層次欠明，未能化古化歐，多數佶屈聱牙，讀來不順，更少作為詩所應有的節奏感和旋律感。不過廢名也有他自己的堅持，他不認他的詩能和卞之琳、馮至相比，但他也說自己的詩也有他們不及的地方。「我的詩是天然的，偶然的，是整個的，不是零星的，不寫也還是詩的，他們則是詩人寫詩，以詩為事業。」好個「不寫也還是詩的」，好強烈的自信。真正被稱為詩人的，不正應該如此嗎？雖然他也自傲，但他還是和卞之琳很要好，一九三七年五月八日廢名寫了一首詩〈寄之琳〉，詩曰：

我說給江南詩人寫一封信去，

乃窺見院子裡一株樹葉的疏影，

他們寫了日午一封信。

我想寫一首詩，

猶如日，猶如月，

猶如午陰，

猶如無邊落木蕭蕭下，──

我的詩情沒有兩片葉子。

這樣陰一句、陽一句的詩真不知到底要「寄」給卞之琳的是什麼？我打算給在江南詩人寫一封信，卻見院子裡的樹影著先鞭了，他們寫了日午一封信。而我想寫一首詩，要像日、月樣的光華，如午後樣的陰沉，如落葉般蕭瑟，卻又發現他的詩情其實沒有什麼「葉子」。這最後一句總算回應到前面的「樹葉的疏影」去了，這前面樹葉豐茂寫了日午一封信，後面的蕭條到沒兩片葉子，不正對照出自己的匱乏麼？他這樣的詩真如他自己說的是「天然的」、「偶然的」，興之所至，不多加思考的寫下，通過幾個簡單的意象來表現自己飄忽不定的思緒，並以之告訴要好的朋友。

　　現在台灣出版的《廢名詩集》是從他過去已出或未出的詩集中彙整而得的詩九十三題一百零六首編輯而成，並將他在北大授課所寫〈新詩問答〉、〈新詩應該是自由詩〉等七篇文章列為附錄。台灣的詩的愛好者真是有福（其實所有的華文詩的讀者也一樣），我們終於得以一窺這位埋沒幾達一甲子的真正現代詩的前輩。

（刊於 2007/8/17《中華日報》副刊）

〈雨巷〉背後的悲情

〈雨巷〉是三十年代末期走紅的一首名詩，直到今天，戴望舒這首被稱為現代文學史上扛鼎之作的〈雨巷〉仍然受到教科書的重視、各大詩選的重用，而且成為各大詩歌朗誦時的必誦之作。去年（2006 年）第一屆中國詩歌節成立的大型詩歌朗誦會上，〈雨巷〉是唯一一首被誦的新詩，其他全係古典作品。這首詩僅四十二行，於一九二八年八月發表在《小說月報》。據說當時的月報主編葉聖陶接到此詩後，就回信稱許此詩「替新詩的音節開了一個新紀元」，而後來的評論家，無不認為〈雨巷〉是在一低沉而優美的調子裡，抒發作者濃重的失望和徬徨的情緒，為一首優美的抒情詩。現將這首詩錄下，然後再發掘作者當時為什麼有此失望和徬徨情緒的原因：

雨巷

撐著油紙傘，獨自
徬徨在悠長，悠長
又寂寥的雨巷，
我希望逢著
一個丁香一樣地
結著愁怨的姑娘。

她是有

丁香一樣的顏色，

丁香一樣的芬芳，

丁香一樣的憂愁，

在雨中哀怨，

哀怨又徬徨；

她徬徨在這寂寥的雨巷，

撐著油紙傘，

像我一樣。

像我一樣地

默默彳亍著，

冷漠，淒清，又惆悵。

她靜默地走近，

走近，又投出

太息一般地的眼光。

她飄過，

像夢一般地，

像夢一般地淒婉迷茫。

像夢中飄過，

一枝丁香地，

我身旁飄過這女郎；

她靜默地遠了，遠了

到了頹圮的籬牆，

走進這雨巷。

在雨的哀曲裡，

消了他的顏色，

散了他的芬芳，

消散了，甚至她的

太息般的眼光，

她丁香般的惆悵。

撐著油紙傘，獨自

徬徨在悠長，悠長

又寂寞的雨巷。

我希望飄過

一個丁香一樣地

結著愁怨的姑娘。

　　讀完這首詩，發現這並不是一首格調和境界很高的曠世之
作，只是調子低沉，十足道出個人情緒的鬱結，和失落無依的平
凡感慨。述說詩人雨天在一江南小巷，撐著油紙傘踽踽獨行，希
望逢著一位丁香一樣結著愁怨的姑娘，儘管他如夢的揣想這位有
著丁香一樣各種美好的姑娘，最終卻是如夢幻般的飄過，留下詩
人自己在黑暗的現實中孤獨徬徨。然而這首詩一直被評家擴大解
釋，有的說詩人是個理想主義者，那個有著丁香一樣美好的姑娘
不過是理想的化身，但理想終究是可望而不可及，終落得詩人自
己徒呼負負，一切落空。另有評家則硬把當時的時代背景與詩扣
合，說作者寫此詩的一九二七年夏天，是中國歷史上最黑暗的時
代，國民政府正屬行白色恐怖，肅殺進步的革命青年，當時二十

一歲的戴望舒也正參與了革命行動，〈雨巷〉就是代表一部份革命青年的心境反映。

　　當然一首抒情濃烈的詩，由於朦朧的象徵意味，是會由評家多方去解釋，多角度的去求得詩所暗示的底蘊的。究竟的真相如何，可能只有詩人自己才明白，然而最近有位稱為「漂泊京城」的評家，自戴望舒當時所發生的一段戀愛故事，而發現詩人寫下這首詩的真實背景。戴望舒年輕時讀的是上海大學，然後又轉入震旦大學專修法文，這樣開啟他對法國文學尤其法國象徵派詩學的興趣。而與同樣對現代文學愛好的施蟄存、杜衡等結識，在他們的詩刊《瓔珞》上發表作品。

　　施蟄存原本和戴望舒是上海大學的同學，兩人嗜好興趣相同，又具同一理想，常在一起研究翻譯文學作品，所以來自杭州的戴望舒後來便住到施蟄存家裡。這時有趣的事情便發生了：戴望舒在施家見到了施蟄存的妹妹施絳平，施家小妹嬌小甜美，人見人愛，戴望舒一見便馬上情牽魂繞了，從此更離不開施家。然而這場烈火一樣的感情卻只是戴望舒一廂情願的單相思，施家小妹並沒有動半點心，其中最大的阻礙是戴望舒不但不英俊，而且還是滿臉麻子，更多的是戴望舒非常清貧，靠家中的接濟和偶得稿費過日子。但這些盲目單戀的戴望舒是毫不自知的。這時最尷尬的是施蟄存，雖然明知戴望舒和妹妹不太適合，但出於同學情誼，且係同道，仍然盡力撮合。一九二七年的八月，正值上海的雨季纏綿不絕之時，一天戴望舒站在施家二樓的窗子邊眺望街景，忽見施絳平打著油紙傘走進小巷，那窈窕的身影在濛濛細雨中踽踽獨行，真有如一枝丁香花樣的潔白純靜，戴望舒詩思迸發，遂捉筆迅即捕捉了這個難得的場景：

撐著油紙傘

獨自

徬徨在悠長，悠長

又寂寥的雨巷

我希望逢著

一個丁香一樣地

結著愁怨的姑娘

　　縱然戴望舒如此的癡情，如此的浪漫，如此想引人愛憐，但仍改變不了施家小妹的厭煩。到了那一年冬天，戴望舒的單相思卻越來越熾烈，在鄰近春節的時候，他抑制不住內心的衝動，在樓梯上截住施家小妹，硬把他新寫的一首〈我的戀人〉讀給她聽：

我將對你說我的戀人

我的戀人是一個羞澀的人。

她是羞澀的，有著桃色的臉，

桃色的嘴唇，和一顆天青色的心。

　　施絳平嚇壞了，沒有想到戴望舒會有此瘋狂的舉動，在那保守的年代無疑是難以接受的。然而情緒亢奮到極點的戴大哥突然扶著欄杆大聲喊叫：「妳不答應我就跳了下去！」這下不但把施小妹，連施蟄存及他們的父母都嚇倒了。只好要施絳平先答應，免出亂子，然後再徐圖他法解決。施絳平知道戴望舒一心想到法國留學，乃要他先去留洋，學成後體面的回來再完成終身大事。樂昏了頭的戴望舒哪敢再多要求，乃於一九三二年十月八日登上法國郵輪赴法留學。郵輪啟航時，穿著一套白色西裝的麻臉青年戴望舒，還將手中

的一束紅玫瑰拋向碼頭上嬌小俊俏的施絳平，可見他是多麼的躊躇滿志，既得美人歡心，又將大展前程。殊不知這正是戴望舒感情生活第一場悲劇的開始，五個月後，施小妹嫁作了商人婦。

　　有著「雨巷詩人」美譽的戴望舒，仍舊只能獨自撐著油紙傘，徬徨在悠長，悠長，又寂寥的雨巷。

（刊於 2006/5/19《中華日報》副刊）

從「身體詩」到沈從文的〈頌〉

　　「身體寫作」是後現代主義提倡以來，詩的多元化表現中的一種。為了顛覆解構一切固有的價值觀，力求創新和去蕪存菁，乃極力開發所有從前不敢公開或有禁忌的素材來為詩所驅使，使詩在異狀中突現，造成驚人效果，達到新奇的目的。於是人的自身這塊歷來最神秘、最具爭論性的是非之地，便成了無數前衛詩人開發的地盤。在中國內地，自九十年代初開始即有人倡議詩的「身體性」，名詩人于堅將「身體性」認為詩的要義之一。朦朧詩人多多、芒克、嚴力，第三代詩人中的莽漢、女性詩、非非等詩派均不乏「身體詩」的追求者。當然敲鑼打鼓提倡最力者則是以沈浩波、朵魚、巫昂、尹麗川為首的這一群所謂「下半身寫作」班子。他們的出現曾經聚訟紛紜，有人視之為詩的福音，有人則諷之為詩的末路。他們宣稱所謂「下半身寫作」指的是一種堅決而形而下的狀態，是一種詩歌寫作的貼肉狀態，追求的是一種肉體在場感，注意是肉體，不是身體，是下半身，不是整個身體。然而「下半身寫作」真會如他們宣稱的有「貼肉狀態」和「肉體在場感」嗎？如果真要抱著這種看 A 片的心理去看這種所謂的「身體詩」，準會大失所望，會發現他們純在虛張聲勢，連早年那種看「西洋鏡」中「大姑娘洗澡」的臨場感都沒有。他們不過是用賊眼在門縫中偷窺，利用「上半身」的好奇，來對「下半身」意淫，他們詩的標題不過是〈郊區公廁即景〉、〈每天，我們面對便池〉、〈壓死在床上〉等從來不曾入詩過的角落生活素材。他們的目的無非是要創新，新到駭人聽聞，新到令保守的詩

人會氣到腦充血,達到後現代情境中反文化、反傳統、反經典的目的。且看沈浩波這首引起爭論的名詩〈靜物〉:

　　瘦肉、肥肉、肥瘦相間的肉
　　排骨、腔骨,還有一把
　　切肉的刀
　　都擺在油膩的案板上

　　案板後面
　　賣肉的少婦坐著
　　敞著懷
　　露出潔白的奶子

　　案板前面
　　買肉的我,站著
　　張著嘴,像一個
　　饕餮之徒

　　唯一的動靜
　　由她懷中的孩子發出
　　吧嗒吧嗒
　　扣人心弦

　　這首詩曾在一場「新詩理論研討會」上,被一位教授批判為人的情欲和肉欲本能潛意識的流露,無聊透頂,也太簡單。確實,這類的詩都是「詩到語言為止」,不講究使用含蓄的意象表現,全是以大白話坦露的說出。

　　台灣從來沒有「身體性」寫作這一名詞，更沒有人回應過「下半身寫作」；台灣的詩人過去曾追逐過各種潮流，更因對潮流的看法不同，引發過多次論戰。

　　唯獨對身體這塊禁地，不曾公然的觸碰，也不敢明目張膽的公開表現，然而暗地裡身體和性的書寫，一直沒有中斷過。記得早期覃子豪寫過一首詩〈小鹿〉，就曾公認為寫女性乳房的珍品。六十年代余光中寫的〈鶴嘴鋤〉，可以說對性器官的暗示既具象又生動。七十年代另一名楊光中曾有一詩集《好色賦》，首次打出「女體美的讚頌，性與愛的謳歌」的標題，整本詩集都是性愛意象，描寫部位已經突破三圍，抵達禁地，可以說早已是下半身寫作了。直至八十年代，台灣保守的性禁忌，隨著女權的高漲而突破，詩人也沒缺席，於是夏宇的〈腹語術〉、顏艾琳的〈骨皮肉〉、江文瑜的〈男人的乳頭〉，甚至男性詩人陳克華寫的〈腔交之必要〉，都曾充份施展身體出現在詩中的優勢，表露出生理行為的在場感。且看顏艾琳的〈溺〉，是如何的語不驚人的叛逆：

> 男人　是水上的漂流物
> 當欲望淹沒肉體
> 細胞自身上大量流失
> 溶為水性的我
> 載著半
> 　　　　浮
> 　半　沉　的他
> 往黑色的漩渦
> 捲溺下去

　　顏艾琳描寫生理性衝動是用水的意象來美化，一連串的流失、淹沒、浮沉、漩渦、捲溺，演出一場不帶半點情色，卻有情趣，似水上芭蕾。同樣的以身體入詩，台灣詩人的表現，仍是以詩的美學要求為重點，不僅是身體，也不僅是情欲。從早期的覃子豪到近期的陳克華，莫不是以詩本位為主來開發身體的這塊詩墾地。

　　往上回溯至三十及四十年代，雖說其時已經講究「摩登」的追逐，但社會風氣仍很保守，男女手拉手走在一起，都會引來路人的側目，男女授受不親仍是清規戒律，哪能遐想到身體也能入詩。早年湖畔詩人汪靜之寫過一首只有三行的短詩〈伊過家門外〉，即曾受到保守人士的大加撻伐，且看這三行「犯忌」的詩：

> 我冒犯了人們的指摘
> 一步一回頭地瞟我意中人
> 我怎樣欣慰而膽寒呵！
> （一九二二年一月八日）

　　這首詩在汪氏詩集《蕙的風》出版後，保守人士認為：「一步一回頭地瞟我意中人，做得有多麼輕薄，多麼墮落。」認為有故意公佈自己獸性衝動和挑撥人們做出不道德行為之嫌。魯迅雖曾反諷過是道學家的神經過敏，卻也認為這樣的詩：「頗為幼稚，宜讀拜倫、雪萊、海涅的詩，以助成長。」

　　但是文人的思路是誰也關不住的，他們表面隨眾道貌岸然，筆底下卻浪漫成性。沈從文先生是公認的最傑出嚴肅的小說家，一條綿長千里的湘西西水，流出了他的審美理念和人生寄託。他的創作風格一向趨向浪漫抒情，追求美美的詩意效果，沈先生是個傑出的小說家，卻培植出了一個偉大的詩人卞之琳。沈先生不大寫詩，卻

以「上官碧」的筆名為何其芳的散文創作《畫夢錄》寫了一首詩〈何其芳浮雕〉。最近讀詩又非常偶然的讀到沈從文的一首短詩〈頌〉，這首詩使我大吃一驚，我發現現在所流行的「身體性」寫作，早在三十年代的小說家沈從文筆下就出現了，詩如下：

> 說是有那麼一天，
> 你的身體成了我極熟稔的地方。
> 那轉彎抹角，那小阜平岡；
> 一草一木我全知道清清楚楚，
> 雖在黑暗裡我也不至於迷途。

　　這五行詩用直白的語言詠嘆著戀人的身體，看來一目了然，卻仍巧用象徵、暗示等技巧，使詩含蓄有味，不至於低俗，更不至於徒有男歡女愛的快感。我們愛一個人，總被期待愛得徹底，巨細無遺。這首詩就是這樣的交心了，「你的身體成了我極熟稔的地方」，「一草一木我全知道清清楚楚」，還有什麼不放心的呢？身體性寫作必須這樣含而不露，尊重身體的神聖性，方是大家都能欣賞的正道。

（刊於 2006/3/23《中華日報》副刊）

春風過耳馬如聾

　　題目的這句詩是現居北京的名詩人邵燕祥先生，今年（2010年）春節寄贈給我的詩中的頭一句。邵先生是兩岸開始交流後，我認識的第一位大陸詩人。他在一九七九到一九八四年間曾是歷史悠久的北京《詩刊》執行主編之一，現今大陸有名的中生代詩人，如北島、楊練、顧城、舒婷等都是在他執編《詩刊》時開始發跡。而他寫的雜文更是犀利有力，直追魯迅、聶紺弩等名家。他和我認識，是因我在一九八七年七月在台灣《中央日報》副刊海外版發表過一首詩，題名「一枚子彈」，被他發現了。他便在他的一篇短短的雜文中特別推舉這首詩，認為在大陸早已忘記對日抗戰這回事了，更不會曉得日本兵射出的一枚子彈，已在一個中國老兵的體內藏了五十年。此後我們便相認相識，兩人交換了著作。他為我特別訂閱了兩本權威的文學性雜誌，《文學自由談》和《隨筆》，這兩本按時出版的雜誌我已經白看至少二十年了，受益之多簡直無法估計。今年春節他除在 E-MAIL 上對我祝福外，並稱他現在耳聾的趨勢已勢不可當，有感於自己快全然失聰的尷尬，他寫下了這首自嘲詩，寄與我分享。詩如下：

　　　　春風過耳馬如聾，把酒論人當自轟。
　　　　不為偏聽常俯耳，並非慎獨且孤行。
　　　　失聰便怪人能靜，聆教翻疑語不通。
　　　　莫笑身無天子相，老夫忽地變真龍。

　　燕祥先生這首詩自謙乃打油之作，其實不但不是玩笑的打油，而且還蘊含著更嚴肅的他對人生的沉重感。人若到了耳不聰、目不明，必定是活過頎長的歲月，受盡了苦難的煎熬；人體器官磨損殆盡，才會有此接近「殘廢」的下場的。此詩的八句，每一句都在自嘲耳在重聽時，所遇到的各種難堪場面，令人不禁唏噓，人苟活得多麼滑稽痛苦呵。燕祥先生耳順時，素以敢言、直言著稱，曾經惹下不少禍來，而今身體上這一敏感的感偵器（英文名為 Sensor，機器人全賴各種感偵器的驅動，才能做出各種動作）逐漸失靈，今後可以安靜的享點清福了。管他窗外來的是風聲、雨聲、讀書聲，還是槍砲聲。

　　我最近曾親身經歷過一件「春風過耳馬如聾」的故事。就在五天前，我們當年入伍當兵的老同學，僅剩的七人，各自帶著尚健在的老妻，聚在一起喝春酒。我們之中年齡最大的一個已接近九十歲，其他六人有四人已是八五上下，我快八十三歲，另外一個叫陳九齡的，也已走進八一高齡。我們這七個老男人圍坐在一起，除了年齡大得嚇人外，聲音更是大得嚇人。原因無他，因耳朵都已不靈光，又都怕別人聽不見，說起話來，打起招呼來都放聲高喊。結果是你吼你的，他喊他的，聲音雖震耳，有時還俯在耳邊細訴，卻誰也沒聽懂究竟誰講的什麼，全如雞同鴨講沒有交集。怪的是，散席時，大家好像仍然沒有盡興，依依不捨的相約明年春天不忘再來喝兩盅。

　　我有一不成熟的體認，即是身體上稍微有點缺憾，有時並非全然是壞事，反倒會失之東隅收之桑榆，得到一點意外的賞賜。我發現身體上的六覺「眼、耳、鼻、舌、聲、意」，萬一其中一覺失去功能，其他某些感覺即會特別發達，自動予以彌補。已故老畫家陳庭詩先生幼年因爬樹摔下，頭部著地而失去聽覺，連聲帶也喪失功能，

因之一生既聾且啞，照說這樣既聽不見，又說不出話的人應該是不會有太大的發展的。然而他卻是國際公認的最成功的版畫家，他用甘蔗版製印的版畫，至今已是收藏的稀世珍品。馬英九接見貴賓的大客廳，正中那張巨幅版畫，即是他的傑作。他的舊學根柢深厚，尤其他在自己所繪水墨畫上的題詩，以及為好友手書的嵌名聯，無論詩書畫都可稱一絕。令人嘖嘖稱奇的是，他既聾又啞，為何詩中的音韻節律卻那麼工整、調和、符合節拍？這難道不是上天的補償恩賜，以及他自身潛能的最大發揮！

　　周夢蝶先生已九十高齡，近年耳背極為嚴重，僅只左耳還能聽到幾分，仍須大聲附耳才有用。他住單身公寓，電話打進去常沒有回應，因他聽不到電話鈴聲，而我們總擔心他出了什麼狀況。記得從前陳庭詩家的電話是用傳真機代替，鈴聲則改用閃燈。我看將來周公也可用此法解決他與外在的聯繫。但是有時我又認為，在這胡言亂語滿天飛、殺聲槍聲常灌耳的今天，能夠什麼聲音都聽不到未免不也是一種福氣。我們正常人還常常只想「充耳不聞」，以免生閒氣哩。我們幾個周公的好友常有聚會，每當大家陰陽八卦、緋聞流言、口水飛濺、高談闊論得意興風發時，獨有周公坐在一旁不發一語，總是微帶笑意的看著大家，便覺周公是在靜靜享受耳根不受打擾的樂趣。

　　詩人辛鬱有首詩叫〈聾耳的藝術〉，諷刺調笑得很犀利。一共只有十行，卻像十根利箭吹向那些人前裝聾作啞、背後笑裡藏刀的壞人。詩如下：

　　　　信不信由你　　有時候
　　　　在眾人出沒的會堂

聲　是一種藝術

你看　他照單全收

那一張張笑臉上寫著的

一串串好聽的話

至於帶刺的聲音

他聽不見甚至回送

更鋒利的刀尖

與更長的刺

　　這種「聾耳的藝術」，捷克作家卡夫卡有著更為巧妙的詮釋。先是他的小友布洛德對他講了一個聽來的中國小故事，說：「心是一間有兩個臥室的房子，一間臥室住著痛苦，另一間住著喜悅。人不可笑得太大聲，以免吵醒了隔壁的悲愁。」卡夫卡便問：「那麼喜悅呢？難道不會被悲愁吵醒嗎？」小友回答：「不，喜悅的耳朵不靈光，從來聽不見鄰室的哭聲。」卡夫卡點點頭說：「這就對了，難怪人常常假裝著自己很高興的樣子，他將自己的耳朵用喜悅的蠟封起來。」喜聽好話，佯裝快樂，從來不採納逆耳的忠言，是人的通病，這比裝聾作啞的人更麻木不仁，更可悲了。

（刊於 2010/4/11《聯合報》副刊）

人間如何閒日月？

——念已故詩人季野

多年前，詩人季野出了一個對子的上聯「人間閒日月」，徵求下聯。上聯出了很久，卻一直沒人能對得上。他的好友侯吉諒還好心的貼在他的部落格上，以便有更多人來應「對」，多年來也沒有多少反應。我曾懵裡懵懂、自作聰明的對了「詩裡正乾坤」五個字，我以為「人間」對「詩裡」，「日月」對「乾坤」，難道還不是對個正著嗎？誰知有人馬上給我潑了冷水，他說如果按照一般標準，你這下聯應是對得恰如其份。問題是出在季野上聯兩門字中本就嵌有「日」「月」，你這下聯中間有「乾」有「坤」嗎？我啞了，原來其中另有玄機呀？我太天真了，有那麼容易，還輪得到我嗎？

季野此聯至今仍無人能對得上，可見聯語是咱中國文字的一門高深藝術，絕非任何不具修養的人可能對應。但是這「人間閒日月」五字，而今已成為他新詩集的書名，好像是在更為公開的徵求下聯，看誰有本領接受此聯的挑戰。然而即使現在真有人能對上，季野也看不到了。他已在去年五月離開這「無知」的人間。

「人間閒日月」應是季野精神境界的一種嚮往追求。人如能不隨四時境遇流轉，而能「閒適」其中，這是一處多麼美妙的人間呀！然而季野一生都沒有「閒適」時間，更無法逃脫日月的輪轉，最後他是被高速的輪轉所犧牲，正如侯吉諒在詠季野茶品〈紅水烏龍〉一詞中所問的：「人間如何閒日月？」

　　季野是比較老一代的中生代詩人，當年和他玩在一起的詩人尚有侯吉諒、吳德亮、許丕昌、銀正雄等幾位。他是當年「軍」系詩人中的新生代，更是羊令野領導的「詩隊伍」的一員。一九七二年他加入軍中詩人的大本營《創世紀》，並曾主編過一期。季野一生真正的寫詩階段，也就是這段他在政戰學校就讀的七十年代至他服役滿期的十年期間。這十年是他意興風發，詩創作最旺的高峰，至八十年代初，季野便突然轉移興趣向茶藝方面發展了，詩只有偶然的幾首。但他並沒有與詩壇脫節，詩人聚會他都會參加，而他在台北開設的幾處茶藝館，每月總有幾次大批詩人雲集，包括《創世紀》的編輯會議，出版前的校對；還有當年我們老一代詩人的「蒼髮小聚」，都是由他盛情款待。甚至在一九九一年，他將茶藝事業遷往台中精明一街開設「有名堂茶館」，他仍設法讓台北「詩隊伍」的大軍開拔過去，在精明一街的那條人來人往的大街上，搭台朗誦詩歌，造成前所未有的轟動。

　　季野一生寫詩不多，他也不擅於把自己的作品當寶貝一樣收藏，據他的夫人告訴為他出書的隱地兄，為了找齊季野散失不知下落的作品，到處翻找他的遺物。結果發現這裡夾一首，那裡藏一首，有的尚是原稿，有的則是剪報。詩人須文蔚為了蒐集他的作品資料，不但找不到過去媒體對他的報導，網路搜尋也付闕如。而號稱文學資料蒐集最詳盡的「當代文學史料系統」，也不過聊聊數字的簡介，而且錯字連篇，他很為季野抱屈。

　　談到季野的詩，我最不能忘記的就是他早年那首圈內人叫好、被圈外人罵翻了天的〈羈泊篇〉。〈羈泊篇〉是他三十歲時候寫的一首非常獨特的詩，由於「散」得不但不像詩，詩句更是拆成一兩字

或三四字（只有中間兩句是八個字）的數十行橫向排列。如果連結成長句，原文應是以下這十一句：

> 好白好白的天，
>
> 好白好白的大地，
>
> 好白好白的風吹著，
>
> 落葉飛舞，
>
> 只有一片不是白的，
>
> 眼看著就落了下來，
>
> 忽然又捲飛了上去，
>
> 飛成一個大黑點，
>
> 飛成一個小黑點，
>
> 飛成更小更小的黑點，
>
> 飛成一片好白好白的遠方。

季野在一次演講時說，他寫這首詩是「想用最多元素來表現詩的一個實驗性作品，重點是讓人有自己的感覺，另一特色就是讀起來有音樂性」。季野三十歲時的七十年代，正是各種詩的實驗並舉、百花競豔的一個時期，現代主義的烈焰已滅，什麼視覺詩、圖像詩，甚至馬雅可夫斯基的階梯形詩行排列都有人引進。季野這「點放」式的〈羈泊篇〉是這類新種詩的綜合。而這種形式也正符合一個羈旅作客在外者，巴巴瞻望一片空無的遠方的無奈心境。季野朗誦這首詩時，短句分行所形成的頓挫節奏，正好是他所要求的音樂性，聽來鏗鏘有力。

《人間閒日月》收季野的詩作七十四首，其中有四十首詩原在一九七九年四月與林文義的散文，和詹錫奎的小說合集的《西格奈

裡的故事》一書。正如他的好友、和季野一樣同是詩人茶藝家吳德亮所言：「季野的詩，駕馭文字的能力與意象的拿捏均十分精準。」對一個詩人的要求言，除了這兩大重點外，我們還想看到什麼其他更值得誇耀的東西？在季野生前台灣所出版的各大重要選集中，包括《當代中國新文學大系》、《中華現代文學大系》都收有他的作品，足見德亮對他的評語十足中肯，評選者也是看中了他詩中這兩大特點，才收進去他的詩呀。我對的那句「詩裡正乾坤」，季野其實曾經有過，只是時間太短，沒容許他再大開大闔、便含憾而去。

（刊於 2009/12/28《人間福報》副刊）

亂而詩記之

　　二〇〇八年最令人新鮮的一件事是，終於從七十二個漢字中，全民公選出一個「亂」字來代表台灣當今的世態和現象。「亂世」二字從前僅常常出於一憂國憂民或憤世嫉俗者的口中，而今大家公認只有一個「亂」字才能代表台灣，這可真是十足的民意表現了。也可見當今確實是天下大亂，亂到大家都受不了。

　　亂者變之所由也，有變才有亂，但也只有以變才能制亂，這是常言「變亂」二字的雙刃解釋。據說美國今年選出的代表字是Change，即中文的「變」，以為變才是當今美國的致命傷，也唯有求變才是解救亂象的特效藥。美國即將就職的新選出總統歐巴馬曾將Change 作為競選的重要訴求，即是抓住了美國人在變亂中受夠了罪，必須積極求新求變的心理。

　　作為一個卑微的寫詩人，敏感的觸鬚不能閒置，總要聞出些異味來提出預警。

　　我在二〇〇八年曾經寫過兩首詩道出對這世相變亂的無奈。一首是在三月七日發表的〈變、變、變〉，選出兩段以示我的憂心：

　　　變得纖細些
　　　好鑽進各種漏洞
　　　如筆直的龍捲風插進天體的鼻孔
　　　想想會攪出多少有關痛癢的風雲

變得樂觀些

好適應各種興奮

如經典正教導我們該如何正襟危坐

想想蟑螂卻搔癢我害雞眼的腳板心

　　這兩段詩所寫不過是無奈的道出對當今的爾虞我詐的亂象不知如何適應。另一首名為〈今天一覽〉的詩則明顯的直指今天的社會紛亂，可說已到無法無天、明火執杖人人自危的地步：

　　（一）

亮著，亮著

唰的一盞燈就他媽的熄了

怒罵為何把我推入黑暗

沒有人答理

烏漆抹黑的

就是指著我的鼻子

也無從發現

　　（二）

亮著，亮著

赫然刀子架到了脖子上

還以為今天的北風真涼

沒有人理我

抽煙的抽煙

嚼檳榔的嚼檳榔

好像今天放大假一樣

（三）

亮著，亮著

一張黑桃 K 唰的發到了面前

這一下好運天降

且別把釣餌當好康

任他青面獠牙

管他歡喜佛相

這時，切勿隨便 Show hand

　　然而以上我的詩所感慨的仍不過是小鼻子、小眼睛的個人對生態環境的靜觀，一點也未涉及到當今全宇宙天候變化之大亂、種族世仇無止境的報復動亂，以及全球經濟體結構性失調以致世界恐慌所帶來的整體變亂。但無風不起浪，所有的風波都會牽一髮而動全身，都肇因於整體失序、脫序的那個一團亂。

　　詩人對世亂的敏感最早莫過於屈原。屈原是個忠臣、也是個節士。他常懷「舉世皆濁我獨清，眾人皆醉我獨醒」的固執看世界，因此根據他在楚國的痛苦歷練寫下了《楚辭》中的《離騷》和《九章》各篇，篇中陳說堯、舜、禹三代的治；桀、紂、羿的亂，依詩取興、引類取譬，直諷當代，以善鳥香草喻為忠貞，惡禽臭物以比讒佞，靈修美人以配君上。全部各篇無一不在闡述「亂」之為害，「治」

之興利，對賢人君子的無尚嚮往，群小的深惡痛絕。可說是以詩文的隱喻來作撥亂反正的不朽經典。

現代詩人直接以一「亂」字為題寫下許多詩，並以《亂》為詩集名者唯台灣中生代名詩人向陽。他這本詩集早就於二○○五年七月出版，較之於現在大家才看出「亂」字為禍之首者可謂先知也。而向陽決定將這本詩集取名為《亂》正是他自幼手抄屈原的《離騷》所蓄積的靈感。他說他將《離騷》奉如經典，一直抄寫到詩末，發現結語中有如下幾句：

> 亂曰：已矣哉，國無人莫我知兮，又何懷乎故都；既莫足為
> 美政兮，吾將從彭咸之所居

據《楚辭》的注釋：「亂曰」有總攝其大要以為亂辭的意思，認為《離騷》這一輯的篇章乃「亂」譜成。「已矣哉」乃嘆詞，感嘆舉世沒有賢人知道他的忠信，既如此那他又何必思念故都楚國？既然君王無道不足與之共行美德善政，那我不如仿效彭咸大夫一樣自沉汨羅算了。《離騷》這一 ending 十足道出屈原時不我與的悲憤。年輕的向陽讀了屈原這樣的明志詩，無不源自世道之亂，且以歌賦的形式為之，調節樂理以震蕩人心，從此《離騷》乃成為他少時效法的典範，也對他及長以後的書寫行為有所啟發。

向陽以「台語詩」和「十行詩」開啟他的現代詩的書寫，這本詩集《亂》已是他的第八本作品。是他自一九八七年到二○○三年這十六年間親履台灣自戒嚴解除、民心崛起、政治板塊不斷挪移，社會處於不安、猶疑、盲從、冒進等動亂因數下，所做紀錄和見證。他將這本詩集題名曰《亂》，也有點像屈原一樣心亂於亂世之煩憂，

作騷賦以為亂世之記，俾為治世時之記憶警惕。這大概也是一個有心無力的知識份子的唯一選擇吧？

以《亂》為書名的詩集共收各類型的現代詩四十六首，按寫作的年代劃分為三卷。這三卷詩寫出了這十六年間他在人生路上三重身份轉換中（由新聞人轉型為學院研究者，博士學位獲得後專任大學教職），和變動的台灣社會亂象對話的真蹟。這些詩無論從詩意表現和形式追求上都有立意的翻新和實驗，以期十足忠實做亂世之記。譬如他的一首廣為人知且不斷出現在各詩朗誦會上的〈咬舌詩〉便會令人驚奇向陽對詩學的精研和出眾，以及慧眼辨識善惡的精準。詩如下：

> 這是一個怎麼樣的年代？怎樣的一個年代？
> **這是啥麼款的一個世界？一個啥麼款的世界？**
> 黃昏在昏黃的燈光下無代誌周掠目蝨相咬，
> **城市在星星還沒出現前已經目睭花花，匏仔看做菜瓜，**
> 平凡的我們不知欲變啥麼蛻，創啥麼碗粿？
> 孤孤單單。做牛就愛拖，啊，做人就愛磨？
>
> 拖拖拖，磨磨磨，
> 拖拖磨磨，有拖就有磨。
> 這是一個喧嘩而孤獨的年代，一人一家代，公媽隨人栽的世界。
> 你有你的大小調，我有我的長短調，
> 有人愛飲 Do Ne Mi，有人愛唱歌仔戲，
> 亦有人愛聽莫札特，杜布西，猶有彼個落落長的柴可夫斯基。
> 吃不盡漢堡牛排豬腳雞腿鴨賞，以及 Sa Si Mi，

喝不完可樂咖啡紅茶綠茶烏龍，還有嗨頭仔白蘭地威士忌，
唉，這樣一個喧嘩而孤獨的年代，
搞不清楚我的白天比你的黑夜光明還是你的黑夜比我的白天
美麗。

這是一個快樂與悲哀同在的年代，七月半鴨不知死活的世界。
你醉你的紙醉，我迷我的金迷，你搔你的騷擾，我搞我的高潮，
莊腳愛簽六合彩，都市就來搏職業棒賽。
母仔揣牛郎公仔揣幼齒，縱貫路上檳榔西施滿滿是。
我得意地飆，飆不完飆車飆舞飆股票，外加公共工程十八標，
你快樂地盜，盜不盡盜山盜林盜國土，還有各地垃圾隨便倒，
唉，這樣一個快樂與悲哀同在的年代，
分不出來我的快樂比你的悲哀悲哀還是你的悲哀比我的快樂
快樂。

　　向陽的這首〈咬舌詩〉係以國台語混聲譜出。從讀誦時的聲情
效果，和字聲後的寓意便可發現這是一首極為切合當今台灣這個移
民社會複雜和失序的仿真描繪，當然更可代表台灣這塊政治版圖因
傾軋爭權所導致的紛亂不安境況。真如詩中一再追問的「快樂與悲
哀」究竟誰比誰勝出？這是一個啥咪款的世界？

　　向陽自立足詩界以來一直是一個讓人有話說的詩人，因為他的
詩總是呈現出發現和處理重大問題的能力，我們看他這本詩集中便
有很多詩引發一個時代的回憶和心傷。〈一首被撕裂的詩〉、〈發現口
口〉、〈X與○的是非題〉和〈囚〉這些在詩的形式上做新的實驗，
以及利用填字遊戲造成詩隱喻的迷思，無非顯露那年代在白色恐怖

下施行的無所不在的文字獄的痛點。這種草木皆兵、人人皆被懷疑
通敵的氛圍，豈不正是整個社會動亂之源？

> 黑暗沉落下來
> 在台灣的心臟地帶
> 黑暗沉落下來
> 於我們憂傷的胸懷
> 黑暗沉落下來
> 當屋瓦牆垣找不到棲腳的所在
> 黑暗沉落下來
> 我的同胞陷身斷裂的生死之崖
> ……

　　這是一九九九年九月二十二日向陽寫下的詩〈黑暗沉落下來〉
中的開端，有如《離騷》、《天問》般的泣訴。可以看出這天正是台
灣有史以來發生在南投的天崩地裂大地震的驚心時刻，說是「黑暗
沉落下來」是最恰當的形容描述。那是老天早就不小心埋伏下的一
場毀滅性的動亂。這種天災我們無力抗拒和防範，只能認命接受這
種考驗和竭力災後重建。然而很多「沉落下來的黑暗」是人自身製
造和招惹的，就像二〇〇八年的「亂」都是源自人心的「貪婪」、「私
欲」、「權鬥」和「無理蠻悍」，像這樣的一切標準、公道全然失序、
脫序，豈會不讓台灣陷身進退維谷的生死之崖。但願嶄新的二〇〇
九曙光能照徹黑暗，還我大地清明，將「亂」字永遠歸檔。

（刊於 2009/2/20《中華日報》副刊）

不滅的藍星光燦

——詩人夏菁，踽踽獨行

　　在五十年代，詩人這個圈子流傳著一句「兩馬同槽」的讖語，羨煞了多少愛詩的人。因為這四個字是出自梁實秋先生之口，是用來讚許他的兩個得意門生余光中和夏菁的。意思是他的這兩個詩的傳人都有很高的詩學成就，而且兩人合辦了「藍星詩社」，很像當年他們「新月詩派」樣的發光發熱。

　　余光中一直是在學院裡教英美詩，寫新詩，在詩壇一直到他已八十二歲的今天，仍然星光閃爍，處處掌聲。夏菁則是學農的，是當年蔣夢麟博士主持的農復會裡的水土保持專家，與李登輝同在一個辦公室裡做著改革台灣農政的工作。他很早就研習英美詩，當美國國寶級詩人佛洛斯特在台灣尚很少人知道的時候，他就翻譯佛氏的名作〈雪夜林畔〉、〈黃金時代不久留〉等四首，收在今日世界社出版的《美國詩選》，與同在該書翻譯的梁實秋、張愛玲、邢光祖、林以亮、余光中等譯家齊名。

　　夏菁的詩創作深受英美詩的影響，但不是西方浪漫派詩的餘緒，也不是依茲拉・龐德和艾略特師徒的激進現代，而是承傳了葉慈等現代詩人的手法，做比較理性的傳承。他在第一本詩集《靜靜的林間》後記中即曾宣示：「詩，在我是終身的追求，不是一時的調情。」可見他是一個不隨波逐流的正牌詩人。當早年台灣的詩成了政治打手、口號傳單時，他和覃子豪、鄧禹平、余光中等人組織「藍星詩社」，主張詩應抒發自己的心聲。在六十年代詩人們縱情於現代

的晦澀虛無時，他提出「詩的可讀性」為詩存在的第一要務，語言可以淺近，內涵則須深邃。到了近代，詩人們多向「後現代」靠近，他仍然保持他「詩必心出」的不變信仰。

　　然而這樣深深固執於本心，絕不向周遭的流行思潮妥協的詩人，肯定是要踽踽獨行一輩子，絕對別想得到與他不同道者的半點鼓勵和掌聲的。甚至本來和他一路打拚過來的，年深日久也疏於給他幾句打氣好聽的話。加之他很早即離開台灣，被聯合國糧農組織聘去協助很多低度開發國家做好水土保持工作，最早（1969）他去了牙買加一待五年，然後（1976）去了薩爾瓦多，又是兩年多，此後他不斷被指定去馳援別的國家，終至舉家遷往美國，每回台灣也是應台灣農政單位之請，協助一些水土保持和加固的問題。雖然他的詩作從來沒有因四處奔波而停頓過，但是由於人常不在台灣，缺少對自己土地環境的刺激，而更由於缺乏被人傳誦或引起共鳴的隨機快感，終至慢慢被台灣詩壇疏遠，連歷年出版的詩選也少有他的名字。遑論他早就應得的詩歌終身成就獎項。這是很多去國遠行詩人必定會遇到的宿命，缺乏自己土地人氣助長的最終結果。

　　但是夏菁是不在乎這些的，他認為每個寫詩的人只要忠於自己，能夠傳達這個時代的感覺和心聲，其他就交由時間去評判。在這整個詩的發展極不景氣，詩人被當作笑話一樣存在的今天，最近他仍然將他自第二個千禧年以來，至今發表過的詩作五十五首，結成他的第十本詩集，命名為《獨行集》。這個書名看似平凡，然也十足代表此時此地他年屆八十五歲，仍然踽踽獨行於詩的創造道路上的孤寂心境。而在一個與他同年齡層的我等少數寫詩人而言，看到他如此無奈的自我傷感，不無為他具抱屈之感。認真的說，夏菁的詩是屬於上流社會、正人君子的詩，語言中規中矩，意象絕不驚詫

到令人除死方休，每首詩總是予人一種親和感、安定感。夏菁詩中尤其充滿著一種紳士般的高貴和自信，他在〈如此一生〉的短詩中，這樣描繪自己：

　　曾著有十冊詩，五本散文
　　卻不是學文出身

　　在研究所教書，指導論文
　　沒有戴博士金纓

　　緊扣著一隻手，不渝終生
　　只有那海天作證

　　由於他自始即在協助解決台灣農林面臨的問題，因此他詩中多吐露出對土地、對眾生、對保育、對環保的關懷。去年台灣南部八八水災遭受重創，他除以水土保持專家的身份心急如焚的在報紙撰文，向有關當局提供因應之道，並以〈看人力能否勝天〉為題，為八八水災而寫了一首詩，深深表達他對這塊土地的關注，詩一起始，他回憶說：

　　五十年前，我參與
　　八‧七水患的救災
　　彰化的許厝寮
　　像世界末日，村屋全埋
　　那片石礫，那片死寂
　　不時還映在我的腦海

　　然後他將現在的災難與痛苦細訴一遍之後，他傷心無奈的告訴大家，不要怨天尤人，要勇敢面對，因為：

　　　這是世紀的天災——
　　　一年的雨量落在幾天之間
　　　不要爭執，不要指責
　　　不分上下，不分旗幟
　　　做好善後，家園重建
　　　看人力能否勝天

　　確實，面對這種不可預知、無法抗拒的「天作孽」，我們這渺小的人類，除了逆來順受，發揮自力更生，以人定勝天的勇毅來自救，不然又再能怎樣？

　　夏菁的另一絕活是散文，他和余光中是「藍星」光譜中能夠將詩與散文左右開弓的能手。他的第一本散文集《落磯山下》於一九六八年出版，當時尚健在的梁實秋先生便說：「夏菁通數國文字，嗜英美文學，其散文絕無時下習氣，清談娓娓，勝語直尋，中國人使用中國文字，固當如此。」在「藍星詩社」旗下出版各種版本詩刊中，以夏菁主編時獨創的摺疊式《藍星詩頁》為最風光，自一九五八至一九八四出版的七十三期詩頁中，除藍星創社基本成員的詩作發表外、瘂弦、葉珊（現在的楊牧）、阮囊、周夢蝶、黃用、吳望堯等均是當時正意興風發的主要作者。連紀弦大老被勢所逼，欲解散現代派的文章〈我的立場〉，也是在夏菁主編的《藍星詩頁》發表，夏菁對「藍星」的貢獻，真是該記一大功。「藍星詩社」是夏菁催生而誕生的，苦撐近五十年之後的今天，終於無疾淡出，夏菁遠在美國科羅拉多州，為挽救這份他投注無數心血的老詩刊，曾經心急如

焚，我們之間隔洋函電和 E-mail 交談無數，但都無能為力，只嘆我
們都已老邁，再也無力挽狂濤於既倒。

（刊於二〇一〇年十一月《文訊》雜誌）

重見淹沒的輝煌

──發現朱英誕和他的《冬葉冬花集》

　　斷裂的歷史，使得我們少認識多少可貴的人文風景。人為的政治偏見，造成我們視親人如同敵人般隔絕，這兩岸數十年的硬性阻隔是多麼的殘酷可悲，釀成了多麼難以彌補的悲劇命運。即使現在已經恢復交通，但那些錯誤造成的損失，恐怕再過幾十年也追不回來，有的就永遠被時間淹沒了。因此當我聽到有人一件件從廢墟中去拾掇拼圖找回那些偉大心靈的全貌，還他應有的尊嚴和成就，我就對這些勇者肅然起敬，我又可以多一份心靈的營養補充。

　　前輩詩人朱英誕這個名字對我們這僻居台灣的詩壇言是完全陌生的。我們曾經漸漸知道比較熟知的李金髮、徐志摩、馮至、卞之琳以及廢名等大家，甚至我曾介紹過宗白華的入室弟子，一直隱居不欲人知的汪銘竹。但朱英誕先生則不但未在我們的台灣文學大系或詩選中出現過，即使後來從大陸出版的各種新詩鑑賞辭典、詩選、新詩大全等等不下二十多種，也從未出現過朱先生的作品。雖然提攜過他的著名詩人林庚和廢名每種版本都有詩作選入，但獨缺少這兩人的傳人的作品出現。

　　朱英誕先生（1913-1983）是三十年代的一位元老詩人，為宋代理學家朱熹的後代。據林庚在朱英誕詩集《無題之秋》書後回憶，他於一九三四年在北京民國學院兼課，班上便有朱英誕和李白風兩位對新詩感興趣的青年，常到他家裡談詩。他對朱英誕寫的詩幾乎每首都讀，他的印象是朱氏似乎是一個沉默的冥想者，詩中的聯想

很曲折，有時不易理解。他將朱介紹給廢名，廢名卻非常欣賞。從這裡可以看出朱英誕在二十啷噹歲時，即已是一個不凡的青年詩人為大名家所賞識，且具有不凡的詩的性格。因此當後來詩評家把他視作現代詩人的一員，可說其來有自，因他有著現代主義敢於抗拒傳統的先天因數。但他卻又受他啟蒙老師林庚的影響甚深。林庚雖是自由詩的始作俑者，但也並不忘情格律詩的優點，他曾認為：「自由詩的長處是能夠無阻地抓住剎那的心得，顯得緊張驚警。格律詩所寫的多是『深厚的蘊藏』，顯得從容自如。成熟的新詩應兼有二者之長，能夠從容自如地在整齊的形式中表現新的感覺。」看朱氏在《無題之秋》詩集前後（1932-1935）之作品，顯然就有自由與形式互補的格局，尤其一些像律詩樣前後四行的短詩；以及在《春草集》（1035-1937）中的一些四行形式整齊的韻律詩。

　　朱英誕的表現越來越具現代詩風味應自他受教於廢名開始。廢名自接納朱英誕為學生後，雖自謙：「這位少年詩人之詩才，不佞之文絕不能與其相稱。」然卻對朱詩的既有表現一點也不假以辭色。他在為朱的新詩集《小園集》寫序的時候說：「朱君這兩冊詩稿還是從《無題之秋》發展下來的，六朝晚唐詩在新詩裡復活也。不過我奉勸新詩人一句，原稿有些地方還得修改，這是一件大事，是為新詩要成功為典範起見，是千秋事業，不要太是『一身以外，一心以為有鴻鵠之將至』也。」同時，廢名在論〈林庚同朱英誕的新詩〉中說：「在新詩當中，林庚的份量或者比任何人更重要些，因為他完全與西洋文學不相干。而在新詩裡很自然的，也是很突然的，來一份晚唐的美麗了。而朱英誕也與西洋文學不相干，在新詩當中等於南宋的詞。這不但證明新詩是真正的新文學，並不一定要受西洋文學影響的新文學。他們的詩比我們的更新，而且更是中國的。」從

廢名的觀點來看，林庚、朱英誕和他才是真正從中國水土，非自西洋花露水噴灑，而自我長成的中國新詩，是中國新詩的正路。

朱英誕大量發表詩作和投入新詩研究工作是在抗日戰爭時的北方淪陷區。其時北方作家詩人紛紛南下，詩歌重心由北京轉入昆明等大後方，這些留在北方的詩人遂與戴望舒等現代派詩人斷流。當時深受廢名詩論影響的年輕詩人包括朱英誕、沈啟无、吳興華、黃雨、南星等遂在淪陷區自成一面旗幟，堅持固有的詩歌理想。朱英誕在此時間扮演了極重要的角色，一方面在北京大學開講現代新詩（現存有《現代詩講稿》），並開始大量發表詩作，在一九三七至一九四五年間他出版了《深巷集》、《夜窗集》等重要詩集。《夜窗集》並分甲、乙、丙、丁、戊、己五稿。在一九四四這一年的九、十月間他連續寫了十二首詩（根據《冬葉冬花集》所選，在原詩集中應不止此數）。廢名在四十年代末重返北大時曾特別嘉許朱氏此一期間的豐富業績。

抗日戰爭勝利後從國共內戰到一九四九年中共政權成立，朱英誕的詩作品從未中輟過，據有人統計至一九八三年他離開這個世界為止，一生詩作有三千首以上，是中國新詩史上創紀錄的多產詩人。最不可思議的是在他有生之年，國內局勢從未有一天平靜過，而他從未介意，在他的詩中看不到半點時代的痕跡，歷史的滄桑。即使在那革命的詩歌叫鬧得震天價響的六七十年代，朱英誕亦不畏寂寞，依然堅持自己的理想，寫自己的詩。這也是一個罕見的奇蹟，尤其和他同年齡層、同時代的詩人，或多或少都曾吃過苦，歷過險。但也因為這麼固執的不入世，因此他也不為世所重視甚至有意忽略，有人就認為像朱英誕、吳興華、路易士等在淪陷區奮鬥過的詩人，就應與大後方的「九葉詩人」如辛笛、穆旦、鄭敏等同樣受到

重視。路易士即台灣詩壇三老之一的紀弦，他在台灣光復後即來台教書，並組織現代派為台灣的新詩灌輸現代改造思想，為台灣新詩邁入現代途徑的大功臣，可惜朱英誕就沒有這種機會。

作為廢名入室弟子的朱英誕的詩有幾大特點，除了前述的不入世外，尚因他嗜讀陶淵明的詩，嚮往一種山水行吟的詩人生活，散淡閒適的人生情趣。他的十幾本詩集中寫的幾乎全是大自然鄉野間的各種生態，他寫過〈大風之歌〉、〈小黃河擺渡〉、〈瀛台湖上的野鴨〉、〈擬田園詩〉等具人性真意的詩。即使到了七十多歲（1983年）已纏綿病榻多時，他依然寫〈欲雪〉、〈掃雪〉、〈飛花〉等沉醉人間生活的作品。〈掃雪〉一詩非常有趣：

「掃雪了」——／門外的人在輕輕召喚／冰心先生曾經告訴我們／這是「北京的聲音」／慚愧，我也是北京人的一個／彷彿卻不曾聞問！／孩子們更可憐／慢慢地都不認識雪了／我也只好笑一笑。／讓我來看雲，那／蓬蓬白白，一東一西，一南一北／一堆一堆的是什麼？／雪。我的雪！我的夢實現了。／那裡，那天邊，是我掃的一堆／雪。是的，我掃了／應該的／不要謝。

用語奇特、比喻不凡、詩思飄忽、捉摸不定是朱英誕詩的一大特色。像上面這首詩的思路就是一再轉彎的，從「掃雪了」的聲音一響起，他便將聯想跳到冰心在〈北京的一天〉文中的這一句「北京的聲音」，然後慚愧自己身為北京人也不曾聞問過，遑論孩子也不識雪為何物。於是他仰天看雲，那一堆堆白白的雲，彷彿那就是他已掃成堆的雪，他心滿意足的說：「是的，我掃了。」而且彷彿對人說：「這是應該做的，不要謝。」他在病榻上聯想翩翩的做著他已無

法去完成的工作，而且自得其樂，這是詩人思路靈活到老仍不服氣的好處。至於用語奇特、比喻不凡，這是他老師廢名的評語。他認為朱英誕的詩有些「不可解，亦不求甚解，彷彿就這樣讀可以，可以引起許多憧憬似的」。然就朱英誕童年好友科學家何炳棣博士的回憶，朱氏自幼即非常含蓄，詩的語言本來就是最濃縮的語言，因此他的詩就不免有晦澀之感了。對於此點，我讀遍手頭的《冬葉冬花集》所有的詩，尚未碰到有完全奇特到不能理解的作品，反倒覺得他的詩有的頗符合現代主義象徵詩的手法，甚至早就是當今流行的逆向思考，無須逐字求解，讀後真的可以引起許多憧憬。現以短詩〈秉燭之遊〉為例：

> 紅燭在你的手裡，
> 照著的是我所愛慕的你，
> 紅燭遞到我的手裡來，
> 照著的我也是你的，
> 方才在黑暗裡的人嗎？
> 小心啊，風前的燈，
> 花一般的寂寞的紅。

　　像這樣短短的七行，如果是一個讀慣像徐志摩那樣語言順暢的自由詩的人而言，定會為他的詩中曲折的你、我定位而不耐的。至於突然冒出一句問話，以及「花一般的寂寞的紅」的描述，這中間似乎在做三級跳，省略掉很多必要的補述和轉折，對於慣做線性思考的人而言，是會覺得難以求解的。其實這已是現代主義慣用的技巧了。我讀此詩似乎有卞之琳的〈斷章〉一詩的影子，卞氏愛用現代主義大師美國詩人艾略特的「客觀聯繫法」以及蒙太奇手法為詩，

造成閱讀上的趣味和挖掘。真的，此詩如果有心多讀幾遍，不久會讀出真味的。那「花一般寂寞的紅」不正是那「風前的燈」的隱喻嗎？

　　然而即使朱英誕的詩無論從質和量都不輸人，為什麼終其一生未受到重視，甚至連詩選一本也上不去，這是什麼原因呢？有人分析最主要原因是他係淪陷區詩人，外面的人鮮能知道他的存在。他的老師林庚和廢名也是同樣的命運，廢名的詩全集一直要到前年（2006 年）才設法來台灣出版。同時林庚和廢名由於詩風保守古樸，也長期不為視現代主義為正宗的主流詩壇所接受，這樣也影響到他們的學生如朱英誕、沈啟旡、吳興華等人的出頭。另一令人哭笑不得的原因是，他出版十多本詩集都是自費出版，沒法公開發行，阻絕了外界對他的瞭解，甚至不知道有這麼一位詩人存在。他雖有詩三千首（沒有一首超過五十行的長詩），但公開在報刊發表的不超過三十首，像這樣的露臉次數是打不出什麼知名度的。不過再高的知名度也不能代表一個詩人存在的真實價值，詩人的最高價值決定在他寫的詩的高度，其他只能湊個虛名（2008 年 9 月 13 日秋颱肆虐時）。

　　　　　　　　（刊於 2008 年《詩評人》第 9 期朱英誕專刊）

為苦難的記憶防腐

——序陳銘華的詩集《防腐劑》

　　我對散文詩的認識啟蒙很晚，而且一直懷著偏見。我是一個不可救藥的懷疑主義者，早年當詩人們一窩蜂的要學自西方波特萊爾以降的一切新興詩派時，我因讀書太少，不識波特萊爾是何許人，一切新興詩派是些什麼東東，我懷疑我這近乎文盲的人，能夠懂得了，我膽怯得沒有去加盟。同樣大家在瘋「散文詩」時，我也沒去嘗試。我總認為散文和詩本來是對立的，詩要緊凝，散文不忌鬆散，要將這兩者之間的矛盾統一起來，實在太難，不學如我，也不敢隨便跟風。我這種因無知而懷疑，面對新知又膽怯，註定了在詩的這一行當沒有大用，永遠是一個龍套的角色。

　　更糟糕的是，我在約十二年前曾被香港的詩友邀請去參加「香港散文詩作品研討會」，在那麼多來自各地的論文中，都為散文詩發展的前景充滿信心和希望，並希望將來連政府公文政令都可用散文詩方式書寫，這樣定能使政府與人民打成一片。獨有我這烏鴉嘴發出悲鳴，認為散文詩到底該屬於詩還是散文還有得爭執，台灣散文詩一直並不發達，公認散文詩寫得較好的幾人，也並不常有散文詩作品發表，他們以非常謹慎的態度來看待。最主要的是當年主張要向波特萊爾以降一切新興詩派學習的台灣現代派創始人紀弦，反而站出來取消「散文詩」這一名詞，他認為「散文詩」一詞概念模糊，界說不清，很容易和「詩的散文」相混淆，而造成一種誤解。「散文詩」就是「自由詩」，而「自由詩」不就是「散文詩」，為了名詞術

語的使用統一和單純的必要，所以他主張乾脆取消「散文詩」一詞。我這一潑冷水之舉，而且還把大老的主張舉了出來，當然有點殺風景，但會上也沒有人提出反對意見，大概認為這只是台灣這小地方一小撮人的意見，不能以偏概全。

　　這也沒什麼，但是沒多久一位女士寄來一大疊她寫的散文詩給我，說是習作，要我點評。我又忍不住說真心話了。我說：「妳的這些文章本身便已是姿色俱具的好散文了，為什麼一定要續貂一個『詩』字在後面呢？這個『詩』字一加上去，非但不能加分妳的散文的美，反而貶低妳認為這也是詩的價值，因為詩是『隱』的，散文是『顯』的，妳這散文詩中『言外之意』何在？」可以想像得到，我又得罪一個人了。然而這位女士不但仍在大寫特寫她認為的「散文詩」，而且已是散文詩協會的理事。

　　到底我又年長了些，看到的和聽到的又多了許多，長進了許多，始才悟及自己的「因無知而懷疑，見新知又膽怯」，實在是一種心智上的懦弱無能，觀念上的保守不前，不知道「變」是一切進步的動能，創造才能有新的境界出現。因此無論「超現實主義」也好，「散文詩」也好，甚至後現代主義、解構、顛覆，以及現在正流的限制性寫作也好，在我現在新的認知中，無非都是在向耽於習慣、不思改進的保守主義者宣戰，向一切只吃老口味，不嘗新配方的老饕挑釁。他們的敢於嘗試，敢於冒險，敢於向傳統挑戰，無非是想到遠方，想到將來，不願看到一切文字藝術永遠永遠是一個樣的不思改變。因此我對「散文詩」的成見有了修正，我現在認為一切出於善意的改革和實驗都是應該予以鼓勵的，不能預設立場認為必將失敗，不能因自己沒有參與的勇氣，就去反對或潑冷水。詩的要求標準趨於兩端，一是要從群體認知的道德和情感出發，詩要做民眾的

代言;一是強調個人風格的獨特性,用詩豐富和拓展人的經驗邊界,挑戰人的理解力和想像力。這兩者前一標準是守制的,後者則是有創意的在開拓詩的各種可能。「散文詩」的出現即是在詩的形式被推翻後,找到可能的新形式之一,它是在引進的西方十四行體,和印度泰戈爾的小詩的先後出現。

散文詩是對形式上的格律詩和韻文詩的絕對反動和挑戰,詩的載體難道非格律和韻文不可嗎?我想這是當初想用散文的形式來寫詩的最大原因。散文詩的來歷也有分歧,我們的散文詩是文學革命以後,從西方的詩人波特萊爾、屠格涅夫等人吸取營養而開始寫的。但也有人認為我國古典文學中,早就有的小品文就可說是散文詩,像蘇東坡的〈記承天寺夜遊〉、劉禹錫的〈陋室銘〉、陶淵明的〈五柳先生傳〉等等,既有詩的意境美,復有散文的飄逸味,說是詩與散文的合體也不為過。問題在於,現在既名之為「散文詩」,卻看起來既不像「詩」應有的形象,也不是完全的散文味,要能被承認它確實真正是「詩」,而不是散文的變體,除非使之自成為一種「詩」的不折不扣的實質,且能被人接受,則寫的人除非具有「絕對的創意和誠意」去為之,否則是通不過識者的挑剔的。

陳銘華是越華流落在美的資深詩人,他以電腦工程的技能為謀生工具,更利用資訊工具的方便,偕其他友人籌辦了一份詩刊,自編自印,自己發行。一方面發表自己的詩,一方面發表太平洋兩岸所有華文詩人的作品,成為全世界唯一的一本在美國發行,且他一人獨立經營的中文詩刊。陳銘華有正業,也有副業,照說他已經夠忙碌了,偷閒寫幾首詩就夠對自己交代。然而他卻寫起並不為大家重視的散文詩,而且樂此不疲,馬上要出一本散文詩集。他之所以會這麼熱衷於散文詩,我想在於他近旁有一散文詩名家,且也是從

越戰逃出至美國加州的資深台灣現代派詩人秀陶有關。秀陶自陳銘華這本海外詩刊創刊伊始，即在上面發表他自己寫的散文詩，更不停翻譯世界各地散文詩名家作品。就在二○○八年，他在台出版了兩本他的著作，極受各方重視。所謂近朱者赤，近墨者黑，陳銘華的散文詩集接續出版，將使久已沉寂的散文詩寫作熱絡起來。更呼應了秀陶在他散文詩集序文後段所強調的「詩的多樣化的可能」。

從既有的幾位台灣散文詩名家的經典作品去比較判讀，陳銘華的這些散文詩是非常有別於這些前輩名家的。從形式上言，他的散文詩更做了多形類的拓展，多數是五十字至二百字以內的短文，五百字左右的僅三五篇，倒有兩篇超過千字以上的長詩，使我想起魯迅在《野草集》中更不拘形式的狂放。而就詩的主題內容言，陳銘華的這些詩更接近當下的現代生活，且又不忘當年他們千辛萬苦去國流亡的心緒記憶。這些像回憶倒帶似的詩，如〈當時明月〉這首長達十一小節的組詩，讀來比較刁蠻，不太順口，容易被人忽略掉。如果真是以這種心情讀這些文字，那就枉費詩人的一片苦心。那詩中古往今來交錯的時空，顛顛倒倒的情緒逆流，是壓縮了多少當年的風風雨雨，去國懷鄉的心酸與苦痛呵！文字是隨語言的變化曲而言之的，用了很多俏皮的象徵、暗示、反諷等手法，使詩讀來有骨感，堪回味，那種手法便是詩的手法，否則何能稱之為散文「詩」？

很有趣的是，陳銘華這本散文詩集的名字取名自集中〈防腐劑〉這首詩。「防腐劑」本來是一種化工原料，用於加入食品、藥品、顏料、生物標本製作等處，以延遲微生物成長或化學變化，引起腐敗。這首詩的論述平平，也不過是說：「防腐劑是現代最偉大發明之一，論到普及化鮮有別的可堪比擬，到處都是。起初是運用在死人身體，現在則全面普及到活人身上，改一漂亮的名字叫化妝品，另外有一

廣告說詞『美麗在望』。」詩中說的全是現時代最流行的現象，老實說，將「化妝品」等同防腐劑看待一點也不誇張，所謂化妝得「青春永駐」，不就和停屍間的死人防腐化妝一模一樣。詩的形象如斯象徵或影射反諷得入木三分，這才是散文詩仍然是「詩」的最佳物證。然而我還可以引伸得出進一步的涵義。其實我們的記憶，我們在這世界行過的腳蹤，更需要使用「防腐劑」，使它不致褪色、變味，甚至腐蝕、糜爛到連殘渣都不剩。陳銘華的這些產自他自身生活經驗的詩，便是要發揮使記憶永遠鮮活的防腐劑作用，使後人不致遺忘。誰說不可能呢？

2009 年 6 月 25 日於台北市

（刊於 2009 年 8 月第 113 期《新大陸》詩刊）

回聲不會瘖瘂

——讀姚風的《遠方之歌》

　　從事詩寫作，詩詮釋，讀過古今中外的詩作無數，時間已近一甲子，再也沒有今天讀到姚風的《遠方之歌》那麼令我衝動，令我不能自持，想一吐我心中激盪出來的回聲。回聲是不會瘖瘂的，如果山谷有寬廣的胸襟。

　　我與在澳門的姚風並不太熟，只在幾次被邀到澳門的文學活動時見過面。只知道他的葡文很好，幾次有葡萄牙人參與的集會，都是他擔任口譯；現任澳門大學葡文系教授。他主編一本《中西詩歌》，曾經向我約過稿，零零散散的讀過他登在《中西詩歌》和國內少數報刊的詩，並無太多特殊的印象。今年（2007）三月九日到十二日我應邀到珠海的北京師範大學珠海分校舉辦的「兩岸中生代詩學高層論壇」發表論文，在那裡會後最大的收穫是獲贈了來自全國各地詩的專家學者所贈的研究著作達三十餘冊，有的厚得像一塊紅磚，譬如青年文學博士王珂所著的《詩歌文體學導論》，以及寧波大學教授錢志富的《詩心與現實的張力結合：七月詩派研究》、山東大學文學與新聞傳播學院教授孫基林的《崛起與喧囂》等等。有的大得像地磚，像楊克編的《中國新詩年鑑》、姚風編的《中西詩歌》以及由四十二篇論文厚達二百七十頁的論文集，使我小小的行李箱不堪負荷得險些帶不回台灣。到底還是詩人比研究詩的教授體貼，他們只送我一冊薄薄的精緻小巧的詩

集，這些薄的詩集由於攜帶方便，得以隨時受到我的青睞，像姚風的這本《遠方之歌》便得到這種便利。

姚風的《遠方之歌》只收入他三十首短詩，各譯成葡文、英文兩種外文，包括三張水墨插畫，總共還不到一百面。然而對一個人的閱讀詩的能力言，這樣的內涵是極恰當的，既不會因量多而哽噎，也不會因質粗而消化不良。當然這些都不是引起我對姚風詩的興趣最大原因，而是當我讀到他的作品後，所帶給我的驚異。在此舉世禍害滔滔，路無寧日，無人不面露焦慮、恐懼和不安的時候，姚風的詩為什麼能那麼鎮靜、沉著，有著那麼高貴的紳士品味呢？是他一直親近葡萄牙文學那種特具的魅力而受到影響，還是發現現在的詩也和社會現象一樣充斥著貪婪、無聊、自瀆。詩的語言百病雜陳，怪異，破碎和去意義化，已使得詩在人眾面前，成了人人見而遠避的怪獸，因而使得他警惕，而提醒他詩應是一種清流、一種高級品味，詩應回到人性的書寫，體現人對自己的真誠發現，和一個實體的人一樣，有著自己的體溫、脈博和血壓。我們讀姚風《遠方之歌》的這些詩，便會發現他真的是在依循著這個自省而出的詩的理想，而做自我的追求，因此我們才驚奇的發現，他是多麼的與眾不同。

要看一個詩人是不是真的努力在追求詩，全看他取材的態度，看他是不是「但肯尋詩便有詩」；看他是不是能發現前人所未見的，想到前人所未想到的，更要能寫前人所不敢或恥於去寫的。姚風卻寫了為大多數詩人所遺漏了的人過世後所留下的〈遺物〉、渾身插滿管子的〈植物人〉以及從白色的被單中伸出一隻手的〈在聖瑪麗亞醫院〉，寫器官已被摘除的〈一聲鳥鳴〉。他寫這些詩也是不動聲色、像是站在一旁寫生。我們且看他如何用詩處理這些〈遺物〉：

　　病床破舊，桌子上
　　塑膠花不懂得凋零，已落滿灰塵
　　健康的家屬們，用一道哭泣的人牆
　　圍繞著親人

　　窗外，木棉花正在怒放
　　映在窗子上
　　像是咳出的一口口血

　　我們開始整理遺物：記事本、手機
　　鏡子、梳子、外套、皮鞋、滋補藥品
　　其中那塊精工牌手錶，滴答滴答
　　仍舊跑個不停

　　詩人為詩不動聲色，卻把詩中的靜物，灌進去了存在的動能，像「用一道哭泣的牆／圍繞著親人」；映在窗子上怒放的木棉花「像是咳出的一口口血」；那塊精工錶滴答滴答「仍舊跑個不停」。整首詩呈現的本應是一個慘悽悽、悲切切的喪家場景，然而詩人不用任何情緒的字眼，也不勾勒出一個哭喪的場面，只讓物在人亡的景物說話，讓蕭穆瀰漫的氣氛感人。詩像馬致遠那首〈天淨沙〉一樣，不言孤寂，而孤寂就在眼前；不表傷感，傷感卻打動眾多讀詩人的心。意象運用之自然精準，某些反諷的運用，「塑膠花不懂得凋零、已落滿灰塵」，視力之敏銳，使人嘆為觀止。

　　姚風的詩筆也真像逐臭之夫，還膽敢寫些別人不屑入詩的題材，以逞其意象運用之靈巧和不拘一格的氣派，像〈鹹魚〉這樣的

詩，讓現代人一見就生畏的一個「鹹」字，就令人不敢領教了。而姚風卻寫「鹹魚翻生」不了的噩夢，寫得無限傷情。姚風說道：

鹹魚如何翻生
你曾經在水中翱翔，尋找那根銀針
曾經許下海枯石爛的誓言
曾經跳出水面，眺望海平線

如今，你懸掛在太陽下
風，抽乾你身體中的每一滴海洋
命運強加給你的鹽
醃製著大海以外的時間

但你不肯閉上眼睛
你死不瞑目，你耿耿於懷
看見屋簷的雨，一滴滴滙成江河
一條鹹魚，夢想回到大海

〈鹹魚〉一詩是一個語帶嘲弄的隱喻。魚的命運和人的命運一樣，任何生物一旦失去了生存應有的自由，連「眺望」都不可能，且被壓榨醃製，哪裡會甘心閉眼，豈無翻生回原的大夢？這在我們這個時代環境已是見怪不怪的一件事。詩的語言樸素，可說無一字不能懂，但仍一貫的冷靜，平淡中獨具生趣。第二段中幾個「誇飾」意象的出現，如「風，抽乾你身體中的每一滴海洋」，猶是一種巧思下的轉品。

姚風的詩都是短詩。詩雖短，但仍具戲劇張力，且語態詼諧，有時真像一個冷面笑匠，詩完令人不得不哈哈幾聲，然卻都透著寒

冷。像這樣的短詩有〈狼來了〉、〈車過中原〉、〈長滿青苔的石頭〉、〈魚化石〉、〈遠處的風景〉等幾首。這樣的詩開始看似平鋪直敘，而一句煞尾，卻立即扭乾轉坤，頹勢馬上變為優勢，詩的境界全出。且看一首極短的〈魚化石〉：

> 向著你淚水的海
> 多少人去了
> 帶一把湯匙
>
> 我也去了
> 去做一條魚

「帶一把湯匙」和「去做一條魚」是兩種不同的選擇。有人已淚流如海了，卻還有那乘人之危之輩，想去撈他一點什麼好處。而我卻感同身受願變作一條魚，同遊淚海，分享悲傷。前者是短視的貪圖目前，後者則有海枯石爛，此身成為化石也心甘情願。這是一首詩短意長的情詩，不是作古正經的對你（妳）表白，而是俏皮有趣的逗你（妳）開心。〈狼來了〉也是一種啼笑皆非的結局：「狼來了／羊們沒有跑／只是停止了吃草／他們排成整齊的臥列／像一壘壘棉花」／「狼說，天氣真他媽熱／所有的羊／都脫下了皮大衣。」明明是一場惡狼吃馴羊的血腥場面，詩人卻改編成蠢羊自動排隊、自動脫衣的默劇表演。我們不得不佩服姚風有笑中帶淚的黑色幽默的巧思。

　　有評者總認為現在的詩都沒有大格局，只在個人的私領域自我吶喊或呻吟。而更有人則以為詩歌對大我的關注應該削弱，對小我的關懷應該重視，即通過對普通人和現實事物，當下事物的細緻窺探，達到詩人與時代某種呼應。姚風看來是後面主張的絕對服膺者，

看他這三十首詩作的內涵題旨，便足可證明姚風是一個冷靜的關懷弱小我、重視現實的人間詩人。

（刊於 2007/4/7《人間福報》副刊）

向經典借火

——讀黃漢龍《詩寫易經》

　　曾經執掌文壇大纛的魯迅，對新詩一向不太友善，他曾撰文說：「沒有非凡的才華，最好不要寫詩，好詩讓唐朝人寫光了。」又說：「詩歌是人類靈魂的鏡子，每一首詩都是靈魂的一次曝光，因此，有什樣的靈魂，就有什麼樣的詩和詩人。」

　　魯迅的發聲一向尖酸刻薄，這幾句話裡當然也有令人不以為然的地方，寫詩的人必有非凡的才具，這是天經地義的，但「好詩讓唐朝人寫光了」就未免太過武斷。一個時代有一個時代的詩，詩是在不斷的進化的，不是詩到唐朝就到此為止。宋詩在歷代詩歌評比裡，由於上有唐詩的絕對優勢，總是被評為：「衰於前古，遂鄙薄而不道。」有些評家還把明詩直接上接唐朝，宋詩半個字也不提。錢鍾書在編《宋詩選》時，就為宋詩叫屈，他說：「前代詩歌的造詣不但是傳給後人的產業，而在某種意義上也可說向後人挑釁。宋代詩人就學了乖，會在技巧和語言方面精益求精。這不像唐詩之處，恰恰就是宋詩的創造性和價值所在。」錢鍾書這段首肯宋詩的不凡之處，走出前人偏頗的要求，正是所有追求詩的人所應接受的道理，不要被魯迅那句「寫光」的話所嚇伏，而惆悵。

　　不過說句良心話，我們的新詩走到而今，好詩是否寫光恐怕誰也不敢下定論，倒是該寫的似乎都已寫光，甚至一再炒剩飯；而詩人的小腦袋瓜似乎都已隨歲月萎縮乾癟到成一粒瓜籽仁那麼小，卻是非常普遍。不信去看一些誇稱寫了幾十年的詩，不是仍然在傷春

悲秋、感時傷逝的重操故技嗎？哪兒有一點新意，更別說創意。這樣的詩人群靈魂哪裡能曝光？不充滿霉味已算萬幸。

然而現在有詩人不甘蟄伏了，不甘被人看成是一些應聲之蟲了，居然敢向高深的經典挑戰，向古人對天命之究竟剖解借火。這一探究的一大步，可走得既大膽又驚險。然而值此詩運乖張不振，已走到被人不屑理會的今天，這樣有勇氣的向艱難的絕地開發，總是值得鼓勵和祝福的，說不定還可扳回幾成讀者。

認識黃漢龍至少已經是二十五年前事了，由於接觸的機會不多，只知道他曾是軍職，但卻是高雄一家青年期刊的主編。不時約我為期刊寫點介紹或認識詩的文章，從來沒見他寫過多少詩，也從來沒把他當詩人看待。但是冷不防的，這位老弟居然在去年的重九老人聚會上塞給了我一大疊詩稿，希望我看看提供他一些意見。當時人多，都在搶著熱烈交談，我收下詩稿後，心裡不禁奇怪，他還年輕，憑什麼能到這七老八十的聚落中來？同時，從來沒見過他寫詩，怎麼突來這麼一大落詩稿？回家一看，可不得了，果然是詩；更讓我目瞪口呆的是，他居然是「詩寫易經」。《易經》哪！那部我聽到就感覺敬畏而始終不敢進入的天書。

黃漢龍從初識《易經》到認識「易理」，到喜歡上它，將《易經》當作一部文學作品來欣賞，可說過程非常長而又曲折，請教了不少教授專家，更讀了不少古書。足見要一窺「易理」艱深的堂奧，絕非一步就可踏入。然而想將《易經》以新詩來表現，則是遲到二〇〇七年十一月參加一項「台灣周易文化研究會」，為配合研習主題他寫了一首〈點亮古籍容顏〉，受到易學大師劉君祖先生的鼓勵，希望他能以「一日一詩」為日課，從此就熾熱了他以新詩來表現《易經》的創作興趣，而正式逐步寫成了這部《詩寫易經》的曠世之作。說

它是曠世絕非誇大其詞，在於從來沒有新詩人在這麼富哲理的經書中去找寫作材料。縱然現在有人在搞「下半身寫作」，有人在組「垃圾詩派」，等等形而下的所在去尋「詩」，但向形而上的這一區塊開挖，黃漢龍應是第一人。

所有寫出來的詩都是一種表現功力的高低競技，絕非詩材表面的描繪或寫真。詩的妙處妙在不是一覽無遺，覽後沒有半點印象，遑論感悟，而是應有所發現，在人人所見到的現象中，獨我發現了前人所未想到的東西，讓人感覺新鮮，那才是所謂的創意。《周易本義圖目》中說：「自伏羲以上，皆無文字，只有圖畫，最宜深玩。可見作易本原精微之意。文王以下，方有文字，即今之《周易》。」這點似乎也與詩的成因相似，最早的詩也是文字未發明前的無名調、自來腔。有文字後記載下來，不斷的求全求美把玩就成了詩歌。因之把原本只是概念或感觸的虛幻的東西形諸文字，就必須藉助一種載體將之呈現，這就是現代詩歌術語中的所謂「意象」之形成，說白一點就是將虛化實，使詩得以有實體的感覺，不是一團無骨的棉花糖。

黃漢龍欲將玄妙的「易理」轉化為白話的新詩可能比將之以古典詩表現更難，《易經》在卦爻辭中其實古早即有歌詩的形式，如「艮其背，不獲其身；行其庭，不見其人。」或「鳴鶴在陰，其子和之；我有好爵，與爾靡之。」這些句子的形式和氣韻更近於《詩經》。然而這樣的形式在一切自由化、解脫化的今天，已經是過於嚴肅或制式了。而在意與象的巧配上，由於嚴謹的形式和用字的古意，實已無法為現代人所接受。黃漢龍有鑑於此，乃開始潛心在卦爻辭的情境中，試著將每一個「卦」解構，掌握其卦義和特殊的意境，然後再以準確的意象來建構一全新的「卦」來，使現代人見識到「易學」之真美，並非高深到使人不敢近身。

　　《易經》是說明宇宙現象「變」的道理。因重在「變」，卦爻之間，時變則位變，形成一種時空一體的宇宙觀。《易經》六十四卦，卦卦都有來頭，每個組合中都有人情、物理、事態的象徵意義，內容蘊藏豐富得不可想像。因之欲以白話新詩來建構一個全新的「卦」來，首先就必須有全新的宇宙現象「變」的知識，使得解出來的「卦」能切合現時的演進，而不是舊爻辭的複述，但仍不脫前人解卦的原旨。我今不揣鄙陋，試拿他以新詩建構的〈訟卦〉來檢驗我的看法。

訟卦──天水訟
（第六卦）

魚兒們總是嘟著嘴
追著泡泡打轉
泡泡則不斷向上
不斷向上
向上

魚的眼睛成了泡泡
不停地轉
竟鑽進泡泡裡面
看到外面更多泡泡

這時，我懷疑自己
是魚，還是泡泡
是泡泡

是魚
是泡泡
我和自己爭吵不停
泡泡依然是泡泡
我不知是不是魚？

撇開〈訟卦〉這個詩題，而純就詩的本體來欣賞，我們會發現這是一場臨池觀魚戲水，魚追逐水泡的一個生動的場景。由於移情作用，人彷彿自己也迷失在這魚水交歡之中，不知自己到底是魚還是泡泡？這種迷惘在現在這種以速度和奇幻見長的社會，人稍一涉足或誤入圇圄，是會搞得昏頭轉向的。然而對《易經》第六卦〈訟卦〉之解卦言說，遠比此詩來得理性嚴肅。從「訟」一字的本義言，訟者爭也。從「訟」的卦象言，上面是三等橫的乾卦，下面是上下兩短橫中間一長橫的坎卦，乾剛坎險，上剛以制其下，下險以伺其上，皆訟之道也。訟卦又名為〈天水訟〉，而「天與水違行」，天上水下，其行相違，必興訟。所以程頤說：「訟者，與人爭辯其是非也。」因之〈訟卦〉的本意是在說出興訟的緣由，教人避免「剛」「險」之鬥，「天」「水」之爭，也就是教人避免打官司。這也是一些占卜、算命、看風水者必以易理來推算的原因，因為這其中有太多的經驗法則可以套用。

因之將這新舊兩種對《易經》的闡釋言，新詩的《詩寫易經》真是用現代的解構方法，從卦象中釋出合乎現代的新意，且語言通俗易解，容易悟出一些切身的道理來，顯然較具創意。然而舊體對《易經》的詮釋，多半係從卦象去推演而出一些宇宙循環不息的道理，卦的本義有些還得從《說文解字》或《康熙字典》等工具書，

去找出字的源頭；另外則是前輩先師孔子，學人朱熹、段玉、程頤等傳下來的著作或箋注中去豐富對《易經》的解釋，其中尤以孔子撰成的《易傳》共十篇，對易理之闡釋最完備，學《易》之人不可不讀。但均係釋義性、推理性的語言，沒有像詩這樣具感性的文字。

　　我在去年初出版了一本詩集《地水火風》，是我二〇〇二年以後一些詩的結集。命名《地水火風》不過是對此宇宙四大基本元素的一些感受和困惑，作為書名一點也無其他用意。我寄了一本給我的老同學八十五歲的柴棲鷥，他自國中老師退休後，專研易理，現為「中華易學研究會」的顧問和講師。他接到我的書後對我說：「你侵犯到我這一行來了！」我問何以故，他說：「你這《地水火風》就是我們《易經》要講的東西呀。」我急忙辯白：「哪有此膽量去碰文王八卦？」他說：「你不碰它，你卻早已困在它的擺佈中而不自知。《易書》一點也不神秘恐怖，無非是要我們人類生存在這天地大自然界，面臨運行不息的變動世界中，如何處理、如何應變、如何適應而已。閣下這書中的〈詩在農曆節氣〉二十四首詩，就早已在《易經》所指涉的範疇了。」他的這番話使我茅塞頓開，怪不得有評家說：「文學建構的時空是與生活的物理時空，和感應的心理時空是相互糾纏不清的。」誠哉斯言，我們就在這糾纏不清的一生中，用詩錄下一鱗半爪。我在無意中寫出了《地水火風》，黃漢龍在尋思中撞入了《易經》這高深的門牆，我們都是人間的匆匆過客，留下一些不太刺耳的跫音，也不虛此生了。

（刊於 2009 年五月號《明道文藝》）

詩裡詩外走一遭

　　人類對記憶的保存，自開天闢地以來即非常重視，最早先民尚無書寫觀念，乃用結繩以記事，或用木石繪出簡單圖形以留跡。直至文字發明，初期尚是在竹簡木片上刻字，有了紙張綢布的製造後，才有書本或卷束之通行。這一段以書寫保存記憶的方法流傳了好幾千年，直到十九世紀末留聲機和無線電的發明，才能夠將人類的聲音記錄下來並用電波傳播到無遠弗屆。電磁波的無限潛能，不但改變了整個物質世界的無限度開發，即使精神文明的層面也日新又新，電影，電視，影印，燒錄，以及高功能記憶體的出現，徹底改變革新了整個人類的記憶輔助功能。一個肯用功，求上進，又好奇的人，只要到一些搜尋網站的有關欄目去找，上天下地的有關資訊，無不湧至眼前，大開眼界，讓一些號稱無所不備的百科全書，也自感落伍。

　　然而，儘管如此大量的開發，所有過往的記憶都無所遁形的發掘了出來，呈現出來。但有一大死角，一個為人忽視的所在，卻隱藏著無限天機，無窮盡的智慧，和珍貴的記憶構成一處寶藏，一個科技尚未伸手去摘星的處女地。那裡不同類型的人儲藏有不同類型的材料，如果有那識貨的行家去叩門，而且雙方投契，各種壓艙的奇珍異寶便會從那些智者的記憶中走了出來，使我們眼睛突然一亮，心頭一驚，原來我們所知真還有限。

　　這個有遠見，有智慧，有膽識，敢向死角處找通路的人，便是一直在詩刊默默犧牲奉獻的隱居香港的王偉明。他從來不以詩人自

居，可是他對詩之瞭解之深，對詩壇生態之熟悉，常常愧煞我這個投身詩的這個行業快一輩子的人。也就是由於他的執著於詩，使他也在開發埋藏的記憶，詩的記憶。

　　王偉明這本挖掘記憶所寫的《詩裡詩外》，是他繼《詩人詩事》（1999）、《詩人密語》（2004）後的第三輯筆訪紀錄。此輯中他筆訪了台港兩地詩人吳企明、崑南、蔡炎培、謝馨、劉福春、雲鶴、溫明、洛夫、胡燕青、葦鳴、黃杲炘等十一人。這其中有國學根柢深厚、著手重編《全唐五代詩》的大學者吳企明，以及對譯事卓有研究，曾任外語教授，譯著英國詩歌之父喬叟的代表作《坎特伯雷故事》等十餘本文學名著的資深翻譯家黃杲炘。這本書中一最前、一殿後的對這兩人的專訪，都用了最多的篇幅、最深入的問題來挖掘作者最深層的記憶，使他們道出了他們做學問的幽微，譬如問及「唐詩與宋詩的主要區別何在」，對唐宋詩均曾做過比較研究的吳企明說：「就像孩提時步入蘇州采芝齋，松子粽糖我喜歡，奶油瓜子也中意，我既愛唐詩的委婉含蓄，詩味雋永，神韻悠然；也愛宋詩的剖剝深透，轉折層進，理趣盎然。」將兩個朝代詩的不同特質，用吃糖果的比喻說出，表示難分軒輊，答得高明。當問及譯事高手翻譯的《坎特伯雷故事》，中古英語會否是一大障礙？又有人改用散文翻譯，是否較詩譯更能讓人接受？專家黃杲炘答曰：「中古英語同現代英語之間差別似乎不大，遠不似古代漢語同現代漢語的差別。」至於以散文譯或詩譯《坎特伯雷故事》，他說既然原作是格律詩，就要儘量忠實於原作，至於讀者接受不接受他顧不上，也合情理。

　　有時我真懷疑王偉明怎麼會有那麼大的能耐，讀盡被問者所有的學問，問得那麼精通。事實擺在眼前是，無論你是大詩人如

洛夫，無論你是詩評家如崑南，或是菲華詩人雲鶴、謝馨，還是香港在地詩人蔡炎培、溫明、葦鳴、胡燕青，甚至遠在北京搞新詩史料成為權威的劉福春，每一行業，每一個人的特長之處，甚或被議論之處，他都有話可說，有題可問，真是不得不令人佩服。譬如問到有詩魔之稱的大詩人洛夫時，劈頭就說：「有論者認為您早年的詩是用『苦肉計』寫成的，句中不乏『血』、『拳』、『痛』等字彙。」我與洛夫相交大半輩子，在我的記憶裡，如此「殘酷」形容他的詩，倒是頭次聽到，可見偉明見聞之廣。當問到詩人雲鶴時，其中一題問到對於詩中「理」與「情」如何釐清，雲鶴答曰他認為詩一向是感性的，無論以何種手法來表現，其終極也是以「情」為主，他不喜歡以「學問」入詩。話頭一轉，他直率的說：「因此我讀葉珊易名為楊牧的作品，視為一種累贅，這也包括了葉維廉和鄭愁予的作品。」雲鶴真是一派天真的大膽，但我更佩服的是王偉明一字未刪的印在書中。

　　香港詩人崑南我過去對他的認識不多，但是我讀他和王偉明這篇筆談，卻使我大開眼界。首先我終於知道，台灣在六十年代一些詩人對西方的現代文藝思潮會那麼如數家珍，創作和西方一樣高深，原來曾在台讀書的崑南在香港出版的《文藝思潮》上介紹的艾略特等人作品，給了不少啟示。而他寫的〈地的門〉則無異是當時台灣詩人迷醉存在主義的引路旛。其次，崑南是我所僅見早在六十年代即受無名氏作品影響的人。他認為千禧年後，詩歌的尊崇地位得讓給小說，詩歌的話語系統可以在小說這個生命體內成長。在我們中國，無名氏便是寫詩性小說的一個能手，一個夠份量的代表人物。

　　我曾是王偉明編《詩人詩事》時的受訪者之一，想不到五年之後，我竟由當事人變成這《詩裡詩外》走一遭的訪客。我能趁此之

便，一讀這麼多不同作家的心靈吐絲，一探這麼多人的記憶寶庫，
我的受益，不是一篇短文所能道盡的。

　　　　　　　　　2005 年 6 月 14 日於台北拇指山下
　　　　　（刊於 2006 年 8 月序《詩裡詩外》訪問集）

被遺忘的苦澀記憶
——讀黃克全的詩集《兩百個玩笑》

　　玩笑的目的本來是一種人與人之間的一種逗趣行為，可能會有點調侃，有點捉弄，有點戲謔或嘲諷，但都不會太傷人，多半一笑置之，笑過也就忘記。但《兩百個玩笑》列舉出來的就完全不同了，一般人與人之間開個玩笑是個體間的行為，但兩百個玩笑同時發生，時間長達一甲子以上，而且玩笑過火到讓人毀滅，或求生不得，求死不能，則就有點「造化弄人」、「天地不仁」的集權行為模式了。詩人又是報導文學作家黃克全以大陸籍老兵為主的詩集《兩百個玩笑》，應是敢於且勤於為這兩百個玩笑受害人挖出痛苦寫詩記之的勇者。一個悲慘的時代都快枯黃成歷史了，有誰曾經為這些人一吐他們的冤屈；有誰再會提起這些幾被遺忘的苦澀，除了一個黃克全。

　　《兩百個玩笑》這本詩集，按其文本編排方式，分上下兩層。上層是以正楷字排成的個人簡介（百字以內），我稱之為「現實思維」，文字老練，敘述簡約，以實寫實錄的文字為老兵立傳。下層是詩的本體，都是不出十二行，形式自足的短詩，我稱之為「抽象思維」。以抽象的文字技巧為這些被命運捉弄的老兵道出潛意識內的生命悲愴。

　　我讀完這《兩百個玩笑》的上層文本，深覺感同身受，其中好多都是我所熟悉的同年齡層的老同學、老班兵，同時我也是一個寫詩的，因之我有義務為這本獨特的詩集做出些呼應。

　　首先我認為這本詩集創意十足，可以說是以兩部著作同時在一本書上各自呈現。一本是以表現現實性及歷史性為主，勾勒出兩百

個老兵的遭遇和悲劇，為時代做見證。一是以超越現實、游離人間的藝術審美手法，為老兵寫出詩般的悼詞或墓誌銘。文學的文學性和藝術審美標準，在過去是和文學的現實性和只求粗獷不拘的表現，是難得和諧共處一室的。而這本詩集這樣以雙層結構，並行不悖的方式出現，既可以滿足莊重和浪漫兩種要求，復足以讓兩種文學信仰的人各取所需，未嘗不是一種求全的文學呈現方式。

所有寫出來的文學作品都是要讓人能夠接受的。這部詩集首先在封面上就標明係「給那些遭時代及命運嘲弄的老兵」。這些因戰亂少小離家失學的老兵如果看到這本書，其上半部那近乎小傳的百餘字，無疑足以勾引起他們那塵封夠久的傷心悲痛往事，而令他們感慨唏噓。別看這短短的小傳，在作者的簡約筆力下，具批判和譴責於一爐，卻也有苦笑和無奈的筆觸，會令人對那些操弄時代命運的劊子手發出打從心底的厭惡和憤怒。而更令人傷心的是，這兩百個老兵的各自遭遇，任憑再怎麼悽慘，再怎麼震撼古今，因其屬於小眾，絕不可能會在浩浩的正史中出現一個字。筆力萬鈞的小說家和報導文學作家，縱使再熱情，即使有心要寫，以敘述的筆法也會大費周章。而這個任務終於讓一個詩人以精練的筆法自動完成了。我們不得不敬佩詩人黃克全的用心。

然而這艱難調查訪問完成的上層結構，究竟只是這部詩集的參考附加價值，終非其主體精神。詩集的主體重要結構應在其下層，也就是所呈現的詩。

細讀甚或苦讀黃克全這從兩百個玩笑所寫出的詩的本體，不由得佩服詩人的確是「詩魔」洛夫的門徒，或其分身，洛體詩法模仿得幾可亂真。這其中的淵源和影響，顯然是和他們的出身地或居住地有關，黃克全是金門人，詩魔洛夫是金門女婿。且洛夫的曠世成

名之作〈石室的死亡〉據稱即是八二三砲火下的親身經驗。故黃克全寫兩百個老兵的苦難詩，找〈石室的死亡〉做借鏡或藍本是天經地義合身的。問題在於洛夫的〈石室的死亡〉多是直接經驗，是掩體（石室）頭頂上交織的砲火硝煙餵給他的現場靈感。雖然說洛夫使用的是超現實手法，但超現實手法仍是依據現實，只是捨棄現實俗用或濫用的成詞俗典，另創新的發現，新的意象。

　　然而黃克全要以〈石室的死亡〉的手法來寫兩百個老兵的苦難遭遇顯然是比較難以駕馭。首先黃克全的筆下全是來自訪談各色老兵，或查相關資料的間接經驗，不是出自生死交關，或臨陣肉搏的實體交鋒，故而無法有真正且具實感的文字。黃克全可能會學到幾分洛夫的詩外在的形似，卻難以真正深入探索到洛夫內在思想觀念的神髓，因之無法像洛夫樣挖掘出被寫物件的真正疼點和傷疤，而予人重重的一擊。因而我們讀黃克全這些寫老兵苦難詩，感覺總是只有抽象的描述，或誇飾的意象，及難以呼應的前後銜接，這是他學洛夫力有未逮之處。卻也代表黃克全為詩不同一般的獨特風格。

　　因之黃克全這本詩集其成功指數是因人而異的。其在上層結構以「現實思維」所寫兩百個老兵的苦難縮影是讓老兵及一般人感動的，能讓老兵及關懷他們的人知道在這冷漠的人間，還有一位詩人付出寶貴的時間和熱情為他們立傳寫詩，讓他們的卑微而苦難的一生，不會成為歷史的缺角。而我稱之以「抽象思維」完成的兩百首詩，其表現手法則會有見仁見智的不同看法，也會有持不同美學觀點的欣賞角度。譬如書中洛夫的序言，即認為：「詩集中有的詩其實獨立性很強，其意象大都是自身具足，沒有小傳的說明，照樣可以具有詩本身那種無須外在因素支援的張力，詩的張力，詩的展開正是故事的展開。」足可證實黃克全這些詩仍有自具的另類藝術魔力

和表現功力。也可說明我在啟始即說這是兩部著作在各自呈現，各顯風華。附原詩抽樣一例：

第五十九個玩笑：林發軔

小傳：林發軔，祖籍杭州，二十六歲那年從上海撤退來台，民
　　　國四十八年退伍，做過廚師、植樹工、鐘錶廠工人等等，
　　　現在一家水泥廠當雜役，獨居於河邊一棟鐵皮屋。

原詩：蝴蝶般沉沉入眠
　　　星子剛點燃不久
　　　剎那間飛渡了半生

　　　那曾經用一個眼神給你幸福的人
　　　他唇角的微笑如夢
　　　直到月亮敲了計鑼響
　　　你先轉身步入鑼響的負面
　　　不願猜測誰先舉手拭淚

（刊於 2007/7/8《中華日報》副刊）

抒情與敘事聯姻

——讀朵思長詩〈曦日〉的發現

　　詩的抒情與敘事是兩大截然不同的詩表現手法。抒情詩是詩人內心情緒的表現，將詩人的自我同詩的激素融為一體，向外界傾吐自己的內心世界。抒是「抒發」一種感觸或一種心聲，多半都是以精粹短促的語言表達。敘事詩是以敘述事件為主的詩歌，像史詩、神話故事詩，以及一些歌頌革命事蹟、英雄豪傑的詩，都是這一類，像這一類的詩由於都得沿著事件脈絡發展編排，所以得有長的篇幅來容納整個故事結構，數百行數千行的敘事長詩便會出現。從詩的語言來看這兩種詩，抒情詩由於詩思突發且來得無從憑依，所以語言必須凝煉，且飽含張力，必靠意象語來穩穩捕捉那神思的一刻。而敘事詩由於以事件為主幹，脫不了敘述的手法、鋪張的技巧，或因事興起，或傾吐豪語，或風起雲湧，或波瀾壯闊，明顯的免不了有頌的跡象，能夠做到形散而神不散，才可能會接近詩應具標準的邊緣。

　　中國大陸的詩壇在上世紀八十年代到九十年代之間，曾經以「零抒情」為要求，企圖用敘事來代替抒情，有人把抒情等同於歌唱，或青春期的浪漫憧憬，或是把敘事當作寫實主義來揭示社會黑暗。值得慶幸的是大多數詩人沒有進入此一誤區，因為他們已經意識到這樣做等於是在和美美的散文或報導文學搶飯吃，終於有人喊出「敘事並不能解決一切問題」。抒情詩從來就是詩的主流，壓抑抒情，欲以敘事來主導詩的一切表現手法，無異使詩完全落入知性的枯燥。

台灣在現代主義初發的時候，也是視抒情為蛇蠍，並稱如果有首詩竟有了百分之六十以上的抒情（林亨泰先生觀點），就是要打倒的「抒情主義的詩」，結果也是因詩人一味不必要的壓抑自己抒情的本能，使詩變得冷漠如冰，缺少人氣。台灣早期的現代詩會被人認為艱澀難懂，就是因為缺少抒情的潤飾。

二〇〇五年十一月澳門舉行文學獎評審，本人曾往擔任新詩獎評審。所提出的徵詩標準中竟有抒情短詩和敘事長詩兩類同時在一個獎項下徵求，我發現之後曾憂慮在評審時如何從兩類完全不同要求的詩中決定名次，分出高下。但由於稿件已收齊，評審在即，想要更改已不可能，只好等看完稿件後再商議決定。使人非常意外的是那裡的詩人非常聰明，也懂得調和鼎鼐，他們所寫以南海海嘯災難為主題的敘事詩，卻是用主觀感受的抒情語言來寫，使本來難免直白描寫的長詩，在意象轉化的代言技巧下，呈現出詩所應具的藝術品味。該次評獎結果前一二名全是這種「抒情敘事詩」，有人認為這些詩承接了屈原的《離騷》的手法，在敘事中不只有事的脈絡和人物形象，同時也結合著詩人主觀感受的抒情語言，構成敘事和抒情不是只有對立面，抑且可以結合成和諧交融的獨特技巧。

朵思女士是一位非常資深的詩人，和她的丈夫詩人畢加同為早期「創世紀」詩社的一員，當時即以本名周翠卿寫散文也寫小說。寫詩則因與現代主義詩人同夥的影響，以挖掘深層自我及個人存在問題為主題，詩風晦澀難解，並未受到詩壇的重視。七十年代以後開始對現實生活及社會現況表示關懷，作品改以現實題材為主，憑藉實際面對的生活淒苦和台灣社會的轉型變化，她所觸及的題材多面寬廣，因此作品開始受到廣大的重視，無論鍾玲所著的《現代中國繆司》以及李元貞所寫的「女性詩學」對朵思都有專章論列。鍾

玲在《現代中國繆司》第四章第三節〈激情和痛苦〉中論及朵思作品在「表現激情和痛苦方面，其真實動人在台灣女性詩人中無出其右者」，足以顯示朵思從初期的現代主義過於主知的習染，轉型到對現實抒情書寫的成功。洪淑苓教授則看出朵思是由原先的直覺式寫作進入到自覺式寫作，這一字變化所帶來的反思效果，是使朵思的詩越來越成為大家的原因。

　　《曦日》是朵思的第四本詩集，是一首長詩，此詩動筆於二〇〇二年九月，直至二〇〇三年四月始完成，其間她在美國德州被花粉過敏的侵擾下，刪刪改改，增增減減，最後寫成為一千四百行的長詩，分為八輯呈現。朵思在本書的〈自序〉中說：「習慣將潛意識的夢囈，幻覺或心理渦流，反射為同質性實際的平面文本，因此二〇〇一年發表的後現代呢喃，便在時間醞釀下，於二〇〇二年爆發為此一長詩。也可以說是長詩〈曦日〉的原型。」又說：「對於副題標明的各段情節，是屬於我個人的生存情境，卻也可能是成長在這塊土地上的許多人的往事，它是屬於台灣歷史形塑的一部份。」從〈自序〉中這兩小段文字所透露的訊息，便可知此一長詩基本上是朵思用詩的技巧所寫成的傳記或回憶錄，裡面既有她個人的生存情境，更是台灣這塊她所成長的土地的許多人或事。而且她的寫作技巧更非一般長詩的線性敘述的寫法，而是將她習慣的潛意識夢囈、幻覺或心理渦流，反射為同質性的平面文本。所謂「潛意識夢囈」、「幻覺」、「心理渦流」，均屬心理學上的專有名詞，據心理學家分析，夢和夢囈以及幻覺，都是潛意識的反應，在入睡或半睡眠狀態下，意識在失去主觀力量的控制下，內心深處的東西會以夢或夢囈或幻覺的形式不自覺的反映出來，有時是瘋狂的自由聯想，或語詞的任意排列組合，含混不清。那些在潛意識中蟄伏的創傷和痛苦、禁忌

和衝動會像一個個渦流樣在心中翻攪，發而為詩便有如「心魔」在裡面造反，使詩變得豐富多姿，這應是詩人在逃離不出精神困頓時的一種作為。這種意識流式的寫作，仍是抒情詩的本性，不過有時會越過現實中的理路，顯得別有幽徑，而詩便在於這樣的迂迴和含混，更有嚼勁。

其實朵思的詩會習慣於「潛意識夢囈」、「幻覺」或「心理渦流」的表現，正是與她一生的多戾遭遇有關。朵思出身於富裕的本省醫生家庭，卻在豆蔻年華時，不顧家庭反對，而與一個從大陸來台的下級軍官相戀，並且偷偷的簡單結了婚。保守的父親大怒與她斷絕父女關係，執拗的朵思情願去過極為簡陋的軍眷生活，但從不以為苦。她開始從事寫作，和他那寫詩的丈夫與一大批詩友結交，並成為詩社的一員。但天不從人願，婚後丈夫從軍中退役下來經商，結果生意失敗，旋踵丈夫即中風倒地不起，朵思毫無怨尤的挑起全家的生活重擔，照顧臥病床榻的丈夫達十六年之久，並將子女撫養成一個個有用的人才。這些生存情境的遭遇只是她長詩的一個主幹，而此背後的襯底則是整個台灣近代史中各類政治躁鬱、文明荒唐、人性墮落的花俏投影，似此大小我套疊的詩，形成詩思的衝突；要如何使詩的流動不致形成阻滯，或竟一瀉而下毫無異狀，都在考驗一個詩人對文字驅使的成熟度，及意象出奇的靈敏度。朵思在《曦日》對這些挑戰的處理無疑是 unique 的，是不落俗套的。台灣詩人以詩的方式寫自傳或回憶錄者，本來就很少，而像朵思這樣以心理抒情方式處理自己一生的經過，則應稱之為一種罕見。

詩人簡政珍教授在閱讀《曦日》見此詩大部份的詩行都具有短詩的密度，不僅有密度，更有豐富的意象思維。誠哉斯言，一語道盡了朵思經營此詩的特點。

現亦摘出數段，以證此詩之不凡：

把揉皺的情緒／舒展如一張裱好的畫／把碎裂破損的心拼
貼、黏合／深夜的路燈／茫然迎接旅行四季天候的腳步／磁
場，證明的只是鐵的吸力

她住在自己的肉體裡／開始傾聽許多詩人朗讀逃難的故事／
語言的誕生本就是生命的誕生／貧窮的年代／空心菜是詩／
房租也是詩／看一場電影是小說／洗尿布和賒帳是散文

　　這是《曦日》第一章中間的兩小節，就像大交響樂中間的一些
小小的間奏，暗喻著生存之境啟始即是有「揉皺的情緒，碎裂破損
的心」，以及生活的貧窮。詩中以各種文類來類比生活的波折，是頗
適合一些浪子文人的身份的，朵思從一開始即掉入此一文人宿命的
危城之中。

母親像一盞燈／一盞掛在天花板上的大吊燈／一盞貼立牆邊
的落地燈／一盞攀踞牆壁的旖旎壁燈／或，一盞侷促插座的小
夜燈／總會適時引來飛蛾／不斷向她飛撲／洗衣婦、失業的鄰
居／周轉不靈的親戚、繳不出房租的房客／趴在母親的耳邊竊
竊私語／不時從母親的嘴邊溜出／下輩子再還也不遲／

遙遠的下輩子，果真會再相遇嗎？／我心想：母親正如童子
軍，在日行一善

患有糖尿病的母親／夢裡夢外／容顏枯槁而疲倦／夢見一隻
小貓站在爐灶口／一身濕／忽然衝向火爐內／燒成一小撮捲
曲的炭屑／夢見一個農夫拿起鋤頭／向另一個農夫砍下去／

夢見溺斃的二姐埋怨／我的泳衣怎麼穿在小妹身上／母親的夢境疊著我的夢境／不斷不斷在我夢裡放映

逃家之前，母親意味深長的一句話是：／仔細思量，不要從這個坑，跳進另一個坑／我活在自我選擇的貧困洗禮中／母親都默默無語／她緊閉的唇線畫出鼓舞和激勵／猶之我年少時曾為一名男子上吊／她默默解下繩索

這幾小節詩的片段是從第四章〈牽繫——母親〉，約佔全書八分之一的篇幅中摘出的，這些朵思自認極為私密的柔性抒情，除了寫出她對母親的孺慕之情，母親慈愛的形象躍然紙上；更印證了她後天具有的奇異第六感，她可以回溯到母親的一生從童年到為母護兒的各種恐怖記憶。詩中以各種燈的光亮暗喻母親的心地慈悲，幾乎是有求必應，使她心想母親像童子軍樣日行一善，也是一種從生活中信手取用的巧思。「侷促插座」的小夜燈，更把一個傳統女性的卑微心態寫盡，使我們讀來感受到朵思這種細緻體貼的人生智力，具熨帖和窩心的美感。

在骨牌效應發揮到淋漓盡致的年代／生命的奮起比死亡重要／從廢墟中站起的雙腳／比靜坐沉思的腦袋重要／預言者說：北極星是唯一不動的指標

那年，她坐在手術房的塑膠椅上／等待六小時的腦部手術／把對她暴力相向的那個男人／腦部顳葉的血塊取出／最後，她看到黎明穿越渾沌的晨霧回航／他被推出時／她恍如看到／用一根繩子要結束生命的自己／穿著睡衣吃下一整瓶安眠藥的自己／活了回來

他說：那年，一大批學生跟隨部隊／攀越過險峭的雲貴高原／一直走到越南／什麼也沒有除了一身衣裳和滿身汗臭／直到／政府把他們接來台灣／之後，男生急著刮鬍刀和牙膏／女生忙著買內衣褲／有進入學校／有人輔導就業／有人仍待在部隊，直到退役

在榮民總醫院，十萬青年軍相遇時／很多坐在輪椅上／額頭、臉頰都刻鑿深淺不一的歲月辛酸／兩岸開放後／很多人回了家鄉／而很多人只坐在骨甕裡／遙遙遠眺──

這幾段詩句是從〈滄海〉一章中摘出來的，寫得都很直白，卻帶著深層的沉痛，也許真實且是親歷的滄桑是無法轉變為意象代言，而必須如此才不失真吧。從這段中可以看出朵思真是心懷悲憫，愛無偏見，豁達大度。正如她所言：「生命的奮起比死亡重要／從廢墟中站起的雙腳，比靜坐沉思的腦袋重要。」朵思的生命情境從學步到現在的走向坦途，似乎一直在奉行這兩句真言。詩的抒情雖然接近說明，但並非純敘事的線性直述，而是在行段間前後跳接，造成句段間的想像整合空間。

到深山修行森林浴／下山時，找到另一副軀體／腦海種了數株蓮花／拿筆畫了一幅又一幅觀音／於是／他以存在的手／不時與諸神交語

枕上殘留餘溫／是墓碑在風中屹立的溫度／墓中的靈魂／在掩蔽的空間進出自如嗎？／昨夜，來過我童年的似乎是姐／站到我病榻前的是母親／那麼，到床上酣眠的，是你嗎？

> 他們問我要不要一起去看你／唸一點經，燒一點紙／我說：
> 不要／其實，我還不知道你的骨灰放在哪裡／只是我知道／
> 我的心毫無法律保障／你都居住了五十年／想必此刻我獨居
> 的巢／你可以繼續住下去

　　以上這三段詩句是從第七章〈N度空間〉摘出，這一章共有二十七小段，在這多向度的空間裡，也是在這長詩的結尾處，詩人的思維千頭萬緒，我特別選出這有「他」的三段以印證這首長詩的主要敘述仍是她不可割捨的親情，雖然曾經摯愛的人對她暴力相向過，沒帶給她幸福只有貧窮與折磨，但此時她獨居的巢仍讓他繼續住下去，雖然天長地久有時盡，雖然此恨綿綿無絕期，但也情到深處無怨尤，無論現實或超現實，回味起來總是亂世中一段難得的因緣，一場幻夢。朵思在結尾〈小詩集粹〉的第一段即說：

> 我是在機場丟失的一件行李
> 愛已置放在手機裡
> 恨，閒置在電腦的記憶庫

　　這是解開人生迷悟大開大闔的機巧，朵思的長詩之可圈可點，乃在處處透露所體驗出的這種哲學機鋒。抒情的巧織可以美化及深化敘事的平鋪直敘，朵思的長詩可以印證詩的抒情與敘事不全是冤家，也可以聯姻。

（刊於 2006/12/3《更生日報・四方文學》專刊）

碧果的二大爺哲學

　　碧果的詩近兩年來有了巨大的突變，詩中頻頻出現「二大爺」這樣北方土老的腳色，早些年常露面的「小花豹」，以及更早的「一肢肉雲」都統統不見了。看得出，起步即是超現實主義行列一員的前衛詩人碧果，也已放棄青澀苦悶期的「下半身」身體書寫，或發情期的癡戀訴求，而真的如詩評家沈奇所預言的：「碧果的一切形式實驗都只是過渡，而非目的。」他大概真的又「過渡」到出發的原點，去追索到詩的另一境界了。

　　碧果在台灣詩壇一直是個頗受爭議的人物。他對詩自我認知的一些執著，使得他非常突出，卻又不大為人所理解。《七十年代詩選》說碧果是一個「形式」主義者，而且奉行的是所謂「新形式論」，特別注重詩行的高低起伏、間距的停頓空白、氣勢的和緩快速，讀的人必須將視、觸、感、嗅諸覺同時開放，才能體會得出作者的靈思脈絡，這是碧果詩在形式上的特色。如果追溯，可以說這是俄國詩人馬雅可夫斯基經營詩所用的階梯式散裝句法，造成節奏分明，鏗鏘有力，朗誦時可達極佳效果。怪不得碧果的詩讀起來極不順口，但經他自己朗誦，卻頗具令人戰兢的感受。

　　碧果的詩常受議論，主要還在他是一個「獨一無二」，別人絕對模仿不了的詩人。他的詩在意象的塑造上，真正做到令人出其不意、防其不備的驚人效果。就像早年他以怪誕的〈齒號〉二字為題的「一肢肉雲」，此一潛意識中性狀態的描寫，其無出其右的大膽，幾乎成了眾多評家的一致置疑與道學家的痛心撻伐。沈奇說：「碧果詩原創

性的修辭方式，既是對閱讀者的挑戰，也是難得的啟動，讀他的詩一字也不得疏忽，連其空格空行都不乏心機的埋伏。」誠哉斯言，讀碧果的詩就得有這種準備受虐的心理防衛。

而今碧果的詩，經過了時間的轉折，階段性的不同調性，出現了「二大爺」這號北方土老的角色，這種「變臉」是不是就顯示碧果的詩風有其全部徹底更易的可能呢？這得從兩方面來觀察，即不變與萬變。一個成功的詩人，他的途程總是在堅持與出發兩端中塑造自己，一方面始終不脫其本色，一方面又常示人以新鮮的一面。碧果的不變與堅持早在孟樊與沈奇的評文中說過了。孟樊說碧果是超現實主義中碩果僅存的「孤獨的老狼」。沈奇則說當年加盟超現實主義的詩人，大都是借道而行，一種策略性運作，只有碧果是從生命內裡做了認同，最終成為自己的藝術歸趨。這也就是肯定碧果就是碧果，永遠是行不改名、坐不改姓的碧果，縱然不被人欣賞，縱然被人誤解，縱然孤獨成曠野中千山我獨行的一匹狼，他還是這個熊樣的碧果，這就是他的風格。即使歷經不同的風浪，他的詩還是那種散裝式的節奏分明的句法，還是讓你會被突襲似的冒出驚人的意象和讓你不習慣的語法組裝。他說：「我的執著如一，清醒如一，使我在黑中看見黑之光亮，看見碩大無朋的黑之花朵。」我們會發現他在詩表現上的這種獨特個性正是他被人尊仰、被人敬佩的一面。

碧果雖然是那麼頑固的碧果，但他的思想觸角和敏感神經卻是永遠波瀾壯闊、翻騰不停的。他和很多浪子詩人一樣，服膺里爾克在〈地糧〉中那句話：「智者，即是對一切事物都發生驚奇的人。」能遇事都發生驚奇，即表示生命仍在隨時啟蒙，仍然是天真未鑿。而碧果豈止遇事驚奇，而且會「頂風追索」，他永遠在追索他詩的最高境界，聆聽美的判決。他在「近作自剖」中列出了他對詩的四點認知：

> 詩，是感悟藝與美的一種魔性距離。
>
> 詩，是語言的藝術與形構。
>
> 詩，是我的生命，是我的思想。
>
> 詩，是說之不說的內含人間性的說。

這四點認知中前兩點可說是對詩外沿的要求與理想，也可以說是技巧的達致。在這兩點上他早已用超現實主義的手法在實踐，不管別人認不認同，他可是在努力接近那種詩美的魔性距離。後面兩點則是詩內涵的開發了。碧果的詩由於語言不同流俗，且意象翻新迥異，常出奇招，總是在體制外求表現，致使一般人認為碧果的詩不是人間的，更不是現實的人生，因為這麼多不幸的人間，這麼混亂的現實，都無法明顯的在他詩中找到反映，遑論反抗和撻伐。其實碧果不是那麼麻木不仁的詩人，他的關懷和憐憫，以及痛苦和反抗，都被他用不習見的意象所隱含，我們用慣性成見的眼光和心思去讀，總像會難以進入。其實他不過是在不斷挖掘中文多義潛能的文字表現，對日常慣用語和陳舊意象予以疏離，甚至放棄。他寧願回到鴻濛時期的直接、粗獷，甚至有意製造人為的紊亂，如現代主義早期的主張然，而突顯他不屑於耽溺在「約定俗成」或「自作應聲之蟲」（錢鍾書批評陸游語）到失去醉香的舊酒窖裡鬼混。

在寫「二大爺」這一系列詩之前，他曾特別撰寫一段「近作自剖」以闡釋他此一新面目詩的旨趣。從這一小段自剖中可以看出他是多麼專心致志的在創造他詩的新境，他說：

> 近年來，在詩的創作中，「二大爺」成了我詩的標記。也許，這三個字，使我著了它的魔，中了它的道，因為，在詩中，我把「二大爺」三字，當做一種意象來運用，所以在詩中，

二大爺是你，也是我。或者，為另一物種和類。在主客位置
上，它可以互為易位或變型轉換。它是主角，也是配角，它
是風，也是雨，它是蝶，也是魚。它是我詩作中千變萬化的
意象中的意象，於是二大爺這一意象，有時是清新而單純的，
有時是弔詭而獨特的，總是在我創作之初乍然浮現。詩想也繼
之跟著開始躍動於心的底層，與靈魂深處，使當下存有的自己
感知自我，而形成詩的胚胎。迅然，生根發芽，當詩思經過慎
思、超越、滿溢之後，詩，已誕生。並使「二大爺」成為重新
命名的「二大爺」，使自我與二大爺活命在詩的界域。

從這一段自剖中，可以看出這「二大爺」的形象，純是他自設
的意象策略的運用，絕非一般二元對立的人物較勁（按在北方某些
地方稱人「大爺」是犯忌，因為會聯想到武大郎）；也並非豎立一
個自我崇拜的神主牌，讓別人也跟著打拱作揖，它只是一些個無所
不在、無所不能的隱喻；可以多方運用的象徵，既具理性，也富神
秘性。「二大爺」既是意象大千，所以它絕不只是私密的、個人的。
九葉派詩人兼翻譯家袁可嘉曾說：「現代詩人作品突出於強烈的自我
意識中，同樣有強烈的社會意識，現實描寫與宗教情懷的結合，傳
統與當前的滲透，大記憶的有效啟用，抽象思維與敏銳感覺的渾然
不分；輕鬆嚴肅諸因素的陪襯烘托，似可說，現代詩歌是現實、象
徵、玄學的新的綜合傳統。」放諸碧果的詩中來衡量類比，是頗為
諧合袁可嘉這種經驗觀點的。且以一首他最新尚未見諸報刊的詩〈中
山北路〉來檢驗：

你走西邊，我走東邊
西邊是萬紫千紅，東邊是鳥語花香

這裡淨空
留給穿金戴銀的
人鬼、舟車、馬牛和風雨

啊
二大爺乾瞪眼卻什麼也沒說
像片枯葉，旋入巷弄

　　像這樣一首簡單的短詩，它承載的意義絕對是多途的，輻射四方的。他聰明的避開了習見的「左」「右」對峙，而以「東」「西」兩邊的繁榮，來夾擊中間的淨空，讓人鬼、馬牛、風雨穿梭的「中山北路」，其間的美醜對比強烈而分明。然而這尚只是現象面的呈現，而驚詫一聲後，只能瞪眼無語的二大爺，像片枯葉樣旋入巷弄，才真正是人間的悲涼。這首詩抨擊了什麼、反諷了什麼是不言而顯的。其隱含的批判力道，恐怕比他當年所寫喧騰一時的大歌劇《雙城復國記》還要強勁。所以碧果的詩雖怪，雖不明說，只用象徵暗示，卻絕對沒有跳離我們眼前的視線，且更單刀直入。因此，碧果的詩並非是「自閉的」、不食人間煙火的，而是「宏觀的」、融入宇宙大千的，只是他不大願意裸露，不大情願脫衣陪酒，總要保持幾分神秘矜持，這便是他近期詩中的「二大爺哲學」，且是始終一以貫之的固執。

（刊於 2006/7/9《中華日報》副刊及 2006/10/3《香港詩網絡》第 29 期）

煙茶兩種論商略

——淺談商略詩的兩段歷程

台灣詩壇有一種怪現象，好像誰的聲音最大、誰的露臉的機會最多，常常就會被人奉為詩壇的大詩人，可以領一代風騷。殊不知在這少數被捧為樣板詩人的後面，藏匿著好多位默不吭聲，只在詩藝上求精進的詩的建造者，商略便是這麼一位讓人尊敬的詩壇長者。

其實說商略是一位鮮為人知的詩人是不切實際的，早在民國四十三、四年間，紀弦先生辦《現代詩》的年代，商略就曾以「一如」的筆名發表過作品。在隨後《藍星週刊》及《藍星詩頁》風行那些年，本名為唐劍霞的商略，曾被余光中歸類為婉約派的詩作，幾乎每期都會出現，且曾介紹至《文星》雜誌的「地平線詩頁」及香港的《中外畫刊》發表。余光中為「大林文庫」所編《第七度》詩選、四十四位當時一流詩人中，商略的〈禱鐘感覺〉就赫然列入其中，和洛夫的〈從墓地歸來〉、周夢蝶的〈四月〉、瘂弦的〈乞丐〉以及余光中的〈第七度〉比鄰。商略的詩強調思想性的抒情，他認為：「我們寫詩，是因為觸撫到一些東西，皆有它十分廣義的思想抒情的內裡存在（見《八十年代詩選‧商略詩觀》）。」商略曾說：「我寫詩是『寫給自己看』。」而且說：其實「不是我寫詩，而是詩寫我」。所以他以為詩人只有「恨無知音賞」之嘆，而不在一堆掌聲。

　　商略早年來台時曾當過戰車兵，學過醫，也曾是一位合格的軍中醫官，自軍中退役後，考入政大教育系，後於師大數學研究所結業，於花蓮省立玉里高中當數學老師，據悉他對高等數學之理解及施教方法極具權威性。由於他既寫詩復對數學有研究，有人曾問及數學與詩學之間有否衝突，或相通之處，詩人藉方東美先生的話答稱：「美感起則審美，慧心生則求知。」詩和數學對他而言有如「煙茶兩種」之樂，真是一種難得的平衡。

　　綜觀商略全部作品的寫作過程，大概可以看出他有兩次轉變。首先就是早年以唐劍霞本名所寫的那些所謂婉約純情的作品。那些詩，名詩人張健教授曾比擬為盧奧的畫，極具古典的浪漫色彩，即以一九五七年一月發表於《藍星週刊》一三四期的小詩〈野花〉為例，可見他情之專致，美之精純：

　　　　向上帝索取了
　　　　一點紅、一點藍、一點……
　　　　而後辛苦地擠出一點寂寞的香來
　　　　生命何其渺小呢？你的
　　　　一次顯現乃是一次淹沒

　　　　我知道：他崇拜一個遺忘
　　　　像泥土的愜心於沉默

商略寫這樣唯美純情的詩遠早於後來出道的葉珊和瘂弦。詩人畢業數學研究所，應聘東部任教後，為了適應一種新的職場，他沉默了好長一陣子，直到人們以為他已洗手不再聞問於詩，他以商略的筆名出現才又回到詩的江湖（約在八十年代初），這個時候他試著走主

知的路子，句子變得短而突兀，而且愛用單獨一字為題，然後拆字式的釋出詩的多義。他在一九八四年十月九歌版《藍星詩刊》創刊號上的〈魯、魚、亥、豕〉是為此類詩的首先發難。按「魯魚亥豕」本乃一句成語，指把「魯」字寫成「魚」、「亥」誤成「豕」，皆因文字形似而致傳寫或刊刻錯誤，詩人異想天開將此四字一字一小詩的將該字的原意故意拆解，或另拼出新意，譬如「豕」字他是這樣寫的：

> 隨便蓋個房子
>
> 就有了家的理趣
>
> 就對傳統負責
>
> 就有腳不可也不能走太遠
>
> 所以有個睡夢是好
>
> 睡夢中的裸奔
>
> 也是可以原諒

此詩可以看出是對「家」字這一字形的結構及字義予以趣味化及生活化的引伸，可說是新解或現代版的「六書」。成語「魯、魚、亥、豕」之說是無意中誤置所造成的文字荒謬，而經詩人此一逐字造出的新意，它是有意的解構而帶出嘲諷或調侃的趣味。這是詩的另類寫法，且是具創意的發揮。

　　而這首較長的詩〈街心〉則可看出是他從抒情轉型主知期間的尷尬作品，也正反映出台灣從農業社會突然轉向工業社會的無奈：

> 用一個城市的
>
> 交錯又交錯，重疊又重疊

如是眾多的騷音
的沸鼎
烹我？！

用一個世紀的
重疊又重疊，交錯又交錯
如是眾多的速度
的匕首
剖割我？！

呵呵，我原是一尾
不嘆西江，無視涸轍
而下噉靈川
上搏銀河
而在有著幾株仙人掌的沙漠
思想著的魚！

〈街心〉是一首無須多予解說的詩，詩用沸鼎的明喻來形容騷音（不用習見的噪音）的擾人和無孔不入，以及用匕首的明喻比擬速度的凌厲和咄咄逼人，都非常恰當和明確易曉。應該注意的是前兩段詩句尾所使用的標點符號，它所顯現的是既疑且嘆，也就是詩人在面對現實時，對其突然發現的異狀所表露出的心態，有原來我是在被烹煮，被剖割，而又不知為何被烹，被割的意思、這樣重複驚疑的首兩段，加速了詩的懸疑感。

在第三段，詩人有所發現了，他借用《莊子・外物篇》的一則寓言故事中魚的意象，加以冶化補充，以傾道出自己的心志塊壘。

他發現自己原來是一條魚，既不嘆沒有引西江水來讓他優游自如，也不怕只有如車轍那麼一小片積水來供他活命；他還有下飲靈川，上通銀河的豪情壯志，他實是在浩瀚沙漠中思想著的魚。

生存在這麼一個錯綜複雜的忙碌紛擾的社會情境裡，如果他的心智健全，應該都會有這種被噪音煮沸，被速度凌遲的威逼感，何況一個感觸更敏銳、心思更細密的詩人呢。

商略是一個為詩態度極為嚴謹的詩人，他的詩絕不輕易出手示人，字斟句酌到即使最後一分鐘，也還會有改動的考慮。記得筆者主持《藍星詩季刊》編務時，好不容易催到他一首詩，他會很慎重的親自騎著重型機車從花蓮玉里經北宜公路跋山涉水送到我手。然而待他任務完畢回到玉里，不出一天，便有一封限時信來，說走到路上發現詩中有一字仍然不妥，希我代為更正。他有一首詩名為〈巉巖之章〉，為了一個字曾來信更改三次，最後一次更改稿件已經付印，我得親自跑印刷廠拜託排字工人，可見他詩中用字的考究真的已達「一詩千改始心安」的地步。商略自承在開始創作幾年中，都只寫給自己看，不曾投過稿，自認怯於或不屑於，意思上都有點。而且有的詩作如〈窺天賦〉、〈墜樓記〉等等，由完稿到發表，中間相隔各有七八年之久的可驚紀錄。又如一九八七年元月發表的〈壺乃躍然〉更是一九六五年的作品，這點他自誇是前無古人。可說商略是一個非常自制且高傲的詩人。然而這種對自我要求非常高的個性卻也使他不願隨便出手，越不出手，詩作便越來越少露面。久不見其人的詩，便也慢慢淡出詩壇的記憶，年輕一輩更是不知商略其人了。據說現在隱居在新竹的商略因輕微中風，已經深居簡出，再也不能騎機車縱橫天下了。令人遺憾的是，他始終堅拒為自己出一

本詩集，就是這個專輯也是由好心的曾進豐教授各方搜羅他的作品和評論文字而才有的，他真是一個自律極強，不求聞達的詩人呵！

（2006 年 7 月 8 日於台北拇指山下 2006/7/30 刊於《更生日報·四方文學週刊》）

阮囊並不羞澀

──被遺忘的「藍星」詩人

「阮囊羞澀」是一個成語，是說晉朝時有一個名叫阮孚的人性喜自由不拘，時常揹著一隻黑色的袋子到會稽街上走動，有人問他袋子裡裝的什麼，他說：「俱無物，但一錢看囊，庶免羞澀爾。」意思是袋子本空空，但放有一枚銅錢看守袋子，免得太難為情。比喻一個人經濟窘迫，常用此四字形容。我今天要說的並非是成語中晉人阮孚的那個「阮囊」，而是一個在上世紀五十至六十年代，在台灣詩壇曾經叱吒風雲過一段時間的「藍星詩人」，本名阮慶濂的「阮囊」。他取這麼個筆名，倒並非他真的窮到靠一枚銅錢壓袋的那麼窘迫，在我們那個克難年代，窮到一文不名是通病。他的「阮囊羞澀」是他自謙他的才學欠缺、技不如人的「羞澀」。而在我們年輕的那個時候，都是失學來台的青年，才學差，無一技之長，也都多半如此，只有慶濂兄敢於這麼「污名」自己，這是我們一直敬佩他的最大原因。

阮囊於一九五七年即在那年的詩人節，與瘂弦、向明、王祿松、戰鴻、路平（即羅行）等五人獲得第一屆青年詩人新詩創作獎。阮囊的作品為〈最後一班車〉。這首二十四行，句式有時長達三十三個字，氣勢雄偉、豪氣干雲的新詩，被一向拘謹保守的評委覃子豪先生認為表現了他「遊俠式的流浪」，〈最後一班車〉可以說是這類生活單調、平凡，想像卻多彩多姿的青年人生存思想的心聲。

那年代（1950至1960）正是現代主義「橫的移植」方興未艾，伴隨著存在主義、虛無思想徹底流行的當口，幾乎百分之九十以上

的青年詩人都在趕那股新的潮流，阮囊卻投入了以抒情為主的藍星詩陣容，和當時以近惡魔詩派手法寫詩的吳望堯，同為那時的藍星光燦投入了異彩，不能不說他是一個特有主見的異數。一九五七年九月他在《今日新詩》第八、九兩期的合刊上，寫下了〈夜郎〉這首短詩：

> 有一片小竹林你便驕傲了
> 在家裡我是七里蘋果園的主人
> 摘下你炫耀的燈吧！
> 別笑腰了星星的腰
>
> 沙後有日，日後有山，山後有天……
> 肯定的大在哪裡？

「夜郎」是在漢代時的一個非常非常小的國家，漢的任何一個小縣份都比夜郎大，但是它的國君卻一直宣揚他的國家很大很大，根本無視實際情況，一味自我陶醉，這就是「夜郎自大」這個成語的由來。阮囊這個時候寫這樣一首帶諷刺意味的小詩，當然是意有所指，詩壇已被現代主義、存在主義和虛無思想攪得唯我獨尊，事實上不過是在藉口逃避惡劣的現實，像阮囊這種敢於對現實帶諷喻的詩還是少有的。

但別以為阮囊的詩不夠現代，或不懂現代主義是新詩必經的受洗過程，如果說所謂現代必定是「橫的移植，強調知性」，或者說詩中必有異國情調，自潛意識取材才算創新，那麼阮囊的詩在這方面的發展早就實驗過，而且只摘取其精華，揚棄其糟粕。同樣在追求詩的改革精進，阮囊卻沒有陷入當時現代帶來的晦澀難解的弊病。

我們光看他在當時發表的詩的題目，便會令人耳目一新，像〈龍泉劍〉、〈三稜鏡〉、〈黑皮書〉、〈潛力〉、〈紅磨坊〉、〈飲冰室〉、〈上唇章〉、〈蛻變〉、〈棋譜〉、〈流蘇〉、〈後窗〉、〈血閘〉、〈彌撒〉、〈涅盤〉、〈杜倫很憂鬱〉等等所發表的七十七首詩，幾乎沒有一首是當時那些現代風味的詩所能比擬，而且大都發表在當時水準最高的《文學雜誌》、《現代文學》、《文星：地平線詩選》、《藍星詩頁》等刊物上。而〈龍泉劍〉、〈涅盤〉和〈棋譜〉則已於一九六〇年由余光中翻譯成英文，收在《英文中國詩選》（New Chinese Poetry），介紹至外國詩壇。

然在台灣出版的各種文學選集中，除了一九七二年出版的《中國現代文學大系》新詩類收錄了他的〈血閘〉、〈扇面〉、〈霹靂大地〉、〈血芒札記〉、〈稻穗〉、〈木屋〉、〈潛力〉、〈蛻變〉、〈第六面〉、〈半流質的太陽〉等十首詩以外，一九八六年藍星詩社在九歌出版社支持下，出版《星空無限藍》藍星同仁詩選，阮囊入選了九首詩。分別是〈最後一班車〉、〈秒擊〉、〈蜉蝣於是說〉、〈酒典〉、〈秋神〉、〈老兵不死〉、〈迷你盆景〉、〈壽宴肆遺〉、〈至情〉。至此以後各種選集雖然也有選他的詩，但大都重複早過選過的作品，其實他在一九八四年創刊的《藍星九歌版》，至一九九九年淡江大學版的《藍星詩學》又曾發表二十四首新作。另外在《創世紀》詩刊上也發表有詩，但各種詩選，包括年度詩選便沒再出現過阮囊的名字。

這當然與他生活的蛻變所帶來的各種壓力有關，他自軍中退役轉業到警界，便因欲走出自己的路慢慢與詩脫鉤，加之他本個性淡泊，在軍中時即與外界隔絕，從不露面，雖為「藍星」詩社同仁，卻從未與同仁碰過面（我倆算是最投契，但也只是在《藍星詩頁》上互相贈詩，他贈我〈葉子戲〉，我回他〈今天的故事〉，或函件往

返）。他於一九六一年冬即寓居在台灣後山台東的「鯉魚山」山麓，由警界而改業律師事務所，從此更無暇顧及到詩。據我主編九歌版《藍星詩刊》的記載（自 1984 至 1992），阮囊在《藍星詩刊》第五期（1985 年 10 月）發表〈至情〉和〈生涯〉兩詩以後便絕少有詩發表出了，此兩短詩足可代表在彼時的心境，尤以〈生涯〉的「走過的路／已成齏粉／況再走是荒煙／是斷層也／真的老了／累了」。直至一九九九年藍星又在淡江大學中文系合作下，再度出版《藍星詩學》，阮囊在老同仁的力促下再度執筆寫詩，在出版二十六期的《藍星詩學》中，他寫了二十期，共計二十二首詩，唯詩風已更形凝煉、老辣，內涵也多感慨。

　　他的好友，同時都隱居在後山的詩人書法家楊雨河，算是他在文壇這個圈子唯一能讓人獲知一點他消息的傳訊者，據知阮囊已全然自法律事務所的義工位置上退休了，現全心向佛。楊雨河對他早年（二十啷噹歲）讀過的一首短詩〈正覺〉，認為阮囊思想的領空博浩高雅，感動得他服膺終身。見如下六句：

> 螞蟻試牠的腿力，地球動了
>
> 蜜蜂構建了創世紀的建築
>
> 螢火蟲吞下了太陽的靈魂
>
> 我在菩提樹下完成了我的正覺
>
> 他們說我是一位哲人
>
> 我說我是一個宇宙

　　按「正覺」乃指佛教修行上的最高覺悟，最高的感受境界。這首詩前三個隱喻所暗示的是一切萬有本心所具的無限潛力，只要吾心信其可行，雖撼動地球、創建偉構、吞食火球亦不難達至。他個

人則早已在暗自修煉，完成自己了。楊雨河讚他宛如明心見性的得道高僧在道場上宏道開示，有金聲玉振的功力。確實，一生低調行事的阮囊早已在精神修為上達到一定高度，世間的一切名利早已棄之如敝屣，至於詩文字的得失更不是他所計較的了。他至今尚未出過一本詩集，好幾次我曾主動為他蒐集散失各處的詩，建議為他出本詩集，他都斬釘切鐵的馬上拒絕了，使我感到自己相形見絀太多。

（刊於 2010 年 10 月號《文訊》）

浪尖上搏鬥的詩
——讀汪啓疆的詩集《人魚海岸》

台灣是一個海島型的國家，海以千噚的覆被，萬種風情在拱衛著我們的存在。詩人汪啟疆一生都生活在海上，曾官至海軍中將保衛海疆。他沒有辜負海的深情，以及與海相知相惜的親身經驗，寫出許多與海一樣深沉豪放的詩，使我們台灣終於有了新的一頁海洋詩，且於二〇〇一年獲得最高的中山文藝獎。

《人魚海岸》詩集以十一輯的分類，對海的認知，以及海人一體的感情交織，有深入細緻的闡發，各詩都具澎湃的海洋性格，一下子沉潛海底，一下子躍至虛空，真像在浪尖上大耍特技，驚險壯觀，現將各輯詩分別的立象脈絡，做簡要的感知：

〈四季聲響〉：這最前鋒的六首詩是詩人對海的具體觀照，他先從客觀的角度去看海，他認為「海是巨大魚脊」：

> 一尾最巨大的魚
> 在自己裡面游動
> 橫劃於台灣大陸，向時間
> 泅進
> 總在夢的邊緣處迴巡
> 以固執與自憐
> 牠游動，滑過我的航行更次

這是詩人心念初動之時，對海實體的認知，此時的海的面目已是形象化的海，海中活著的海，像一尾巨大的魚脊樣在泅進迴游的海，這是詩人一生與海為伍，為伴的心得。但是到了〈季節〉一詩中，便由客觀反到主觀去看，此時他進一步發覺他已是海，海已是他，海與他已是生命共同體，意與象做交織纏綿：

> 遼闊的
> 海洋也縮肩在季節大衣裡
> 偶爾要打個盹了
> ……
> 我走上甲板，波濤發出新鮮釉亮的嫩色
> 放出睡飽的胸脯大喊：
> 我是裹在天空裡的海洋
> 我是海洋的自由人

〈那些蒲公英們〉：台灣那些與海為鄰的漁港，走向海洋的碼頭永遠有著熱鬧且光怪陸離的水上生態，詩人自小在這些地方到處打拼，知之甚深。這些生活經驗和生態觀察便著筆在這五首詩中，我們且看〈鼻頭漁港，晨〉一詩中的男男女女：

> 海在外頭敞胸脯呸痰
> 壓皺打噤收縮，蹲低的矮堤
> 大批男人嚷著進港
> 紮起擦汗巾
> 劈開堵住口鼻的噴沫
> 爭相叫喊

> ……懶懶蕩蕩，暖淫淫的
>
> 是那群習於等待的女人
>
> 晃動發脹乳房
>
> 推開閂
>
> 咬了整夜的唇舌的催眠

作者在此詩的後記中補充說：「簡直把大海熱呼呼的拉過來，拉進了人間世界。」誠然，這詩中的男女群相浮現了人魚海岸三位一體互為因果的勃勃生機。

〈海峽升溫〉：詩人出身海軍，在海上擔任高階指參任務時，曾經親自處理海上各種戰況，以及接受來自各方的資訊，難免會有人性上的挑戰，和情緒上的掙扎。可以想像得到，那真是他一段國事家事天下事，事事都得他勞神傷身的日子。這一輯有九首詩，現取其中兩段詩來印證一個守衛海疆的將軍當任務在身時，他當時的複雜心境：

> 那夜電視大陸內幕報導
>
> 看了太行山貧瘠的大地，那窮苦的姊妹倆
>
> 為互讓一碗粥而爭執和相擁哭泣
>
> 晨間，我醒在飛彈演習的雙刃上
>
> 靜思
>
> 愛的詮釋釋是無聲的
>
> 軍衣自衣櫃取出穿妥，饑餓的
>
> 推開作戰中心電門按鈕
>
> 投身在太陽一般淌汗的工作房內

　　所有夥伴同樣將臉折疊

　　放進電腦狀況模式

　　所有妻子月光肌膚如衣裳掛在另一間衣櫃

　　被遺忘了

　　〈黑天鵝〉：詩人的海上生涯中，有一段海空交流的日子，此輯以〈黑天鵝〉為主題的四首詩，即是寫那段生活的感受。其中以〈接觸和互生〉和〈愛飛的人〉兩詩最感人。〈黑天鵝〉是水上飛機，此兩詩是寫海軍演習炮火誤擊靶機，造成四位海軍航空員喪生的事件，詩人以長官身份前往受難家屬慰問，面對遺族的憤怒指責，他只有同樣內心滴血而無助也無言：

　　我的一部份刻劃在風裡

　　一直刻在風裡

　　低，再低

　　以斂翼的鳥的動作

　　落在妳疼痛的夢上。掀開皮膚裡的肉

　　我的一部份也黏在那裡

　　妳尖銳地問我生命的補償

　　我無法直接回答

　　妳又談及誠意的表達

　　我默默地攤開雙掌又緩緩屈握

　　我將嘴閉攏傾聽耳朵眼目心靈酸楚驟雨

　　竟然同樣痛楚

樹，將枝柯交給斧頭

迴聽身體迸裂顫抖

〈爸爸的眷村〉：詩人出身軍人世家，眷村子弟有著獨特的文化血緣，父子會對飲瀘州大麯，諦聽父親口中唱作俱佳的坤伶，替父親讀信時，他對父親說：

爸。信箋跟您

一樣老

照片和

醒不了的時間

黏得好

緊

這些詩共六首寫出解甲的老爸有著解甲不了的鄉愁，且一生堅持：

握緊中國這兩粒鉛字

〈時間座標〉：這六首詩寫出對島內及對周遭海生物的關懷，對自我放逐者的不解，詩中說：

你所捨離的是我們共同的池沼呀，

我們說過

一起長大孵蛋的

彼此守護這兒直到老成一團泥壤的

雁要離去

台灣麻雀沉默

> 哀傷著
>
> 明白
>
> 意念不斷在往風中飛翔
>
> 土地的重量已經愈來愈輕

這段詩的表白足夠顯示這位年輕的海疆保衛者及現代詩人與這島存亡與共，相互依存的決心，也足以看出詩人對這土地的不斷風暴所賦予的關懷。

〈怎樣數算容顏〉：對成長環境的回憶與顧眷，濃密的親情，衰老的眷村、常把這位海上浪子魂牽夢縈，是這一輯六首詩的特色。想起母親烏黑過的髮絲，而今盡成「走盡思索的秋草」，他憶起母親的堅持：「家在台灣，死也要跟兒子孫子埋在一起。」詩人曾在媽媽躺臥的窗外，看著氣若遊絲的媽媽，寫下：

> 直到窗戶在燈裡明亮
>
> 我們未睡，床褥鋪疊在冷冰冰的位置
>
> 誰也不準備離去，掩上門，一切沉澱
>
> 在聽，母親輕徐呼喚
>
> 窗戶被我推開，風　來吧
>
> 四川，整個被溫柔時間包裹了
>
> 坐在病房屏息的土壤內
>
> 完全母性床褥上

此詩以倚窗作旁觀狀，其實壓縮多少無告無奈的時間及心境的景觀於其中，艱難地吐出將身許給海洋者的滿腹心酸。

〈生活冊〉：詩人在海事餘暇，冷眼觀照人間百態而感發出這輯中的八首短詩，有很鮮活的及物描寫。〈生活之貓〉是以人窺貓的形象捕捉，卻也有真實的人間現實：

　　牠是肉的覓食者
　　所有談話和反應的聲響
　　都壓入感光圓睜的黑濃眸仁
　　獨立與統一，睫毛眨合。牠蜷蹲
　　拱腰、哈欠、叼住想像之魚
　　牠回到最初臥處，無從窺知情緒
　　如許多聳起耳朵的頭顱
　　偏左偏右
　　或陷入睡眠

〈飆族速記〉：是社會寫實詩的代表作，他把 Y 世代追逐流行的無知自我強辯表現得入木三分：

　　沒有人再能命令我停止
　　祇剩我　和毛髮肌膚上的飆速
　　聲音都已追不上來
　　沒有臍帶，學校和所有的大人
　　血是甜燙的
　　恐懼的極度是忘卻
　　將整條路扯直　冰冷的燃燒
　　我們祇是不停不停的甩開
　　甩開　緊捏住脖頸的

地球和所有想抓住我們
命定的一切力量

〈接觸與咪唔聲〉：這一輯詩是整本書中最溫柔的聲音，是海被風放棄時最細緻的漣漪。海的守衛者不時對岸上獨守孤燈的妻子的分神，我們且聽他如何內疚神明：

你突然吐出一句話
跌碎在枱面　我縮卷鬃毛
吾愛，燈光下的貓咪
在互併的膝頭，跳落

努力把語言內的尷尬抹掉，我祇
沉默站起來，取一杯茶，手和
海浪都蒼白了
我軍衣領階上的星芒全然褪色
「你說過結婚後就留在陸地的」

久久才回家的我竟躺在她夢的外邊
此刻扯開她的被子不就是扯破她的夢了嗎
睡得多好，絕不能吵醒，擠回她裡面

我守住快臨到的黎明，躺在我的位置
她側身臥於床的另一半域，熟睡持續
——·——·夢著什麼
不要問

〈魂魄豈論大小〉：貼近古今世界，書中日月的這一輯詩是海洋詩人世界觀、宇宙觀的透露，在那遼闊無邊、驚濤不息的海上，詩人反芻著（男人的骨骼屬性）、咀嚼著（吞不下的故事）、回味著（夥伴相握）的體溫，無不感慨連連：

> 不知你是否還記得
> 用時間支架的這場歷史
> 是友誼和抱負在煨燙
> 各自掏出軀體
> 共遞肝膽
>
> 鐵馬金戈的烽塵
> 不宜走得太疾，小雨淋濕的青梅
> 靜靜在酒皿發熱
> 曹孟德和劉玄德的那一段話
> 千古後還放上豪傑們的棋譜上互弈

〈黑色扉頁〉：人間的曆書上少不了有黑色扉頁，水手詩人的黑色扉頁印記的是那些與他意趣相投，而未能再與海一同生活的伴侶。其中他最不能釋懷的是，曾與他同在海事與詩學上共患難的早夭詩人林耀德，這一輯六首詩中有四首是哀悼這位天才的：

> 火，在詳細又詳細閱讀
> 讀完整本精裝書
> （我們站在門外，低首抿唇
> 遺憾的恨著
> 這麼好的一本書

> 我們祇讀了
>
> 不到一半……)

這一段詩是寫林耀德火葬時的傷感，不說火在惡形燒毀一個人，而說火在細讀一本書，同時也在惋惜這麼好的一本書（其實是說一個人），只讀了不到一半（林死時才三十四歲），這種移情的寫法真是高妙。

〈夢銜接黎明〉：這最後一輯的兩首詩，無論內容和形式都有創意和求新的實踐，前一首〈航行者〉以上下兩層對寫，中間齊頭的排列，復以長短詩行錯置，完成波浪形狀的複製，在此獨特的自創形式的包裝下，詩行密集著各種不同頻率的資訊，都是航海者在各種海象下的生理心理行為舉止的寫真，使人讀後不由得會感染上水手在隨波逐浪時的晃移秀逗和矛盾顛覆的表情：

> 吃著航行　鐘錶的航行
>
> 吃波浪的舌尖和牙齒數算數算數算
>
> 女子頭髮和壓下的面頰，不全然孤獨的寂寞
>
> 吃群山脊線裸臥的鳥翅與韻律
>
> 一次兩次同夥伴爭吵
>
> 吃著飢餓，和土地找不到的愛慾
>
> 容納溫柔以及不溫柔的風暴
>
> 吃，走出港口一腳跨越家門
>
> 臉上矛盾以及統一的表情
>
> 扯下天空鋪桌面的餐巾，磨擦波浪裡的想像狗群
>
> 吃窗和窗簾的記憶，在任何一棵樹底啃咬

吃口腔和舌的更次，直等到隔世

纏綿口涎的下一更次

此輯第二頁〈人魚〉是一綜合性的大製作，在這首近九十行的長詩中，對人魚的神話傳奇，用詩行的多義放射作反覆求證，以證實此一傳說之可能，並非全然係航海者的幻覺：

鼻息起伏

有魚游出在我的肢體上，我凝視其形其容

是我與我親人溫婉之貌

你與我係捆繫於延續

於身體不可能處，裂出的另類複製

不同我對愛戀之難捨難取

你是母親。熟悉我的順逆盈缺

你是妻子。莫逆之交

你在我哭泣之中哭泣

不發聲響即相偕與共

坦摯凝視。俱足於斯

由此可以看出，這已是汪啟疆一生海洋生涯最終的具體心得，他實已和海和海生物，像和他的親人一樣是牢不可分的一體，一樣親暱，一樣生死與共。

所謂風從虎雲從龍，海洋是風雲聚會的原生地，也是有如龍虎相鬥的生死場，海上游離久了的人難免會不覺自我塑造出這種陽剛的脾性，因此出生海洋的詩人自然也是這樣慣於意象剛烈，語言創新，甚至有違逆傳統的語法，讀時必須付出耐性。讀這種

非常全面性的海洋詩，必須也有如站在浪尖上搏鬥一樣的勇氣和心理準備。

（刊於《2005 年高雄世界詩歌節論文集》及 2008 年五月《當代詩壇》49-50 期）

卷三 詩的美麗與莊嚴

詩乃美麗而莊嚴的掙扎

詩的世界，大而無外，星際太空，莽原叢林

深宮幽境，水泊梁山，金粉世家，無殼蝸牛

虛擬實境，天地無私，成住壞空，有垢有淨

——戲作〈定場詩〉

我寫了一組詩發表在一本詩刊上，一共六節，有的一節才三行，最長的一節才十二行，由於形式極不統一，零零落落，不過是抓住一些隨即會消逝的靈光而已，因之我以〈詩零碎〉為名。老友詩人隱地兄看到後甚是喜歡，不過他說詩的題目太輕描淡寫了，與那麼沉重的內容不配，應該改名為〈心的掙扎〉，而且該發表在大報副刊，詩刊看的人實在太少。老友的建議很對，我也很感激。只是他提到的「掙扎」二字，突然讓我想到應該放大來看，乾脆改成〈詩的掙扎〉。我那詩中表現的所謂心的掙扎，只是個人的感慨，不足為道。詩如果只能畏畏縮縮的侷促在同行的小圈圈裡互相以體溫取暖，那才真叫「掙扎」，而且是無效的掙扎。偏偏這是個普遍現象，長久存在的現象，卻沒有外人會發現詩一直在不停的掙扎。

其實詩人們雖一直在做著各種「掙扎」，但從來沒有氣餒過，而且越戰越勇。即以只在詩人們自己的圈圈內流通的詩刊來說，有的已在純無外援的情形下出版了五十多年，四十多年，三十多年，而且越出越內容豐富，設計美觀。雖然沒有人買，沒有幾個訂戶，仍然數十年如一日的準時出刊。

　　而各個詩人們內心的掙扎更甚，表面上雖然看不出來，也未見有任何痛苦的行動。但他們都知道，詩是一種個人修行，法力不夠，怪不得別人忽視，而是你自己功夫不到家。這種內省的透視，加深了詩人對自我的要求，他們嚴以律己，作品通不過自己那一關，絕不隨便拿出去見人。這可以從許多詩人，好像久不寫詩，但一出手便會驚人，可以看出，這便是他們嚴格自我品管下的成果，其實這更是一種心的掙扎，為的是要維護自己的名聲。更有一些外人絕對想不到的痛苦，我們常常會突然發現很多過去不怎麼起眼，或者備受爭議的詩人，會一個個寫出讓人刮目相看的作品，甚至惹得評論家也不得站出來鼓掌喝彩。有誰知道他們是多麼努力在自我掙扎苦練，才會有這麼翻身的一天。

　　詩本是一種年輕人的夢境，多少愛詩的年輕人，他們為了讓詩的表現能被人發現肯定，苦心經營出瀝血的作品去參加各類文學獎，那種要不要參加的掙扎；那種患得患失的煎熬；那種失敗落選後的痛苦，才真顯出詩人路上的特有崎嶇。然而愛詩如命的年輕人很幸運，網絡的出現為他們找到了真正的救贖。雖然在網站上發表作品仍然備受爭議，飽受誤解，認為在網路上發表作品像吐痰一樣容易，不具文學價值。然而網路發表淘汰之快，隨發表隨即消失本身，即是一種毫不留情的挫敗，年輕的心靈一樣會受創，會含淚掙扎要不要再試一次。然而比起老生代甚至中生代詩人當年那種詩沒發表通路，必須靠自己掏錢辦詩刊，一等數月或一年才有一次發表機會，年輕詩人卻可以享有這種天上掉下來的磨練好時機，甚至可以自設「部落格」或個人網站隨意馳騁，他們縱有掙扎也是比較不算什麼的。這樣反而助長了他們的「玩心」和「野心」，我們可以看到台灣「玩詩俱樂部」的一群年輕男女詩人，他們在紙本媒材、網路平台之外，經常展覽或演出各種詩的可能。二〇〇二年的台北詩

歌節，便曾推出過「讀詩的九十九種方法」，不能不說詩人們仍隨時想從苦寂中掙扎出一番活潑又有生趣的風景。

目光往遠一點看，隨時注意國外文學潮流和動態，會發現詩這一行業全世界各地都一樣的不景氣，詩的讀者越來越少，寫詩的人卻反而倍數成長；詩的出版物已成票房毒藥，詩的地位已淪落邊緣，這已是全球的普遍現象。資本主義越發達，代表高貴精神文明的詩便會越沒人理睬，這似乎已是一種趨勢。但普天下的詩人也都有一股直拗脾氣，越有挫折，便越要想方設計去面對挑戰，如何通過其他方式，強化詩的感性吸力，以回收已流失的詩的受眾。在北歐，詩人與音樂人合作，嘗試返回一種純聽覺享受的詩。在南美，聖保羅的純聽覺詩和多媒體詩儼然已經成了學院裡的主流。在中國大陸各種聲光電化合成的朗誦會，就像八十年代台灣即已熱鬧過的「詩的聲光」一樣對詩的影響做各種可能的延伸。而美國年輕一代詩人則更積極了，他們推行了一種可稱之為「詩角力」（Poetry Slam）的詩運動，在詩人和讀者角色分派、閱讀行為的改弦更張、美學評判與競技標準的區分，以及詩的尊嚴和大眾娛樂的邊界劃分等方面，都與傳統觀念大相逕庭，不斷顛覆挑戰，造成極大的聲勢。

美國「詩角力」最早是在水牛城等城市酒吧、咖啡館中不定期舉行小型賽事。後來各地參與「角力」的活動家聯合起來，組織化的發展出「全美詩角力」、「全球詩角力」等盛大比賽。其基本「角力」形式是由富有表演經驗的詩人輪番上台，在 hip-hop（饒舌）音樂的配合下朗誦自己的詩，竭盡全力的調動台下觀眾的情緒和反應，以爭取評委的好感。評委是誰？不是詩壇大師，不是詩評家或專家教授，而是在現場臨時抽選出的一批無專業素養和詩歌知識的平常人。他們根據角力者的舞台表現和觀眾們的反應，當場為角力

者打分，其中觀眾反應是一個重要的依據。據承辦單位聲稱，由於一切公開，參與的人五花八門，從流浪漢、服務生、大學生到教授無所不包。最為主其事者稱道的是，他們這是在向「文學權威們」挑戰，並認為這種「詩角力」運動是「詩的民主化」。

　　寫此文時，不意翻到大陸苦命詩人食指，他寫的詩〈詩人命苦〉，短短的八行道出了為詩之道的艱辛。他說：

> 孤獨地跋涉人生旅途
> 看透紅塵才略有所悟
> 詩人命苦，當夜深人靜
> 地下天上才闢條大路
>
> 一陣恍惚如青雲平步
> 有流星劃過似走筆不俗
> 不虛度此生，有白紙黑字
> 驚人之作，我一筆呼出！

　　食指本名郭路生，文革時曾因奮勇救人遭到迫害，受到強烈刺激而精神分裂，一度住進精神病院。但他在極度痛苦中，仍寫出〈相信未來〉、〈熱愛生命〉等鼓舞人心的名詩，廣受流傳。此詩雖道〈詩人命苦〉，但他仍深信，不論這世界、這人間對詩這勞什子多麼不利，詩多麼不受青睞，地上天下總會闢條道路讓詩人走，只要有心，驚人之作，一筆即可呼出。這種捨命為詩掙扎的精神，真令人佩服。為此，詩的掙扎或詩人的掙扎，即使無法讓蛹化身成一隻蝴蝶，仍是一種美麗而莊嚴的宿命。

（刊於 2009 年秋季號《新原人》雜誌）

大家一起來玩詩

——談發展中詩的越界表現

　　玩詩的時代來臨了，詩已正式掙脫一切枷鎖，大搖大擺的進入到我們的生活圈，以各種熟悉卻又不同姿態出現。詩人們再也不會正襟危坐，手握雞狼毫或鵝毛筆，低頭苦思；會玩的現代詩人正將詩把玩得不一樂乎，玩得使古板而又保守的鎖國詩壇大老瞠目結舌，大呼這群詩的叛徒，逼得我們不得不走進歷史。

　　玩詩的最早徵兆，出現於杜十三在一九八八年舉辦的「貧窮詩展」。那次詩展是為響應一九六七年義大利藝評家所提出的所謂「貧窮美學」，鼓勵大家運用極普通的生活物資、樹枝、報紙等來創作物體藝術；詩人則儘量拋棄傳統紙本的媒介，用身邊所有可以利用之物來表現詩，讓詩從各種可能的空間縫罅中解放出來，似乎比早年我們所玩過的所謂「視覺詩」更前衛一些。那時正值兩岸開放交往，旅行社都會為我們提供一個精緻的手提旅行袋。我為參展，特別將一隻鵝黃色，上面無任何文字圖案的包包拿來設計。我去買來黑色油漆，用粗毛筆在其一面寫上「百無一用是詩囊」這幾個字。台語的「人」亦讀成「郎」，意即此「詩囊」亦即「詩人」的諧音，詩人百無一用，豈會不貧窮？記得這隻袋子就掛在「春之藝廊」展場的入口處，結果在那次義賣中，這隻旅行袋以最高標價新台幣五千元被一位女仕買去。

　　最近這幾年的台北國際詩歌節，詩玩得最兇，最瘋狂。二〇〇二年的詩歌節手冊上，印有幾行這麼醒目的文字：「你曾經被這麼多

美麗、機智、瘋狂、溫暖、深情、深刻且出人意表的文字所圍繞嗎？跟著這些文字走，你將聽見不一樣的聲音，看見不一樣的風景。」結果那年我們經歷了「方塊字化裝舞會：讀詩的九十九種方法」、「煉金術士的降臨會：詩人之夜」。那是一次詩的最大膽的革命性實驗，詩從純文字出走，像趕赴狂歡節似的，詩人與歌手、劇場人、插畫家、戲曲表演者、舞蹈家聯手結合，讓詩不單是文字的想像表現，而是立體的、活動的、有機的呈現在我們面前。記得那晚的演出，爆滿的年輕觀眾無不大呼過癮，原來也可這樣快樂的享受詩。

此後幾年的詩歌節雖已沒有那樣綜藝性的狂歡場景，但已如二○○七年台北國際詩歌節所召示的：「每一種藝術的邊界都是詩。」詩的跨領域行動，更接近匪夷所思之境。詩可以在網路上與玩家互動，也可以成為轉蛋、火柴、印章、藥罐、日曆。詩會側身市集、酒肆之間與人尋歡作樂。每一種人的行為思想似乎都在與詩接壤，想方設計要與詩結交，因為詩的短小精簡是它先天與人「樂善好詩」的最佳條件。《樂善好詩》是青年詩人林德俊跨界玩詩所獲心得寫成的一本書。

念社會學的林德俊歷來即是這些大型詩活動的參與者或推手，他在他的第一本詩集《成人的童詩》的後記中曾經感慨的說：「詩，讓好些人感覺很遙遠，可是，詩，難道不是用來打破距離的嗎？」打破距離的唯一方法是讓詩越領域、越界去發展，不再純是躲在屋子裡風花雪月，羅帳內傷春悲秋，詩要出去打野外，詩要出去爬障礙、詩要混跡街頭、詩要學未來詩派一樣去飆速度、鑽進各數據計算器中去經歷○與一相爭的奇妙。總之，總之，詩要融入現代生活中，不管是借腹生產、插枝接枝，還是借屍還魂，或東施效響，但肯尋詩便有詩，詩是一種發現，一種意外的組合或怪異變形。正如

林德俊所誇言的，他要使「不文」之物，隨手撚來都是詩。林德俊這本詩集《樂善好詩》中的許多奇奇怪怪被老古板罵成不像話的詩，便是這樣不計毀譽中玩出來的。

林德俊說他這是在「朝向一個巨大的集體夢境」去發展。確實，他為實現發掘詩的新領域，做了許多只有在夢境中才想得出的新點子，怪不得名教授詩人蕭蕭說：「林德俊的詩是童年派來臥底的。」那麼無邪天真。記得他曾為詩人大蒙設計的「詩歌水族箱」規劃徵詩及推廣活動，約了我和老詩人碧果到淡水的「有河書店」去引水剪綵，我們兩個老頑童根本什麼也莫宰羊的，尋到了淡水河岸市集的「有河書店」樓上，果然一個做得光鮮亮麗的水族箱擺在那裡，裡面是用防水材料構成的高樓林立的夢境城市，旁邊有一條手指粗的水管從箱中引出，牽到地上一個黑盒子。然後設計者小說家許榮哲宣佈引水儀式開始，由我和碧果兩人按下開關，引水到水族箱，準備等水滿後把幾隻小魚倒進去，成為「詩的水族箱」。我和碧果奇怪「詩」在哪裡，他們說：「詩都寫在建築物上，等有水時即會顯現出來。」我說：「虧你們想出這種點子。」結果是，他們只曉得尋詩，只會想到水族箱內會詩意盎然，卻沒有想到要把水從樓下河岸邊抽到樓上高處，還要穿過一條遊人如織的街道，那個水族箱裡的微形直流馬達哪裡有此能耐？結果當然只是做夢一樣虛擬完成了「詩的水族箱」引水儀式，那幾條小魚是用一大杯自來水把牠們送進水族箱的。然而我仍不得不讚嘆他們想法的天真，和對詩的忠誠。「詩的水族箱」並沒有在《樂善好詩》的書中出現，可能是因為集體創作，不便收在個人創作的選集中。可是有一天，我在南京西路巷子內一家手工書店看到那隻水族箱在展示，那幾條小魚還活在水中，只是水太淺看不到詩的出現，據說還會搬到全台其他地方去亮相。

可以發現《樂善好詩》書中藏著許多奇奇怪怪的詩，尤其透過紙本呈現的、像〈花花時間〉、〈瞄一票詩〉、〈說明詩〉、〈符號學〉都是形式有所本、字數有所限制，寫時除了必須真正是詩，而且不能逾越形式所限，看起來不花點心思，不太好玩。我曾應邀寫一首「車票詩」，規格是：必須在傳統火車票大小的「從 X 站到 X 站」的空間內寫詩、上限不能超過九個字、內文字數上限二十個字（不含標題）、四行以內排列。將來由車票詩概念原創者 EZ STUDIO 製成木刻版車票詩，還會增添某某地方通用字樣，也應盡量在五個字以內。我生平最怕寫命題詩，而這不但命題，且連字數也受約束，最要命的是整體仍必須是詩的呈現，並非像真正車票上簡明的文字契約，這比任何格律更綁手綁腳，更比青年女詩人夏夏在二〇〇七年所發明的「活版自由詩」讓人難搞。我當然知道，所謂「自由詩」，已自由到可以為所欲為都無所謂的寫詩風氣，已經開始受到考驗了，「限制性寫作」的風氣已在有心的提倡。林德俊他們這些喜歡跨界玩詩的成員，雖然成天「異想天開，花招百出」，但是他們仍會自動找一些枷鎖來約束詩不會輕舉狂動。

（刊於《明道文藝》2010 年元月號）

偷藏在瓜果中的詩

詩，是游離於情感和字句以外的東西，是未知的探求。

——摘自覃子豪詩集《畫廊》序言

之一、〈吃西瓜的六種方法〉

曾被名詩人余光中喻為「新現代詩起點」的詩人羅青，在一九七〇年於台灣虎尾接受新兵訓練時，寫過一首詩，名為〈吃西瓜的六種方法〉。這首題目非常罕見的詩，當時不但在寫詩人的圈子一陣譁然，甚至後來拿來做詩集的書名，書局也把這本詩集放在食譜那一類，誰會想到寫詩要用到「吃西瓜的方法」？這是哪一門子的詩的新學問？

事實上這不是什麼新學問，而是年輕的羅青在為詩發掘新題材，比當時流行的所謂「超現實主義」詩，更富創意，更近人間。它也是在超出現實所習見和習慣的事物上找尋詩的新切入點。現在流行的所謂「身體詩」，不也是前所未有的詩的新品種嗎？

〈吃西瓜的六種方法〉非常怪異的是，係從第五種方法開始往後遞減介紹，分別是「西瓜的血統」、「西瓜的籍貫」、「西瓜的哲學」、「西瓜的版圖」，到最後的第一種卻是只有四個字的標題「吃了再說」，沒有下文。從形式上言就非常弔詭，有作弄人的感覺，分明連「五種」吃法末寫圓滿，卻宣揚為吃西瓜的「六」種方法。也可看出詩人橫心要突破舊制，推翻傳統的企圖。怪不得余光中要說羅青

是「新現代詩的起點」，羅青這一招確實在那年代會令人耳目一新，至於會不會被人接受，那是以後的事。

　　而從那四種吃法的標題看，與吃西瓜又毫無關聯，而是像在做西瓜身家調查的分類列舉。如此更令人感到撲朔迷離，越發吸引好奇者一探究竟，這到底是賣的啥咪碗糕？詩很長，現在不妨取樣第二種「西瓜的哲學」這一段，以探羅青這鬼才的掰詩伎倆：

第二種　西瓜的哲學

西瓜的哲學史
此地球短，比我們長
非禮勿視勿聽勿言，勿為……
而治的西瓜與西瓜

老死不相往來
不羨慕卵石、不輕視雞蛋
非胎生非卵生的西瓜
亦能明白死裡求生的道理
所以，西瓜不怕侵略，更不懂
死亡

　　從這十行所鋪排及賦予詩句的發展去推敲，可以看出這是以「物」為題材，通過對物（西瓜）的內外在聯想、描摹，借助物的某些特徵，來寄託、象徵或類比人的情志。是一種托志於物，而又物我若即若離，或物中有我、我即是物的交纏寫法。讀起來是曲折多變的，而又感到十分契合我心，有種生命就是如此苟存的道理在。

在反諷及辯證中，達到莊諧並重的趣味。這種不採傳統的線性直抒，而採逆向思考的寫法，在四十年前的詩壇是非常新鮮的。

在其他三種吃法的表現中，亦莫不是及物及人，物我互相出入，道出詩的旨趣。怪不得當時有人說：「這首詩用來當作看不懂的詩很合適，轉了很多彎才得到結論，不過讀起來趣味十足。」而這首詩現在讀起來，似乎仍趕得上新的潮流，只是恐怕現代能有此能耐的寫者很少。當年大家抗拒這首詩，認為是新過了頭，現在證明只是大家眼光短淺。

之二、〈橘子在曲阜火車站的一種吃法〉

橘子是一種最通俗的水果，到處都可以吃得到。曲阜是孔子的老家，山東的橘子並不會與別地的橘子有別。然而這首詩卻獨獨寫橘子在曲阜火車站的一種吃法，不免就會引人去一探究竟。首先還是先介紹一下作者，這是一位山東女詩人徐穎於二〇〇七年所發表的作品。徐穎是山東青年詩人中受到高度關注的一位，她的詩從一開始就直接進入了詩的核心要害，真正馬上找到自己的精神語言，一種新女性詩的活力和希望所寄。她是大陸二〇〇七年選出的最具活力的二十位青年詩人之一。她有一首詩〈像秋瑾那樣來一場革命〉，有著如下一樣火爆的句子：

> 像秋瑾那樣來一場革命／先從頭髮開始／取消波浪／也取消瀑布／像秋瑾那樣英姿颯爽／去它媽的／口紅、裙子、高跟鞋／統統滾蛋／素面朝天／換上馬靴和長褲／像秋瑾那樣氣宇軒昂

另外一首〈生一個孩子就叫格瓦拉〉，詩的口氣更令人驚訝：

> 穿上防彈背心／穿過廚房／穿過整個的拉美大地／穿過一片
> 英雄埋伏的首菖地／我要生一個孩子／叫他格瓦拉／我要讓
> 他的父親事先熟悉草藥／熟悉暴力、不公和救贖／要以愛情
> 的名義／是復活，而不是紀念他／為我種下格瓦拉

在這裡一位中國年輕的女詩人，竟懷著兩位中外革命偶像秋瑾和
切‧格瓦拉一樣獻身理想的大夢，這種浪漫和叛逆合流的性格，在出
產孔聖人的那塊土地上，顯得是多麼的不溫柔敦厚。然而也不盡然如
此，終究她仍具女性的溫存，一次在曲阜火車站與一枚橘子的偶然邂
逅，她竟寫出了這首感人熱淚、溫情滿溢的〈橘子在曲阜火車站的一
種吃法〉，顯出隱藏在她內心人性真實至善的一面還頂豐富，詩如下：

> 我不知道橘子在其他地方／是怎樣被吃掉的／但是在曲阜火
> 車站／我卻看到了橘子／是被這樣吃掉的

> 那是坐在對面的兩個老人／一對已結婚多年的夫婦／他們坐
> 在一起，然後／丈夫拿出了一袋橘子／妻子低下頭仔細挑選了
> 一個／先用鼻子聞了聞／然後掰開，撕去了那些白色的筋絡／
> 先是給丈夫嘴裡餵一瓣／又送到自己嘴裡一瓣／那個丈夫一
> 邊吃橘子／一邊看報紙／幾乎沒有人看見／他是在吃橘子

> 後來，報紙換到了滿頭白髮的／妻子的手裡／丈夫就低著滿
> 頭白髮／給妻子剝橘子／他也是先用鼻子聞聞／然後才掰開
> ／第一瓣／給了妻子／看見妻子慢慢咀嚼了／才把第二瓣送
> 到了自己嘴裡

　　這首分行詩，為了不太佔版面，我把它壓縮成三段散文形式，其實並未影響到詩的敘述結構。兩個老人家慢條斯理、相互禮敬剝吃橘子的那種溫馨和諧場景，詩人像在一旁用鏡頭拍攝一樣的存真留下來，確實生動感人。主要的是它沒有動用任何誇飾的意象，或彆扭的語言，樸素得如一個老實人在說老實話。由此可見好詩並不見得一定要用可以聳動的大題材，夕陽芳草無情物，平凡到一枚隨時可見可吃到的橘子，只要解用，找到最佳的切入點，都可寫成一首感人的好詩。女詩人徐穎似乎能文能武，能兇狠亦能溫柔，能在青年詩人中出類拔萃，並不為過。這首詩還提供一種論點，像這樣老來還鶼鰈情深、相互禮敬的一對夫婦，在這功利至上、人情澆薄的當今社會，還會有多少次可以見到，怕不會成為絕響吧？

之三、〈帶一枚苦瓜旅行〉

　　將瓜類寫入現代詩中以苦瓜為最多，手頭就有余光中膾炙人口的〈白玉苦瓜〉，寫的是故宮博物館所藏的那件與「翠玉白菜」齊名的國寶，他形容「一隻苦瓜，不再是澀苦／日磨月磋琢出深孕的清瑩／看莖鬚繚繞，葉掌撫抱／哪一年的豐收像一口要吸盡」，這幾句詩可把這白玉苦瓜寫得神形俱備。另一首〈苦瓜〉是女詩人張芳慈所寫，這首詩語言平淡無奇，但讀後會讓人苦笑，尤其進入中年的婦女，會覺得真是時不我與：

　　　走過／才知道那是中年／以後弄皺了的／一張臉
　　　凹的是舊疾／凸的是新傷
　　　談笑之間／有人說／涼拌最好

這也是一首詠物詩，不過更是人的漸漸老去的最佳「隱喻」。常說「垮著一張苦瓜臉」，形容的大概就是如此。這首詩已入選《可愛小詩選》，我每次演講介紹這本書，都會把〈苦瓜〉拿出來給大家欣賞，常引起一陣唏噓。

不過這第三首〈帶一枚苦瓜旅行〉更令人覺得匪夷所思，究竟「苦瓜」從來不是隨身必備之物。詩人也斯怎麼會把它帶上旅行寫詩？實在讓大家困惑。也斯是香港知名作家，既寫評論，也寫散文，詩更是拿手。現在是香港嶺南大學中文系教授。也斯這首六十一行的長詩完成於一九九八年八月。詩人江濤曾在解讀這首詩時，謂：「這是一首讓我讀著流淚的詩，可想而知它曾在我的思想引發怎樣的風暴。」究竟會不會在我們的閱讀時，也引發一場風暴呢？下面且來讀詩：

帶一枚苦瓜旅行

我中午的時候煮來吃了／切開來，炒熟了／味道很好，帶點苦，帶點甜／帶著你從另一個地方帶回來的好意／在你帶著它回來的途中，在你身邊／它一定是逐漸變得溫柔了／你是怎樣帶著它的？／是托運的行李？還是自攜的行李？／它在飛機上有沒有東張西望，有沒有／因為肚子餓而哭了？因為遠離海拔而暈眩？／我說我這邊滂沱大雨，你說你那邊／陽光普照，你正要出發來我的城市／所以你相信可帶著它跨越／兩地不同的氣候和人情／我看到它也就相信了／你讓我看見它跟別人不一樣的顏色／是從那樣的氣候，土壤和品種／窮人家的孩子長成了碧玉的身體／令人抒懷的好個性，一種溫和的白／並沒有閃亮，卻好似有種內在的光芒／當我帶著這枚白色的苦瓜乘坐飛機／來到異地，踏上異鄉的泥土／我才

想到問可曾有人在海關盤問你：／為什麼不是像大家那樣是綠色的？／仔細檢視它曖昧的護照，等著翻出麻煩／無辜的初來者背著沉重的過去靜候著／還是那令人抒懷的好個性，收起酸澀／平和地諒解因工作辛勞而變得陰鬱／兩眼無神且哭喪著臉孔的移民局官員／我帶著它越走越遠，像我的說話／愈不著邊際，愈是想包容更多／只緣我不願漏掉細節，關於一枚苦瓜／如何在夜晚輾轉反側，思念它離開的同類／它的呼吸喘急，可是它懷念瓜棚下／那熟悉的位置，外人或覺瑣碎的感情／你總是原諒我言語的陋習，當我問／你什麼時候回來？你只是回應：／你什麼時候走？一個離去／歸來，你接受了我言語的時態／滑溜而不可界定。我吃苦瓜／我吃過苦瓜才上飛機／為什麼它又長途跋涉來到我的桌上／是它想跟我說別離之苦？失意之苦？／它的身體長出了腫瘤？它的臉孔／在孤獨中長出皺紋了？／老是睡得不好，老在凌晨時分醒來／睜眼等到天亮？在那水紋一樣的／沉默裡，它說的是疾病之苦？／是沒法把破碎的歷史拼成完整？／是被陌生人誤解了，被錯置／在一個敵意的世界之苦？／但它的外表還是晶瑩如玉／澄澈得教人咀嚼可以開懷／我在說每個人該好好說的／明白的話裡說我自己想說的／混亂的話，我獨自擺放杯盤／隔著海洋，但願跟你一起／咀嚼清涼的膚肉／總有那麼多不如意的事情／人間總有它的缺憾／苦瓜明白的

　　這首詩，我已從頭重複數次的細讀，最後仍是一片迷茫，無從整理出一個比較能自圓其說的頭緒。不過我可以大膽肯定是這仍是一首借物述志抒情的詩，用的卻是敘事手法，然卻不是線性直抒，

而係隨機取樣（random accessible）方式，順著意識亂流且戰且走。所以你中有我，我亦是你；苦瓜是剛吃過的苦瓜，也可是帶著乘坐飛機，通關沒被查驗護照在不同時空下的苦瓜；更可突然歸位到從前不同氣候和土壤下長成的好樣，這一切時空錯雜的影像，出出入入的交叉場景，令人眼花撩亂，實際仍有人在其中的象徵和影射，所以仍是物中有我、我就是物的不斷搬演。詩人寫出這樣的詩，必有其道理在。從其用「旅行」這一動態意象來揣測，可以猜度得出，這是在寫我人在動盪不安時代下的飄泊或流放心境，這樣才可解釋得出詩在最後會有那麼理性的感嘆：「總有那麼多不如意的事情／人間總有它的缺憾／苦瓜明白的。」然而在我內心並未引來任何風暴，只是如夢似幻的，彷彿我亦個中人。我就是那枚曾經苦又回甘，而今身材臃腫，臉帶皺摺，一生歷盡顛沛流離險阻的苦瓜，這一切錯綜複雜的回憶，我也熟稔。

附詩：

〈吃西瓜的六種方法〉　羅青

第五種　西瓜的血統
沒人會誤會西瓜是隕石
西瓜星星，是完全不相干的
然我們卻不能否認地球是，星的一種
故而也就難以否認，西瓜具有
星星的血統

因為，西瓜和地球不止是有
父母子女的關係，而且還有
兄弟姐妹的感情——那感情
就好像月亮跟太陽太陽跟我們我們跟月亮的一樣

第四種　西瓜的籍貫
我們住在地球外面，顯然
顯然，他們住在西瓜裡面
我們東奔西走，死皮賴臉的
想住在外面，把光明消化成黑暗
包裹我們，包裹冰冷而渴求溫暖的我們

他們禪坐不動，專心一意的
在裡面，把黑暗塑成具體而冷靜的熱情
不斷求自我充實，自我發展

而我們終究免不了，要被趕入地球裡面

而他們遲早也會，衝刺到西瓜外面

第三種　　西瓜的哲學

西瓜的哲學史

比地球短，比我們長

非禮勿視勿聽勿言，勿為——

而治的西瓜與西瓜

老死不相往來

不羨慕卵石，不輕視雞蛋

非胎生非卵生的西瓜

亦能明白死裡逃生的道理

所以，西瓜不怕侵略，更不懼

死亡

第二種　　西瓜的版圖

如果我們敲破了一個西瓜

那純粹是為了，嫉妒

敲破西瓜就等於滾碎一個圓圓的夜

就等於敲落了所有的，星，星

敲爛了一個完整的宇宙

而其結果，卻總使我們更加

嫉妒，因為這樣一來

隕石和瓜子的關係，瓜子和宇宙的交情

又會更加清楚,更尖銳的
重新撞入我們的,版圖

第一種　吃了再說

（刊於 2009/4/29 北京《新京報》副刊,
2009/5/28、29《中華日報》副刊）

從〈刺蝟歌〉想起

———讀江非的詩

近些年來讀詩書，發現幾乎所有作家、詩人都為固定反應所拘役，都為養成的習慣所使喚，反正只要一動筆，那些陳年八股，用了八輩子的詞彙、用語，蘊含其中的思維，都會原封不動的搬出來使用一次。可能調動一下出現的先後次序，那便算是創新。總之萬變不離其宗，八風不動的做著大詩人、大作家的美夢。而我們的文壇、詩壇反正都是這些人在扮演角色。我們的評論界也只靠這些來源在做所謂評論，而讀者呢，已經吃這樣的奶水久了，也別無選擇，因此習慣也就成自然了。這便是我們文學成一潭死水的原因。

當然我們也有另一極端現象，但相對的氣勢較弱或處在邊緣地帶，被少數極保守的評家罵得臭頭。那便是一些想做逆向思考搞後現代，或欲解構及顛覆傳統的年輕作家。如欲我們的詩或文學作品有所長進，我倒是非常贊成他們這種敢撞的實驗精神。

政治上的台灣，現在正追求不統、不獨、保持現狀，似乎已為大多數人認同。但文學上卻已經早就如此了。有句話說：「保持現狀，就是落伍。」我們文學既有保守，也已落伍。我們總得有點改革的衝動吧！在詩的圈子裡，除了蘇紹連、李敬文、鴻鴻、夏夏、鹿蘋、鯨向海、林德俊等少數年輕一輩膽敢做出一些越軌行動外，其他真是死氣沉沉。

因此，當我在網路上看到一些敢於逆勢操作的詩人，我便像發現天空出現一顆新星樣的驚喜。像江非在二○○八年六月十日所發

表的〈刺蝟歌〉，便讓我一直在尋思這首詩到底是怎麼樣形成，它表達的方式和內涵讓我感到既陌生，卻又其味無窮。

刺蝟歌

多年後我早已被一個信封寄走

郵戳被狠狠

蓋在尿濕的屁股上

露出一個國家紅色的胎記

多年後的白雲

騎著白馬

松鼠騎著樹枝

我騎在自行車上

自行車騎著

一首拉上拉鏈的情詩

誰都不知道我要去幹什麼

我要去首都行刺

讀其詩首先必知其人。江非是大陸七十後的代表詩人。〈媽媽〉一詩入選高中語文教學課本，為入選詩人中最年輕的一位。曾任北京首都師範大學駐校詩人。現在山東臨沂平墩湖務農，經常在「詩生活網」他的專欄「平墩湖」發表作品。我是在二〇〇七年六月五日讀到他的一首短詩〈朱麗葉，告訴我〉而從此迷上他的作品的。這首短詩他說：「我背著一把吉他去謀反／騎在一封早已寄出的舊信上／我彈的曲子充滿了憂傷／我彈的琴弦充滿了絕望／也許信是寫給愛情的／但信中的月亮／為什麼那麼古老／為什麼既不高大，也

不明亮?」這首詩真像我們早年的校園民歌,語調平順流暢,充滿了淡淡的憂傷和不滿,然而這樣的詩卻出現在而今一片大好的大陸情境,令我非常訝異,難道這真是資本主義帶來的無名的惆悵?記得我們台灣校園民歌蓬勃發展時,不也是經濟起飛要成為四小龍的時代嗎?可見詩人那根敏感的神經是天下相通的。只是平墩湖上的江非比我們要遲一些。

然而更令我訝異的是,這首民歌式的短詩的起首兩句:「我背著一把吉他去謀反/騎在一封早已寄出的舊信上。」其原意卻在現在〈刺蝟歌〉的首尾兩句中重現,只是首尾的中間夾雜著更多離奇的細節和超想像的情緒。可以看得出詩人在此詩中已經由一個揹著吉他的遊唱詩人,變成一隻身上長著粗短棘刺的「刺蝟」了,他現在為「刺蝟」而歌。

古希臘有一則寓言故事〈刺蝟與狐狸〉。狐狸很狡猾,能夠有各種策略進攻敵人。而刺蝟則一遇到攻擊便會縮成一團,渾身的刺伸向四面八方,像煞一個鐵蒺藜,敵人耐何它不得,即使足智多謀的狐狸也拿牠沒辦法。社會學上有一名詞叫做「刺蝟理念」,即是根據這則寓言的啟發。刺蝟理念強調深刻的思想本質是「簡單」,那些卓越的人之所以比他們同樣聰明的人特出,像達爾文的進化論、托爾斯泰的相對論,以及孔夫子的大同思想,都是懂得將複雜事情簡單化而獲得成功的,這些人是擁有刺蝟本質的人。江非這首詩〈刺蝟歌〉我不知道是不是也符合所謂「刺蝟理念」,但他詩的最後兩句「誰都不知道我要去幹什麼/我要去首都行刺」,則顯露出他心繫的目的極單純,謀反也好、行刺也好,都是對處境不滿的一心一意的心理反制。

這首詩是這樣一切逆勢呈現,是杞憂者對未來的預測嗎?或者如神算者對前程的卜告。這一切現象已是進入超現實的情境了。如

果要說這便是所謂的「後設認知」也不為過。但是別忽略都是根源於現實或現實記憶，都那麼歷歷如新。前四句是一個場景，意象一個比一個離奇，但只要冷靜一想，便會覺得沒有什麼不可以，只是不合我們的慣性邏輯思考。但其中的一些暗喻不由得又會使人會心一笑，那「郵戳」、那「尿濕的屁股」、那「紅色的胎記」，這些從前痛苦的暗示，歷歷如在目前。這樣表現，除了感到深獲我心，也新鮮刺激，都是前所未見的創意表現。

接下來八句的發展，一句比一句更不可思議。都非筆直的「線性思考」所能解釋，都非現實人間這個樣子，有點魔幻的神奇，又有點卡通的天真，較之已經發膩的當今模式化的日子，如果今後真會進入這種「異想世界」，「松鼠騎著樹枝」、「自行車騎著／一首拉上拉鏈的情詩」、一心一意「要去首都行刺」，這些只有在潛意識中才會出現的「事故」，會覺得多麼新鮮有趣，身心都得到無比的舒展和釋放呀！

這是一個大不利於詩的時代，隔不多久必定會有人發「詩亡」之嘆。動不動就會有大人先生把寫詩的人臭上一頓。台灣名女作家成英姝在「三少四壯」專欄（〈詩人的情書〉）中說：「你問幹嗎要寫情書？因為我是詩人呀！你問詩人的定義是什麼？就是把事情搞得很糟的人呵！」原來詩人的形象會如此不堪。然而我們喜歡成英姝的也正是因為她的專欄文字與我們現代詩人所表現的臭味相投，她往往把詞語扭得很逆向行駛，而那正是我們感到最可愛之處。要使一個真正的詩人心理平衡是很難的，他的小腦袋瓜裡裝著太多雜七雜八永遠理不清的東西，他的交感神經特別敏感，不然，江非怎麼會覺得自己「早已被一個信封寄走」，如何發現「尿濕的屁股上／露出一個國家的『紅色』印記」？我們會發現這些曲而言之的表現方

法在本質上都是「隱喻」，詩人巧用「隱喻」讓我們看到了生命或生
存截然不同的一面，看到了一個全新的視野。越具創發性的「隱喻」
越為詩帶來全然不同、前所未有的特殊效果，讀江非的詩我獲得的
是這樣的一點心得。也覺得我們的詩「順口溜」唱多了，必須稍微
走點邪門。

　　　　　　　　　　　　　　　　　（2009 年 9 月號《吹鼓吹詩論壇》）

假如詩是遊樂場

——從余怒的〈守夜人〉想起

　　一本詩刊舉辦了一場詩的漫談、設計好的話題是「如果我們把詩看作一個遊樂場，你認為進入此中的門票是什麼？」有十五位青年詩人各自道出了自己入門該持有的票證。有人說門票就是一本個人詩集，有人說門票就是才氣，林德俊說答案有兩個，一是命運，一是把自己逼近這種命運的努力。陳雋弘說是想像力，較為年長的路痕說得比較有深度，他說對他而言，這是一場焚燒，燒的是自己的所學所能所經歷所感受的一切。這些年輕詩壇悍將個個說得都有道理，就像為詩下定義一樣，必定會各就自己的認知說話，不可能相同。我這個老朽無緣參加青年聚會，看了這個話題後，也想湊趣幾句。在我認為，現在的詩如果是一個遊樂場，要進入這個門已經非常容易，根本不需門票。現在詩人多如牛毛，有哪幾個是像剛才所說的持著那些門票照規定進入的？所以要入詩的這一行，那些條件看來雖然必備，實際倒也未必。倒是進場後，能不能接受詩是什麼的考驗，知道寫什麼和怎麼寫，哪些材料可以入詩，哪些材料需要找根據，不致鬧牛頭不對馬嘴的笑話，才是進入門後最應注意的細節。這些都不是高深的學問，可能還只是普通常識；這些都不是大技巧，而是看寫的人用不用心，評論家肯不肯不避人情鄉愿，講點真話。為了證明我的憂心不是空談，下面就看一段故事：

　　大陸先鋒詩人余怒在一九九二年八月寫了一首詩題目叫〈守夜人〉，這首詩出現後，曾經震驚大陸詩壇，在台灣出版《守夜人》詩

集的主編黃梁在其書前介紹中說：「〈守夜人〉一詩，余怒的風格達
到以個人匕首擊穿時代巨岩的範式力量。」可見應該堪稱真正曠世
之作，現將這首詩轉錄如下：

守夜人

鐘敲十二下，噹，噹
我在蚊帳裡捕捉一隻蒼蠅
我不用雙手
過程簡單極了
我用理解和一聲咒罵
我說：蒼蠅，我說：血
我說：十三點三十分我取消你
然後我像一滴藥水
滴進睡眠
鐘敲十三下，噹
蒼蠅的嗡鳴，一對大耳環
仍在我的耳朵上晃來蕩去

　　讀完這首詩，我們暫把先入為主的偉大感放在一邊，只就詩論
詩說說我們的第一印象。首先我們會發現這不是一首高深難懂的
詩，更不是一首意象繁複到令人要削尖腦袋才能進入的詩。如果用
幾句白話來說，就是寫一個人午夜在蚊帳裡捕捉一隻蒼蠅的經過，
他不動手而是用頭腦（所謂「理解」）和咒罵去對付，而且像阿Ｑ似
的說，到時我一定會消滅你（阿Ｑ慣使的精神勝利法）。然後他去睡
覺，但直到一個小時過去（從鐘敲十二到鐘敲十三），蒼蠅仍然像一

雙大耳環吊在耳邊晃來蕩去嗡鳴作響。整個故事過程如此簡單，並無任何言外之意，頂多說這整個過程是個隱喻，帶點反諷，象徵「守夜人」的守夜艱苦。而由這個守夜人更可聯想到夙夜匪懈、巡更戍守的護國功臣，或邊防戰士。有兩處可稱之為翻新的意象表徵，即「像一滴藥水／滴進睡眠」和「一對大耳環／仍在我的耳朵上晃來蕩去」，都是巧妙的比喻，如此而已。然而，然而我們已知的習慣和最普通的常識會提醒我們，蒼蠅在漆黑中，空間有限的蚊帳裡是不會飛起來的（蒼蠅有飛蛾的習性，在亮處才活躍），更不可能飛得翅膀振動發出「嗡鳴」。蒼蠅不吸血，頂多愛逐臭飛來飛去令人討厭。如此一來，這整首詩的描寫敘述過程雖還精彩但不合理，根據普通常識的驗證且是極為荒唐，令人有詩人沒知識胡搞騙人的感覺。

　　然而這首詩卻是最為人讚賞的一首，大陸權威評論家劉春說，余怒的作品是一份考驗才華和悟性的詩卷，那些具有神秘氣質和個人體驗的文本，一再提醒人們，詩歌是天才的事業。去年十月更有八位知名的詩評家，各自為這首〈守夜人〉和另一首沈浩波的〈靜物〉寫了一段評論，多是讚美備至。台灣熟悉的沈奇首先分析說這首詩的人與蠅對峙，看似消極，實是決絕。李震則認為這首詩是以語言內在張力構成，並舉出「我像一滴藥水／滴進睡眠」和「蒼蠅嗡鳴，一對大耳環／仍在我的耳朵上晃來蕩去」，是真正屬於詩性的兩句。同時他也認為「蒼蠅」在這裡具解構的意味。河北師範大學教授陳超則認為這是一首「極限悖謬」之詩，一首批判和自我盤詰的詩，一首多主題爭辯之詩，短短十二行達到了少就是多的境界。廈門大學文學院教授陳仲義則認為整首詩採用冷靜、內斂、荒謬的方式，以半寫實的手法製造一起既現實又超現實的事件。另一在北京某大學的教授周瓚則指出，短詩的複雜性不可通過詞語之間的鬆

散或漫不經心的關聯去實現，〈守夜人〉正有此瑕疵，而應體現為相對單純、直接的表達。而當年崛起的詩群代表人物徐敬亞，則在「不就是『象徵隱喻』」一句概括之後說，本詩中唯一發光的部份就是「藥水滴進睡眠」和「一對大耳環／仍在我的耳朵上晃來蕩去」兩處，這才是詩，可惜它被理性主題埋沒。曾任詩刊編審，現為北大新詩研究中心特約研究員的唐曉渡說：「守夜人」本是守望和看守黑夜的人，然而這位守夜人卻在致力捕捉蚊帳裡的一隻蒼蠅，且不用雙手，而用理解和咒罵，這雙重的荒誕真是簡單到連理解和咒罵都被縮削為兩個單詞的程度。而在廣州的批評家謝有順認為〈守夜人〉並不深刻，也無詩學的縱深感可供讀者迴旋，它若喚醒了讀者某種記憶或感懷，正在於它呈現了這一常識性的代表場景。

看完這八位現今華文詩壇重量級的詩評家的重量級的評文，我們看到每一位都極富詩學修養，且學貫中西，評文也各有見地，但對任何人都感覺得出的常識性的置疑，即一隻在暗黑蚊帳中尚能飛得嗡嗡有聲，且嗜血的這一超出常人理解場景的置疑，大家似乎都視而不見，卻拚命在明白得不用費言的詩的立意上去打擦邊球。也有幾位評家在對詩中的「奧妙」做出了含混的溢美之詞，譬如劉春說余怒的詩的文本具有「神秘」氣質，但「蚊帳裡出現一隻蒼蠅」不能代表神秘，而是如評詩家周瓚所認為的「日常生活場景的片段」。更不是李震所認為的蒼蠅在這裡具「解構」意味，解構並非對既定事實的「否定」或「摧毀」，而是對存在做出挑戰或補正，把蒼蠅在詩中的作用說成具解構實在也勉強。當然說是一起「現實又超現實的手法」更是模稜兩可，說成現實倒可，譬如一隻蒼蠅誤入蚊帳，等到人入睡時要在蚊帳內清場，被扇子趕出蚊帳外，是常有的事，如果這也可以說成超現實，未免勉強。只有唐曉渡做了比較認

真的看法，他說這整件事是「簡單極了的雙重荒誕」，「午夜十二點的鐘聲驚心動魄，這位守夜人卻在致力捕捉一隻蚊帳裡的蒼蠅，且不用雙手，而用理解和一聲咒罵」，這幾句話說出這首偉大的詩應接受批評的重點。

這首八人合評的詩的文字，曾經引起一位在河南鄭州的評論家李霞的注意，寫了一篇〈救救詩歌批評〉的長文，並將這首詩和八人的評論附在後面，他認為這首詩基本上是寫實加點想像，談不上什麼超現實主義作品，且做痕明顯，他說：作為一個寫詩者，讀此詩，我的第一印象是，這也可以寫詩呀！誰都會有這樣的經驗，我也有。可是余怒詩藝不凡，且是一個對詩經常故意做出荒誕表現的能手，曾提倡自創的「混沌詩學」，要推翻語意慣用的線性模式，讀者必須從他重構的新鮮語意中，悟出新的品味來。但作為一個詩評者，李霞認為把一種日常又偶然的、醜的、細小的事物入詩，是對詩歌寫作對象的拓展，值得稱道。他的主要關注還是這八位評者的評詩態度，他認為詩歌批評應該是直接的、具體的、獨到的、尖銳的、口語的、鮮活的，也即文本和詩學的批評。而現在最缺少的就是這文本批評和詩學批評。我在網路回應他這篇文章，並指出「在暗黑蚊帳內有蒼蠅嗡鳴和吸血」是違反一般常理常情的，評論者應該比一般讀者清楚，指出這是余怒「混沌詩學」故意製作出來的荒謬效果，評者不應繞路而行，避而不談，讓人以為這些評家也沒這些基本常識。

其實詩不但無門限之設，也沒有老師可從，走入詩的這個行當以後，即使你是哪一派的忠實信徒、哪一詩社的核心成員，不會寫詩仍是不會寫詩，沒有哪個大師可以憑空拉拔，沒有哪個集團可以助你成名，更不是哪些評家忽視詩的基本認知，徒然昧著良心吹捧

所可能達致。一切全靠自己去摸索，去追求，去深究。寫者和評者都是詩的同道，前者負責生產，後者是健檢醫生，都希望產品完整無缺，沒有瑕疵。生產者不但要負責產品完美之責，健檢的人要勤於發現詩人獨特之處，勇於指出讓人知曉，不是專打理論的高空。更不可對荒謬之處視若無睹，專打鄉愿裝蒜的擦邊球。如果詩是一個遊樂場，重點並非如何進入，而是進入後如何體悟出哪是好詩、哪是別出心裁的製作，能夠得到詩的真知門徑，不是那張入門的門票，而是一張住得安穩的居留證。

（刊於 2006 年 4 月香港《詩網絡》第 26 期）

詩是視聽的雙重享受

　　佛家的《心經》中有眼、耳、鼻、舌、身、意六識之說，也就是人身上的六種感覺。這六種感覺是所有的人與生俱來，恆常反應的。但若按其排名先後次序看，將眼、耳放在首位，即是將視覺和聽覺排在最前面，無疑有其特殊意義。因為這兩種感覺的接受面最廣、最普遍。我們常說眼觀四處，耳聽八方，即可說明眼耳打前站的原因。尤其在此影音科技日新一日的時代，視覺和聽覺的傳播所得感受是無遠弗屆且傳之久遠，可讓久年的歷史記憶都如在目前，嗅覺和味覺以及觸覺則尚無此便利。

　　也許是由於視覺和聽覺是如此影響深遠，人類文明的進化賴以日新又新，因此我們才有所謂視覺藝術和聽覺藝術的講究吧？因此我就想到我們祖先發明了詩的偉大性。從那麼久遠的草根年代（根據研究，我們詩歌的起源當在西元前 1066 年以前，即周代以前，比三千年前出現的《詩經》還早），我們的詩就已經將視覺和聽覺兩者的精要規劃到了詩中，而且是與時俱進的做出不斷的研究，我們固有的中國詩歌早已是視覺藝術和聽覺藝術雙連璧合的精品。

　　在視覺感受方面，我們的方塊字先天上每一個字都是一個意與象的組合，每一個字都會產生圖畫的聯想。如將一個個相關的字組成句子或形成一首詩，其產生的畫面更宏大生動，且不止於衍生聯想，還能產生感人或教化的功用。而從文字內涵產生出的意義和張力看也是一幅活生生的圖畫。古典詩不論是哪一體，多

少言，不論是哪一種主題，也必是以畫面呈現，形成所謂「意隨象顯」的視覺享受：

> 大漠孤煙直，長河落日圓
> 黃河落天走東海，萬里寫入胸懷間

幾乎是巨幅江山如畫的雄渾宏偉，又如：

> 綠樹村邊合，青山郭外斜
> 三山半落青天外，二水中分白鷺洲

不但將畫的元素運用到詩句中，而且也兼顧了作畫必知的透視、比例、明暗等技巧。

> 漁翁夜傍西岩宿，曉汲清湘燃楚竹
> 明月松間照，清泉石上流，竹喧歸浣女，蓮動下漁舟

則都是有聲有色呼之欲出的漁家寫照。這些都是詩人透過超視覺的文學介面在腦中映出，給人更靈巧生動的印象，且能突破紙面作畫的局限，這是詩人在以文字作畫。詩人以文字作畫還有一絕招，即還可繪出畫筆所不能畫出的境界。即以柳宗元所寫之〈江雪〉一詩為例：

> 千山鳥飛絕，
> 萬徑人蹤滅。
> 孤舟簑笠翁，
> 獨釣寒江雪。

　　此詩如以畫面呈現，前面三句都可用畫筆曲盡畫中之景，但到第四句就會給畫家帶來困惑，總不能在釣鈎上畫上一堆雪來實寫吧！這句詩是所謂「無理而趣」的技法，絕非理性的畫筆所可能畫出。這是詩人的可能，而畫家不可能的地方，這也是中國詩特別高明之處。拼音文字是造不出這種暗藏的奇景的。

　　至於我國詩中的聽覺享受本是和詩共生的。我們最早的詩是以民歌方式出現，民歌的「無名調、自來腔」自有其抑揚頓挫的韻律節奏。由民歌演變成有文字記載的格律體以後，詩雖然不以唱為主調，但詩所要求的律動和音韻仍是以有板有眼的音樂性為考量，吟詠是詩有聲發表的第一關。當時的詩人知道，詩的對象仍是平民百姓和一般大眾，絕非少數讀書人和知識份子。而且詩已不自覺的成了一種教化材料，總希望詩的聲音會得到大眾的共鳴，發生影響力。而詩如有悅耳的韻味，自會吸引人去親近詩，也易於記憶。

　　而且我們歷代詩的先賢並不以詩當時已具的音律為滿足，仍會時常求新求變，一種體式用久以後，必定嘗試以新的格律取代。譬如從最早《詩經》的四言詩創意發展到「古樂府」的五言詩，從曹魏父子的五言古體到沈、宋、李、杜的七言律詩，再其後發展到五代的長短句「詞」，莫不是這樣不停的變革。雖然每一次變革其間都歷經數百年的醞釀、嘗試和討論才正式成為風氣（從四言到五言一字之差就爭吵了八百年），這一次次的變革，其目的無不是求詩的音樂性能順應時代的要求和個性的創造。

　　不難看出，我們的詩是歷經幾千年的修正改造，不斷求新求變，才得有今天所見到的輝煌成就，和永不變的歷史價值，而其面目和內涵仍可傲世於科技掛帥的今天，我常以為「詩無新舊，只有好壞」，過去的詩仍是今天詩的圭臬。

然而我們今天的詩歌已經完全摒除前人視聽雙臻的講求，而且詩已與歌完全不同道，音是讀來佶屈聱牙不協和音，畫是不成理路的抽象藝術，讀來都感覺費力，哪能在心版產生古詩所有的音畫效果。我們的現代詩由於音畫的講究闕如，詩自然一片模糊。當然我們現在的詩會如此混亂，無法讓人共賞，仍是一次變革帶來的災難。不由得我們會要責怪破壞美好局面的「元兇」胡適之先生，是他將那麼幾千年來建立的詩的美好和諧傳統當作「臭腐」予以推翻摒除的。胡先生是個自由主義者，他的用心非常良苦。一種體例通行既久予以變革，這是歷朝歷代詩人都有的抱負，但是這次改革，似乎沒有考慮以後詩要如何再生的問題。胡先生沒體會到所謂的「腳鐐手銬」戴久以後，一旦開籠放雀，詩得到自由解放，便會放縱自己而濫用自由，毫無顧忌的將詩盡情放縱到極致。現在的詩雖然仍然蓬勃發展，但異象百出，各走極端，人人對之莫測高深，這便是近百年前那次革命所後遺的殘局。

然而就世事的興滅繼絕的循環理論言，殘局往往是新局的發軔開端，徹底破壞多半是嶄新建設的開始。在今天這種有異於任何前朝世代變化快速的時代，一切都是無常的，一切都不會持久不變。科技的風火輪已把我們捲進入隨時目不暇給的新地界，詩自是不會以守住舊河山為滿足，詩也要思改進做研究發展，詩更須突破瓶頸以創意為先，創造適應現代的新局面。這便是當今的詩異象百出、各出奇招、各走極端的最大成因。新起一代的詩人和不想守舊落伍的詩人，在開始做著各種嘗試、各種實驗，希求突破陳襲，另造新天。同時由於資訊發達，新詩潮、新技巧的方便獲得異於歷史上任何一段時間，而電腦的快速處理和豐富的儲存方式，事實上已代替舊有的紙筆創作工具，再加上風起雲湧的網路詩發表園地的出現，

現代的詩人事實上也已搭上科技的列車，隨著多元並起的局面，在面對現代，迎向未來的方向上，興奮的欲再造一次詩的盛唐了。詩人白靈曾經以幾行極易懂得，卻又令守舊的詩人瞠目結舌的文字道出了現代詩人的本色。他說：

> 世紀之交投入詩壇的詩人們似乎已註定將「電子化」他們的一生。他們消耗青春的方式，是手指賽過腳趾、列印紙賽過稿紙、空中漫遊遠過地面散步、老實虛碰多於假假實撞、即時發表重於深入閱讀、而可計次的分眾較茫茫人海的大眾更讓他們心裡有數。

白靈的所謂「電子化」實是寫詩工具大變革、詩人所處環境極為迥異於過往時空的實景描述。這種革命性的變異不但已令老詩人無法適應而暗自退隱，即使中生代詩人亦已感威脅，而紛紛避入學院，走上講台，客串學者，傳授他們那套已不為「電子化」詩人所接受的詩的觀點。

同時我們應感安慰的是，現在的詩仍然是以涵義豐美的方塊字為表意載體，詩所表現的仍是中國人的脈息思想，仍然在追求中國詩視聽雙修的傳統特色，這是永遠也變化不了的詩的根源，其他的變化只是在形式和意象創新的美學追求上求得精進，這是詩最終走向成熟穩健的一個必要過程，我們應該為這些詩人的敬業精神鼓掌。一如過往，一種新傳統的建立是需要時間的陶冶的，我們不急。

（2005 年 10 月 25 日第一屆中國詩歌節論文）

（刊於 2005/11/16《中華日報》副刊）

水火同源下的兩岸詩歌發展

　　從泥沼中竄出熊熊的火焰來是謂「水火同源」，兩岸四地詩的發展本也是同源的，都是由遠古中國詩的香火的傳承。可惜的是，往往在發展中由於政治情勢的不同而造成分流，而各奔前程。現代新詩會形成兩岸水火樣不相容，也是這個原因。然而細究起來，詩的本質仍然相通，可能思想含量有異、表現方法不同，但仍然是使用同一文字、同一語言，而且這些差異也會隨時間的遷遞而融會變通。同時在正常情況下，詩本乃詩人自由意志的發揮，應各各不同，詩人才會各顯奇能，如此詩才有競爭，才有進步，詩才會多彩多姿的呈現。常言「國家不幸詩家幸」，誠然，兩岸分裂確實是歷史的不幸，然而兩岸詩人各自依著自身的環境而發展出各自認為的詩學，在總體國家的詩表現上形成對比，或形成競爭，從而使得中國詩歌往更強盛的路途發展，未始不是整個中國詩歌的大幸。

　　就僻處海峽此岸的台灣詩的發展言，早年從大陸來台的詩人不多，二三詩的前行代如覃子豪、紀弦、鍾鼎文等，為了謀生，詩只是一種業餘的興趣，頂多是副業。直到年輕的詩的同好增多，才共同出資辦詩刊，形成詩社。後來隨著現代潮流的入侵，詩也現代化起來，因而發生幾次新詩論戰，但都是從詩本身的改革出發，這種如同情人間的爭吵，既無文藝政策的必須遵從，也無意識形態的特殊考慮，更無市場的競爭，所以台灣此岸的詩幾乎是純粹詩的流向，而且沒有高懸的指標，更無必須形成典型的背負。詩人們都在做自我追求，自由自在形成台灣詩的繁榮局面，這是台灣詩歌發展比較輕鬆之處。

海峽彼岸是一個十幾億人口的泱泱大國，悠久文化本就孕育了很多詩人。大國本來就會有很多不可避免的個人自由的箝制，而詩人最欲行使自由意志，因之往往與統治者的集體化要求會格格不入，而其實這正是詩材的最好的擷拾來源，所以大陸詩人的詩多半都有很大的氣魄、很高遠的抱負，可以寫出幾千行一氣呵成的長詩，與台灣詩的纖細與極度個人化是截然不同的。但大陸歷次政治運動就會有不同的詩歌主張必須遵行，詩人也受到很多考驗，同時這也就是改革開放後，詩人們像開籠釋放的雀鳥樣飛出各種姿態，唱出各種怪聲，都是因壓抑過久，必須舒展的必然反應。無論是歷次政治運動所要求的詩，抑或是改革開放後詩的怪聲怪調，都是詩的發展過程中的不同奇葩，在整個詩歌發展史上，代表不同風景的陳列，都值得珍視，因為這都是詩人走過歷史留下的足跡。

詩在中華文化的長河中具最高貴典雅的藝術特色，中國詩歌的輝煌歷史是歷朝歷代無數詩人追求改革創新而成，即使我們現在的詩人無論老少都是在不斷創造詩的新境。兩岸的分流只是一時的現象，至於詩壇上呈現的傳統和現代的爭論，老年和青年的代溝，知識份子詩人和鄉土詩人的對抗，以及現在網路詩人和紙筆詩人的相互蔑視，都是詩發展過程中的必有風暴，也可以說是針對文學革命後的未了殘局，詩人們在各自找出路，做各種大膽的實驗，以至對抗、辯論，甚至叫罵都是不可避免。在這一切都講究多元的時代，詩的多元表現是在所難免，即使在盛唐，詩也是眾多詩人各自努力下才百花齊放。盛唐詩從無統一口徑的局面，現有的新詩更須各詩人自己努力，各創出自己的道兒來。

我認為詩這個東東本來應該是很美的，很和平寧靜的，最沒有也無恩怨是非的，也有它自然生長的道理在。這首詩和那首詩各開

各的花，各結各的果，美是它自己的美，醜是它自己的醜。各人珍
愛自己的詩，也尊敬別人的努力，真正像一個香格里拉一樣的社會，
不是很好嗎？可是我們的詩歌界變得越來越複雜，詩人與詩人之
間，詩社與詩社之間，還有派別與派別之間，都失去了最起碼的精
神底線與相互尊重，而互為仇視。而爭吵的辯論的不是詩本身的表
現是否成功或近乎成功，而是在爭誰是主流，誰是末流；誰是代表
哪一方說話，或象徵哪一族群的聲音。大言不慚的說他是代表民間，
你是代表知識份子，於是芥蒂便起了，立場便分明了。一家網路詩
刊在年初訪問我時曾經道及大陸的詩歌狀態，六十後被認為是過氣
的一代，七十後被認為是疲軟的一代，而八十後在內地正如火如荼
的介入當下文學創作，他問：「台灣有年輕一些的詩人嗎？」我很不
理解的回答，大陸年輕一代的詩人似乎一直在為潮流所左右，而不
是在詩質上做論定，我不知道所謂「過氣」、「疲軟」是根據什麼判
斷，為什麼會是一代一代整批的，就好像生產線上出的貨一樣，批
號過時，便要淘汰。台灣的年輕詩人輩出，但都是單打獨鬥，經過
不同文學獎的考驗，硬碰硬的才出得了頭。台灣在現代主義聚眾取
寵的年代，由於語言「現代」得過了頭，形成晦澀難懂，於是便有
「鄉土詩」和「健康明朗」的兩股勢力的集結對抗，以有別於極端
現代的令人莫測高深。但這也是只是詩藝表現方法的各自選擇，並
不會構成詩本質的軒輊，更沒有誰是前衛、誰是過時的說法，大家
相安無事，各奔各的前程，各自追求各自的理想，台灣的詩歌就是
這樣平順走了過來的。

（2006 年參加第 11 屆國際華文詩人筆會論文）

（刊於 2006/11/15《中華日報》副刊）

超現實不如超習慣

——現代詩的兩個極端

本文係就重慶西南大學近年兩度舉辦詩學討論，一再主張「新詩二次革命」，認為胡適所進行的第一次革命乃詩的「破格」，而「新詩二次革命」主要使命乃在破格之後的「創格」。主張「詩體重建」，並推動「新詩的標準化」，制定「新詩範本」。認為沒有「詩體」就沒有新詩。且將新詩的所謂「個人化」及「邊緣化」的現象歸因於「超現實主義」等新詩潮的引入。本文旨在闡明各種新詩潮的出現乃在詩的求新、求變，更在於求創意，有別於既有的陳腐面貌。新詩的真正致命傷，乃在數十年如一日的重複自己的舊習慣，及不思變化的慣性感覺。如再用工業生產的「標準化作業程序」來寫詩，將帶來詩的更形沒落。

一、前言

「超現實」是西洋一種藝術風潮的名詞。「習慣」是一種生物界普世該有的存在價值。這兩種不搭調的名詞拿來比配論列，委實有些不倫不類。然而正如依茲拉‧龐德所言：「智力與情緒在瞬間的結合，便會有意象的形成。」此兩不相干的名詞相碰，不免也會碰出些有意義的火花來。其所以有此念頭，實因一次詩學討論會的主題的刺激。大陸重慶西南大學近年舉辦了兩次詩學討論會，前年（2004）的「第一屆華文詩學名家國際論壇」，論壇的主題是「新詩二次革

命」。提出後據說受到新詩創作、批評與研究者的普遍關注，更受到不少的質疑與批評。首先提出此一主張的西南大學中國詩學研究中心主任呂進教授認為：「中國新詩第一次革命的主要美學使命是『破格』，二次革命的主要使命是破格之後的『創格』。也就是如何在民族性與世界性、藝術性與時代性、自由性與規範性中找到平衡，在這平衡中尋求廣闊的發展空間。」兩年後的今年（2006）九月二十四日至二十八日又召開了「第二屆國際論壇」會議，為了將「新詩二次革命」的理念貫徹到具體的詩學建構與詩歌創作之中，這次論壇會議仍將「新詩二次革命」的理念作為關注的焦點。由於有人認為推動二次革命應該從抓緊新詩的詩體建設，恢復詩歌的審美本質，重塑詩人的人格理想等方面來著手。因此本次會議就以「詩體重建」作為主要內容。呂進教授強調沒有詩體就沒有新詩，而面對新詩的所謂個人化和因不關注現實人生而導致詩歌邊緣化的處境，有些學者力圖通過詩體重建來重新探索新詩的出路，並要推動「新詩的標準化」，認為探討各種具體的詩歌形式建設方法是詩體重建的微觀內容。甚至有人建議用翻譯詩的形式來反思新詩形式建設，認為譯詩形式是早期新詩形式的「範本」。總之，從強調「詩體重建」及推動新詩的標準化，到探討仍然回到早期聞一多等欲套用外國詩的原型，無非都是在為早期的新詩復辟，欲扼殺現在新詩的多元的局面，要再找一個框框來套住詩的自由活動。

二、「破格」才有的突變新氣象

　　其實現在詩的多元表現，甚至走火入魔到令人不敢親近詩，確實嚇壞了廣大詩的讀者，困惑住很多從事詩的追求的人。但其中的原因

絕對不是單純由於個人性寫作及不關注現實人生而導致。因之重建一個新的詩體以推動新詩的標準化更非解決之道，如果真心欲新詩標準化就連「第一次革命」也不應該。舊體詩的標準化是歷經數千年的不斷追求改造而臻於化境的，我們有什麼理由要去破格呢？而如果去從反面思考，我們今天詩的多元、多彩、多姿，還應感謝有那麼一次「破格」。由於破格，詩的蓄積的能量才能這樣肆無忌憚的釋放出來。由於破格，繼起的詩人才能做出詩的多方實驗，使詩從以前想都未曾想過的地方找了出來，讀來使人眼睛吃驚，靈魂出竅。這樣驚人的突變，於是有人說這是「超現實」的作祟，「超現實主義」的詩便是這樣命名出來，讓人又痛又愛。痛的是語言多曲折暗示近乎禪，愛的是確實令人耳目一新，不是吃膩了的古早味，更非俗俗賣的路邊攤。當然突變而來的不只有「超現實」，還有之前的「象徵主義」，之後的「後現代主義」、「解構主義」等等新潮。由於都是求新求變求創意，有別於既有的面貌，多半都統以超現實現象視之。

　　這種突變對年輕詩的追求者而言視為當然，因為整個現實面都是在變，詩的求變當然不能落伍。他們會乘風破浪，玩得不亦樂乎。詩的前行代則不然，由於他們本已步履蹣跚，思想塵封，觀念落伍，當然是看不慣，也跟不上這種詭異的變化的。因之他們認為那些都是遠離現實、不關心現實的個人化寫作，以洪水猛獸視之，認為必須有一形式來套牢這些脫韁的野馬，讓詩做出標準一致的動作，如軍事管理然；也和生產線上的製品一樣，都具同一規格。再者詩如有一標準的形式，他們也可方便照著葫蘆畫瓢，如法炮製出許多詩來了。他們仍然惦念著「熟讀唐詩三百首，不會吟詩也會吟」的那個古老的容易複製詩的時代。標準化的詩體有如盲人的那根手杖，對他們不但是一種依靠，也是延續詩生命的必需，否則他們會連一

首詩也寫不出來，遑論那些要動腦的突變。他們已經為數十年不變的寫作習慣所拘束了，不思改變，也懶於改變。制定一種標準化的詩規格，對這些已無法適應現代潮流，詩源已枯竭的詩人言，無異會是枯木逢春，找到復甦的生機。

三、「超現實」、「後現代」乃在追求逐夢的新經驗

其實所謂「超現實」、「後現代」、「解構」或「顛覆」，總的說來就是求有創意，要革新，要有古諺所謂「以前種種譬如昨日死，以後種種要從今日生」的絕地逢生觀念，才有真正所謂「語不驚人死不休」的表現；才有光鮮亮麗、電光火石驚人之詩呈現。這幾乎是所有現代藝術必走的活路。如果真要說詩的革命的話，這些絕地求生的變革才是真正的革命，才是積極有力的在找尋詩的出路。透過顛覆、解構、切割、放棄、改造、深層追索挖掘，甚至反思、反叛等實驗手段，讓詩從各種夾縫、角落，甚至陰暗的臭陰溝中破空而出。大家才知道袁枚所說「但肯尋詩便有詩」，絕對不是一句空話，而是看有沒有去找去尋的實際行動。

根據超現實主義者的初衷是希望藝術能改變生活，不是一成不變的守制守舊。是要追逐人的能力所及製造新的驚奇，尋求偶然的際遇，這是一種逐夢的新經驗，以重新發現人類的生活與文化，改變這個現成不動的荒涼世界。這些都是和死守一種傳統的寫詩路向，或自認自己的方法最方便寫成詩而格格不入的。尤其超現實主義在寫作方法上，要採取純粹的精神自動性，可以以口頭，或以書寫，或任何一種方式來表達思想的真正運作。這種思想的表達並不受理性的控制，而且是在任何美學或邏輯思考之外的，所以「潛意

識自動寫作」的方法手段便成了超現實主義實驗的主要工具。這在那些守舊的詩人言，更是認為走火入魔，難以理解。詩有詩法可循，哪有可以不經思考的自動寫作？怪不得那些詩會令他們不得其門而入、晦澀難解到像踢到鐵板。

我們不得不承認任何一種創新的行動開發出來，都會受到質疑、反對和欲除之而後快。首先是會被人看不慣，因為和他們習慣大相逕庭。其次是質疑其正確性，是不是在故意標奇立異。再者是可能會威脅他們的權威性或既得利益。超現實主義以及有關的新的潮流實驗性都很強，幾乎沒有任何閾限，也極其大膽進取，我們常要求必須有「崇高」的理想，他們認為「崇低」「向下」才是現時代的必需。我們視「垃圾」為髒臭污穢的廢棄物，而所謂「垃圾詩派」則認為「只有垃圾才是真實」。這種欲顛覆傳統價值觀，認為現在一切事物或多或少都有虛假成份的偏執觀念，已是現在年輕一代詩人的普遍態度。這已是後工業時代，物欲高漲、人性沉淪下的必然結果。這種思想觀念的質變，絕不是提倡「新詩二次革命」所可能挽救。徒做形式上的圍堵，絕對不可能改變現狀，而且誰有這種權威可以讓新詩人景從？而且我以為這一切他們所認為的怪現象，仍是第一次革命破格後所留下的未了殘局。一次革命破壞得很徹底，一切幾千年下來所制定的詩的典章制度一夜之間搗毀得比文革的摧毀力還令詩翻不了身。這近百年來詩的孤兒完全是在一片廢墟中，在無中生有的堅強毅力下，創建出今天詩的繁榮局面。這期間的過程是波濤洶湧、險象環生的，犧牲了多少為詩效命，終而連藉藉名也留不下來的大批詩的實驗者。當然也製造了不少所謂詩壇的精英份子，和可以呼風喚雨所謂大師級的詩人。然而這一切終究還得經過歷史嚴苛的考驗方可認定，也還沒法確定這就是這時代所留下來的詩的傳統。何

況現在詩人們傳統與現代的代溝、民間詩派與知識份子詩派間的相互蔑視、網路詩人與紙本詩人間的不融洽、青年詩人有部落格可以隨時發表作品而老年詩人連投稿報刊都無門的各種障礙下，處處都顯示即使這麼高貴的詩文學也不免有爭鬥，會弱肉強食。如果不思長進，不放棄一切保守的舊觀念，自求生路，便只有遭受邊緣化的命運。

四、別做「創格」的圍堵，應破「習慣」的攻心

　　本人並非一個超現實主義的心儀者。年輕時我沒有加入現代派，後來的後現代主義、解構主義以及風起雲湧的各種文學新潮，我都不是追逐者。但我不忘從旁仔細觀察，瞭解其成因和走向，我總認為詩人應是一個絕對的自我自由意志的追求者。因此雖然我非一個跟風的詩人，卻非常贊成這些前仆後繼的年輕詩的經營者，他們奮不顧身求創意、求新境的偉大實驗精神，那才是詩改革的動力，那才是詩的希望所寄。因此我雖並不鼓勵詩人去追求超現實主義以及其他一切新興詩派的主張或行動，但求那些恐懼改革，懶於爭脫舊習慣，見到詩的新面貌就一味排斥的詩的同好，放棄你們的成見，也放棄那使用了數十年如一日的詞彙，重複又重複從來不圖改變表達出來的詩思；請你們擺脫對事物的慣性感覺，要從平凡之中尋找一些藏匿的不平凡的奧秘。如果詩要寫得真正有「新」意，最忌諱的便是「熟」「俗」二字。「熟」由習慣或模仿而來，所謂唾手可得，便是太熟悉不過，拿來便配上用場的方便之門，自己或別人早就不知用過多少遍了的舊古董。錢鍾書先生對陸放翁的一再重複自己，諷之為「自作應聲之蟲」，這是每個詩人都應有的警惕。我們要往前邁進，不要一再應驗瘂弦在〈深淵〉中那幾句灰色的呼喚：

哈利路亞！我們活著。走路、咳嗽、辯論，

厚著臉皮占地球的一部份。

沒有甚麼現在正在死去，

今天的雲抄襲昨天的雲。

　　曾經有個國王養了一群馬，準備成立一個騎兵隊，將來可禦外侮。可是很久沒有戰爭發生，又不願讓這群馬兒閒著，於是指派這些馬兒去推磨。馬兒在磨房裡，每天繞著磨子團團轉，久而久之也就習慣了。有一天，忽然有別的國家來侵略，雙方開打，當然準備當騎兵的馬兒也要上戰場。可是因為馬兒推磨打圈圈已成習慣，所以到了戰場上，馬鞭一揚，馬兒仍是在磨房一樣原地打轉，根本不知是要去上戰場，當然國王吃了敗仗。可見習慣多可怕，用在不對的地方會壞大事。詩是一種「創作」，是要創造出來新的作品，不是蕭規曹隨，不是抄襲模仿便可以成大器，更不能用「習慣使然」這樣的遁詞，來規避別人說你的作品數十年如一日的批評。要成為一個好詩人，寫出灼灼其華的好詩，首先不能偷懶，要多動腦筋，更不可衝動，要超脫習慣的因循。尤不可認為自己已經寫了一輩子詩，一出手就是精品。沒有那麼多精品，真精品必經千錘百煉，始可成形。洛夫先生是台灣著名的「超現實主義詩人」，照說他的作品都是按照超現實主義寫詩的要求，用「潛意識自動寫作」方法完成。非也，如果我們看過他寫作的原稿，便會發現他寫的詩一行一句一字都是經過一再修改，稿紙上已經塗抹成一片漆黑，只留下幾行修改好可用的詩句尚可辨識，那便是他完成的詩。他的詩事實上是鍛字鍛句，真正「一詩千改始心安」而完成的。這種方法其實非常傳統，哪裡是「超現實」。周夢蝶老先生的詩也是一樣，他的詩的原稿也是

一樣的塗改得漆黑一片，只有那幾行改好的詩放出光明，屬於他的網站上，可以看到周公的真蹟。這兩位大詩人的詩難怪每首都有新意，都是原創。可見這都是功夫詩，不是一揮而就、盡撿現成字彙、套用前人思想理路的拼湊品。

五、結論

因此我的結論是我們不希望寫詩也有 SOP（工業生產的所謂「標準作業程序」）。我們可以不學超現實主義或其他新興詩派的走火入魔，使詩如同走入幻境，但也不可耽於習慣，懶於求變求新，一輩子都在陳言套語中混一個徒有虛名的詩人頭銜。所以我說「超現實」不如「超習慣」來得更實際，也更容易。同時，我要重申詩人應是一個個人自由意志的堅決服膺者，好不容易丟掉了腳鐐手銬，豈可又自陷囹圄。讓詩自己走出一條自由的康莊大道吧！

參考資料：

一、「新詩二次革命」理念見〈新詩再次復興審美範式重建〉，向天淵、熊輝「第二屆華文詩學名家國際論壇」綜述（《葡萄園》2006冬季號）。

二、「超現實主義」見《中國大百科全書・智慧藏》超現實主義條目。

三、「垃圾詩派」、「民間詩派」、「知識份子詩派」均為目前中國大陸之新興詩派，均擁有大批詩信眾。

（刊於 2006 年 12 月香港《詩網絡》第三十期）

龍種自與常人殊（上）

——論台灣中生代詩人之成長

一、泛論

　　凡物種的成長苗壯及最後的圓滿成形，必有其發展的軌跡可以追尋，莫不受其出世當時的時代背景、環境條件及其發育所需的滋養有關。至其將會塑成怎樣的形狀，先天的秉賦和後天的努力，也都是必備的條件。台灣詩人的處境一向與眾不同，僻處海隅的孤立處境，隔不多時必會發生的殖民統治，從過去最早的明鄭，至外來的西班牙、荷蘭、日本入侵，都因動亂和外人統治，詩文學一直沒有正規的重視和發展，因而交不出一頁可以交代的台灣詩文學發展史。這種情況，一直要到國民政府播遷來台，開始重視正統中華文化，詩文學才在幾位來台的先驅詩人努力下得到正規的發展。更由於他們的呵護、培植，後繼的台灣詩人才得以成長苗壯。眾多前行代詩人堅苦卓絕、蓽路藍縷，所耕耘出來的這一塊繁茂發光的詩懇地，現在已交接到了戰後出生這一代的詩人手中，他們已著裝就位，以更盛於前行代詩人的漂亮成績，傳承台灣中國詩文學的香火。「高帝子孫盡隆準，龍種自與常人殊」，台灣中生代詩人殊異於人，有其養成的道理，下面將分節論述。

二、戰後台灣特殊的時代背景

　　自一九四九至一九六九年是台灣中生代詩人的出生至成長的保育期。在此時機之前台灣有二二八事變，造成族群間極大的仇恨。在此之後是金門八二三砲戰，兩岸局勢極度緊張，然後是美軍協防台灣。其後是台灣退出聯合國，一九七九年元旦台美斷交，美國勢力全面撤離台灣。一九七九年十二月十日美麗島事件爆發，再次引發黨外人士的集體反政府街頭運動，族群間的撕裂更加嚴重。在此期間成長的戰後一代詩人，他們自小耳濡目染不斷的政治風暴，白色恐怖，男生多半都上過成功嶺，接受過嚴格的戰鬥教育，服過義務役。這種種的考驗，雖未波及到他們自身的安危，但精神上的歷練和認知，無異於讀過一本艱深的大書。而對一個有志於詩文學的人而言，更無異於詩材的十全大補，這是台灣中生代詩人成長過程中難得的營養。

三、克難求生存的艱苦環境

　　國民政府自一九四九年播遷台灣後，除了面臨軍事威脅和政治危機外，民生的艱困和物資的缺乏，亦是亟待解決的問題。所幸初期尚有美援物資相助，而後政府厲行土地改革，實施耕者有其田，成立化肥廠，肥料直接補給到農家，達到糧食自給自足。為了發展經濟、貨暢其流，開闢中橫、南橫公路，完成環島鐵路。為實現富國利民的政策，自一九六九至一九七九年間，實施十大建設計劃，建立重工業與國防工業。同時開放黨禁、報禁，實施九年國民義務教育。自六十年代後期起即設立加工出口區，吸引美國、日本等勞

力密集工業進駐台灣，台灣工業由此帶動而經濟起飛，外匯存底不斷成長，至八十年代初，台灣一躍而成為亞洲四小龍之首。人民收入增多，政府鼓勵儲蓄存款，轉而再投資經濟開發，活錢活用，利上滾利，從此政府、人民都富庶起來。從艱苦中走過來的青年人普遍都蒙受到這種經濟起飛帶來的富足安定，都能接受大專以上的高等教育。中生代詩人普遍都有碩博士學位，老生代詩人因戰亂而輟學，而無法受到高等教育的遺憾，在他們的下一代身上得到彌補和安慰。

四、新詩現代化的爭議對詩發展的警覺與認知

台灣新詩的現代化始於一九五六年元月十五日宣告創立的「現代派」，以「領導新詩的再革命，推行新詩的現代化」為職志，認為新詩乃橫的移植，而非縱的繼承。強調知性，追求詩的純粹性，並自承是有所揚棄並發揚光大的包含了自波特萊爾以降一切新興詩派之精神與要素的現代派的一群。現代派成立後，由於宣稱乃「詩乃橫的移植，而非縱的繼承」，成為大家指責的焦點。「藍星詩社」質疑所謂現代主義的精神乃是反對傳統，擁抱工業文明。在當時尚處半工半農的台灣社會，只是一種幻想，詩不可能做超越社會生活的表現。同時，詩若全部為「橫的移植」，自己將植根何處？其後，一九五九年六月及十一月又分別發生兩次新詩論戰，前一次乃蘇雪林教授撰文認為「新詩象徵派始祖李金髮的幽靈又渡海來台，傳了無數子孫，仍然大行其道」，大肆攻擊現代詩的發展。後一次則是方塊作家言曦以四天連續刊登的「新詩閒話」，泛指台灣詩壇為「象徵派」的家族，認為詩的「最低的層次是可讀，最上一層是可歌」，據此尺

度，而憂三五十年以後，中國將淪為沒有詩的國家。這兩次對現代
詩的攻擊，出面與之對抗的，反而是當初現代派成立時發出質疑之
聲的「藍星詩社」諸人，以他們真正認知的現代主義精神，提出論
文嚴肅答辯。認為現代派的出現可以說是針對當時率性喊叫的政治
詩、浪漫情緒的抒情詩，以及形式僵化的豆腐乾體而出現的一種反
動，對當時閉塞的詩壇注入新的刺激。藍星諸君子提出的質疑應該
說是一種良性的制衡作用，避免詩因追求改革，而如脫韁的野馬不
知終止。而外在的攻擊和討伐也多少給大多數的詩人帶來警惕和反
省。然而現代之風終究不可抑止，進而走入偏鋒，超現實主義及虛
無思想跟著在自認為已執掌現代主義大旗的主流詩刊上做大量實
驗，主知和晦澀將一般人帶到畏懼現代詩的境地。終於詩壇反省和
擺脫困境的聲音開始出現，從七十年代初開始，主張「鄉土詩」的
《笠》詩刊和要求健康明朗的《葡萄園》詩刊，以及純抒情的《秋
水》詩刊相繼成立，從此台灣詩壇進入多元並進的局面。在此由爭
議而轉入反省而多元的二十年中，戰後出生的詩人已相繼冒出，由
成長而茁壯，而慢慢走向詩壇核心。進入八十年代後的詩壇從此進
入詩的鍛接期，對上一代詩人的作為截斷承襲，一心迎接新的資訊，
做嶄新的實驗。在沒有餘力爭論的情形下，進入中年的老生代詩人，
他們只能休養生息，以求精進的打拚。但對尚在壯年期的中生代而
言，他們在看盡過去詭譎多變的詩壇生態以後，從他們所受學術訓
練背景中，多已了然詩人必須具有自我的獨立思考，從比不必依附
任何派別、任何詩的組織，才能走出自己的一條道路，創出自己的
一片天空。

五、台灣中生代詩人現行生態簡介

　　自一九四九至一九六九年間戰後出生詩人，也就是台灣俗稱的五、六年級詩人，即為台灣俗稱的中生代詩人。根據張默所編《台灣現代詩編目》第九編詩人出生年表統計，自一九四九至一九七二年，即已有三百九十人之多。這些現今最多已四十歲至五十八歲左右的詩人，而今尚有作品發表者，頂多二十五人。而一直未曾中輟創作者僅十二人左右。他們是蘇紹連（1949 年生）、簡政珍（1950年生）、白靈（1951 年生）、渡也（1953 年生）、鍾順文（1953 年生）、陳黎（1955 年生）、詹澈（1955 年生）、向陽（1955 年生）、路寒袖（1958 年生）、孫維民（1959 年生）、陳克華（1961 年生）、方群（1966年生）。可以看出詩人的淘汰率非常高，然在台灣這麼一個走向資本主義社會，多元競爭的壓力下，寫詩人的存活率有如此之高，實已足堪告慰。如以詩的品質言，這些至今仍然「在線上」的詩人，堪稱個個有個性，個個有獨特的詩風，個個都有自己的一片天空，瀟灑無畏的發揮。最主要的是沒有一個有前人大師的影子，或跟隨任何門派，都是自創品牌，突出在各種詩風之上。而且由於他們所受的教育完備，學知識係與時俱進，因此他們都能與 E 時代接軌，充份利用最新資訊工具，兼在網路上創作、發表、交流及評論。E-MAIL通信，寄發稿件，已是最基本的對外交流手段。好多已建立個人網站或部落格，像蘇紹連、白靈、向陽所建立的「超文本網站」，各已為詩的新生與詩生命延續做出嶄新的實驗，他們各已引領一批剛出發的詩的愛好者在創造詩的新生命。這在世界詩壇已是罕見，尤其能以古典的中國圖像文字做出的真正視覺動態的詩亦具獨創性。其他諸詩人也都在各文學院所任教現代詩，或主持報紙副刊及詩刊

和文學刊物。他們都已著作等身，尤其論述建構的影響力更各有所
長，多人已是被研究的對象。這些戰後出生，在優裕狀況下自由成
長的詩人，他們的優勢遠非自艱苦環境下出身的前行代詩人所可
比擬。

龍種自與常人殊（下）

——談簡政珍作品特色

一、簡政珍之出矣

　　詩聖杜甫在其一系列「樂府」詩中，有〈哀王孫〉一首，其中有兩句常為人用來讚譽不凡者為：「高帝子孫盡隆準，龍種自與常人殊。」這兩句詩在大陸古典文學欣賞網站上，有人在留言板上吐糟稱：「你主張的高貴血統論我不反對，但為何要貶抑我們平常人？」其實杜甫這兩句詩，白話來講是說一個出身於大格局、有風度的家庭的人，其後人必定也會有不凡的氣質，這是一種出諸常理的觀察。台灣中生代詩人在經過大環境中的各種春秋歷練、耳濡目染的精神調理以後，一個個的表現確實都有與人殊異的感覺，否則他們不可能在英雄輩出的詩界武林中脫穎而出，而成為台灣當代詩壇的佼佼者。然而這種殊異，並非人人都會受到重視。如果一部作品人人都叫好，那就可能係流於俗氣的結果。在台灣詩界老一輩的詩人葉維廉和中生代詩人簡政珍都是非常與人不同、特立獨行的詩人，但是他們的詩並沒有受到應有的重視，甚至有曲高和寡的際遇。葉維廉於年前出版一本完成於二〇〇〇至二〇〇六年間的作品集《雨的味道》，這位被美國詩人哲羅姆・羅森柏格（Jerome Rothenberg）稱為「美國（龐德系列的）現代主義與中國詩藝傳統的滙通者」的比較文學博士詩人的詩集，出版已近兩月，外界毫無任何反應。僅在某報的讀書版出現了一則僅幾行字的出版消息，真是情何以堪的冷

漠。簡政珍的詩也沒有受到特別的重視、文學界看到的、經常稱道
的都是他的詩美學，和他在學術界日趨受重視的經歷。他們的詩未
受到重視，根據大陸學者李德武在他的〈創作斷想〉一文中有獨特
的推論，他說：「這個時代有太多優秀的詩人，多到讓人辨認不出彼
此的差別。為什麼會讓彼此之間的差別不甚明顯了呢？我想，可能
是好詩的可模仿性使然。一首好詩會讓一些稍有一點語言天賦的
人，一夜之間可以複製出另一篇『名作』。」他的結論是：「卓然不
群的天才詩人太少，獨一無二的詩人太少。」最後他問詩人們：「為
什麼不讓自己寫一點不可模仿的東西呢？」確實，這是一個最擅於
模仿與複製的時代，模仿得最真切，得到的掌聲最多。模仿的結果
是看起來大家都很優秀，其實就都很平庸。也就怪不得那些特立獨
行的詩人被普遍的平庸所遮掩了。也就怪不得葉維廉和簡政珍的詩
會被冷落。更由於嚴肅的評論很難建立，多是一些近親繁殖的人在
一味推崇那些隨便可以解讀的所謂好詩，這些有個性的詩人便被有
意的忽略了。

二、從簡政珍獨特的詩美學去認識他的詩

在我們的日常生活語言中，充滿著事物之間相互交織的「隱
喻」，這些語言上的借用技巧，許多的行為及思考方式都浮現於這樣
含蓄的語言方式中，其背後存在著許多預設和期許，深深的影響著
我們日常生活的受想行識。它不僅僅只是詩意與想像語言的修辭技
巧，也是我們思考賴以理解的方便之門。當我觸及簡政珍這本新詩
集的書名《當鬧鐘與夢約會》，便覺得有點詭異，非常與眾不同，想
不出為什麼要取這麼一個「陌生感」非常高的題目。我曾長期觀察

古今中外詩的題目，並曾寫過一篇長文，將我所見過的詩題概分為十大類，但像《當鬧鐘與夢約會》這樣的詩題是我所忽略的。俄國十月革命時代的詩人馬雅可夫斯基曾寫過一首詩〈穿褲子的雲〉，也曾讓當時及後來的人難以理解，我曾將之歸類為「題目只是識別符號或暗示」一類。但當我推敲〈當鬧鐘與夢約會〉這樣設題的真意，才發現這是一個「隱喻」巧妙的挪用，背後可以做多方面的引伸聯想，內涵的豐富比那些封閉式的「不題」、「闕題」、「失題」、「無題」更有想頭。像這樣的詩題本意即具有矛盾、對立、衝突，甚至友好、和平、祈求的歧義存在。《當鬧鐘與夢約會》時既是動與靜矛盾衝突的開始，也可能是交好、共存的結局。鬧鐘的響聲可能有如當頭棒喝，驚跑了一場噩夢，是一種解救的降臨。如果驚醒的是黃粱好夢，則鬧鐘的吵聲便會是破壞的驚雷，徒使人厭惡痛恨。此鬧鐘一響動，既可能是趙五娘彈奏琵琶，幽怨的喚醒變心的良人，也可能是包青天的虎頭鍘，卡嚓一聲威嚴的要惡人老命。簡政珍以這樣寓意豐富的題目來寫詩，又將之作為書名，可見他對這本詩集投注的寄意是多麼沉重。簡政珍闡釋詩既要求「是」也「不是」，他也主張「似有似無的技巧」，更要「在熟悉中展現不熟悉」的創造。這種既看似矛盾，二元又並非對立，允闕執中的美學觀點，唯修辭中「隱喻」似可達致，它其實是在使詩意含蓄不顯，在平淡中透出深趣。他在這首詩中第三節的一長列排比句：

> 一隻飛鷹在天邊尋找歸宿
> 一頭牦牛在湖邊顧影自憐
> 一列火車開進朦朧的戰火

　　一張虎皮進佔一個華麗的客廳

　　一座老鐘在沾染血跡的五斗櫃上滴答

　　其實是一連串時間遷遞，生命自殘，文明與野性各自反向奔馳的隱喻，從平凡毫不誇張的視景中看出人的危機。

三、從簡政珍不凡的哲思去理解他的詩

　　詩的抒情與敘事是兩大截然不同的詩表現手法。抒情詩是詩人內心情緒抒發的表現，須將詩人的自我同詩的激素融為一體，多半都是以精粹短促的意象語言來緊抓那神思的一刻。敘事詩是以敘述事件為主的詩，得沿著事件脈絡發展編排，得有較長的篇幅來容納整個故事結構。要能做到形散而神凝，才不會落入散文變體的譏諷。大陸詩壇在上世紀八十年代到九十年代之間，曾經以「零抒情」為要求，企圖以敘事來代替抒情。有人把抒情等同於歌唱，或青春期的浪漫囈語。或把敘事當作寫實主義的直白口語，作為揭露黑暗的工具，兩者分明立判。抒情詩從來就是詩的主流。壓抑抒情，欲以敘事來主導詩的一切表現，無異使詩落入知性的枯燥。台灣在現代主義初發的時候，也曾強調知性，詩人一味不必要壓抑自己抒情的本能，以致使詩變得冷漠如冰，缺少人間溫暖，殷鑑實尚不遠。因之中生代詩人深知這是必須小心的窄路，乃有不偏於一方，最好讓敘事和抒情不是只有對立面，抑且可以結合成和諧交融的獨特技巧。簡政珍的詩和他所信奉的釋教有關，在我佛慈悲的觀照下，他的詩都以關懷眾生、安度現實為主。從他「出入人生」、「現實的身影」、「意象的姿容」、「有情眾生」以及「所謂情詩」、「長詩的行腳」

各分輯來看，無不是立足於當下，寄望於永恆，對周遭的瑣屑、無謂的紛爭，從來不走極端，有他獨特的排解方式。就以他一九九八年完成的長詩〈失樂園〉而言，這整個詩的旨趣是關乎台灣這演繹不完的荒謬現實和無解的政冶魔咒的。應是一首敘事得血脈賁張，揮筆如機槍掃射般彈如雨下的鬧劇詩。然而詩人按捺住火氣，藏匿起憤怒，輕巧的從一樁後花園被拆毀的小事切入，然後以暗示、聯想、象徵的步步進逼，慢慢擴大輻射面的手法，從一個應為美麗和諧的安樂世界，揭露出其間的險惡矛盾、衝突不安。它不是線性的直敘，而是有意鋪展情緒的起伏不定，讓人在已經不是樂園，而是廢墟的殘敗中舉步維艱的行走。這是一首以抒情的手法，在意象鋪陳的技巧下，使得本來難免直白描寫的敘事詩，呈現詩所應具的含而不露藝術品味，在敘事中不只有事的脈絡和人物形象，同時也結合著詩人主觀感受的抒情語言。有人說「詩實際上是人類生活與現實關係的緩衝器」，簡政珍選擇這種方式來表達對現實的觀感，對現實表達詩意的糾正，這是一個有宗教哲思的詩人的智慧顯現。這位「正港」的台灣中生代詩人憂慮的說：

> 成為詩人的充要條件是
> 看著海濤清洗文件時
> 能瞭解到
> 這是黑潮給島國帶來額外的溫度
> 讓他們醞釀另一次的
> 白色恐怖
> 我們要諒解到
> 右邊的海洋已不太平

左邊的海峽

總會沉澱一些飛行物或船隻

讓後世

有一些缺了腳的椅子

證明我們一度的

今生今世

這段詩寫出的不是預言，或是遠見，而是隨時在火山邊緣的台灣可以爆發或失足的必然。他寫出作為台灣詩人必有的認知，即當下的作為，必是後世缺腳椅子的今生今世。不要以為這只是在寫詩，是詩人在危言聳聽。佛家人從不打誑語。

四、從簡政珍不忮不求的理性態度欣賞他的詩

八十年代的台灣不但是政治經濟的轉型期，也是戰後成長一代詩人無論哪一方面已趨成熟，而躍躍欲試正式投身詩的各種活動的時候。最顯著的是不再承襲前一世代懷抱強烈使命感的遺緒，紛紛自立門戶，籌組詩刊。據林耀德在所《台灣地區八十年代前葉現代詩風潮試論》中一份統計，自一九八○至一九八六年中旬，相繼創刊的詩刊計有三十家。而在詩風氣的接受與創新上，已開始為以後發展的圖像文化和數位化鋪路，首先是詩和 AV 的結合，稍具留跡和記憶功能的「錄影詩」開始提倡，主要目的乃在借助視聽科技的輔助，使得詩的文體走向清晰透明的知性層次，使傳統的「巫術式語言」被減至最低。顯然欲與前行代的現代承襲完全斷絕。繼而「視覺詩」、「都市詩」、「科幻詩」亦相繼有人實驗，「後現代主義」亦開

始萌芽，新一代詩人已顯現出淋漓的元氣。然而在這意興風發的一代人中，我們找不到簡政珍的名字；在那麼多詩刊的各種活動中亦未有簡政珍的蹤影。顯然他還沒有走進這座熱鬧的舞台，他在沉潛的蓄勢。不，他在美國德州大學念比較文學，他的視野已超越島上的格局，他的文學修養既不隨波逐流，也不保守頑固。他對詩的寄望是：「詩要能展現『陌生感』，且能使人心靈躍動。不是情感的慣性反應，也不是慣性的意象重疊。」這一段話他既要求詩必具觀照的新鮮感，令人感到有「陌生」的創意，同時不忘詩的基本要件在能感動人。同時應避免因慣性而流於重複，詩也不能成為被簡化成理念，意象也不應是慣性的重複或疊加（以上均見簡政珍所著《台灣現代詩美學》）。以此來讀簡政珍的詩，可以看出他是照著這個理念來經營他的作品的。我們且看他如何以〈語言〉這首詩審慎的約束並反求諸己：

　　囚禁在口齒之間的
　　是否有反芻的餘香
　　總在吞吐之間
　　變成室內的沉默
　　由眼神做註腳

　　信紙的線條
　　難以規劃文字跨大的步幅
　　字體歪斜的形狀
　　遮掩真正的步履
　　唯恐拂曉的晨光
　　照穿塗改過的足跡

> 人說，歧義是一種美德
>
> 我躲在歧義裡
>
> 製造歧義

　　這是一首非常樸素、毫無任何誇飾的詩，語調淡漠到沒有任何刺激，然而寫出人在生存環境下的許多無奈感。首先必須察言觀色「由眼神做註腳」實行語言自律；其次必須適應各種條條框框，下筆時做文字的收斂。最後一段所謂「歧義是一種美德」係一種反諷，是說必須以「模稜兩可」、「飄忽不定」的朦朧風格做掩飾，適應當下存在的虛偽和虛無。瘂弦在其〈從造園想到寫詩〉一文中論及從現代到後現代，他說：「如問近五十年來的世界文學欠缺哪些內涵？我要說是崇高感。現代主義或後現代主義的詩比較少見神性的堅持，更多的時候是神性的放棄。」做過英美比較文學研究的簡政珍，他既未曾陷入過現代的泥淖，也無意蹚後現代的混水，他在一個他自己建立的高度上寫他自己的詩。他一直未曾放棄過神性的堅持，雖然這條路必定很孤獨。其實凡選擇「我寧為我」不恃不求的詩人命定會孤獨一輩子。然而這才是一個真正的詩人呵！

五、結語

　　最後可以這樣說，台灣中生代詩人，相較其他華文地區的詩人，無論在生存環境、所經遭遇，以及詩的歷練上，都比較特別也相對的幸運；無論在寫什麼和怎麼寫的要求上都相當的自由和受到尊重，既無政策的必須遵從，也無意識形態的特殊考量，更無市場競爭的壓力。雖然仍不免有些因外來潮流引起小小的風浪，但都是從

詩本身的改革出發，沒有高懸的指標需要達致，更無要形成典型的
重責大任，所以台灣的詩幾乎是單純的詩的流向，詩人們都在做自
我追求，這是形成台灣詩的獨特繁榮局面的最大原因。也是台灣詩
文學發展比較輕鬆自在的地方，它是世界華文詩壇自我成長的華彩
品種。然而這種孤懸海島為詩奮鬥的特殊成果，並未能真正融入大
中國詩的版圖，在中國現當代詩歌的論壇或詩史的篇章上，台灣的
詩和詩人仍在「附錄」或「補遺」的另類，頂多列在海外地區的一
頁，似乎仍是以夷狄之邦的身份對待。也許這次「兩岸中生代詩學
國際高層論壇」是一個以平等待我台灣詩人的開始。

（2007 年 3 月 9 日應北京師範大學珠海分校國際華文文學發展研究
所及首都師範大學中國詩歌研究中心合辦之「兩岸中生代詩學高層
　　　　　　　　　論壇」而撰文並於大會發表）
（刊於 2007/6/24《更生日報‧四方文學週刊》及 2007/7/15 出版之
　　　　　　　　《當代詩壇》47、48 期合刊）

台灣當代詩歌進步與發展
——在西安第二屆中國詩歌節發言

　　本次詩歌節的討論主題為「當代詩歌的時代內涵與大眾審美」，本人以〈台灣當代詩歌進步發展現況〉為題，讓大家瞭解台灣詩人在詩歌這一區塊所做的努力和貢獻。詩歌是一種與時俱進的文體，從古詩的一直不斷的演變可以看出，詩一直在精益求精，從變革中找出詩的新生機。我們的新詩自進入新的千禧年後，已快十年光景，當代詩歌的內涵和審美要求，顯然已不是上一世紀，甚至八九十年代的表現所可能滿足。台灣的詩文學這一區塊，一直是處於一種自我精進、自我生發的積極進取狀態，詩人們對詩的要求，和越來越求超越的進取心，始終不減。我們很早就已將詩帶入現代主義的新情境，各種詩歌新的潮流，我們已都冒險實驗過，並歷經數次論戰，這種為詩追求理想的經驗，是台灣詩歌一直走在最前面的重要資產。

　　進入二十一世紀後的台灣年輕一代的詩人，已經取代老一代詩人的光環，在做順應這一 E 時代對詩的要求。他們對前輩詩人為詩所做的各種貢獻，非常珍惜和敬重，但沒有一人會承繼前人的衣缽，更不會一步一趨的有樣學樣。當代台灣詩人對詩的要求是：發揮創意，刷新語言，改變詩的陳腐的審美觀念，追求一切新的價值。詩歌要能恢復與普通人的生活關係，不把詩視為一種神諭或教條，詩人也不再是高高在上的嚴肅面孔。因此現代年輕詩人要求現在的詩具有一種趣味和情調。在台灣有所謂「玩詩俱樂部」的存在，和《衛生紙》詩刊的發行，不要以為這樣的名稱好像已經猥褻到詩

的尊嚴，玩世不恭，是一種逃避現實之舉。事實上他們的創作已對
詩本身的發展在做新的發現，對時代脈息也透過不同的跨度做廣泛
的交流，他們不過是以一種大膽實驗、小心求證的手段，達到詩的
求新求變的目的。他們並不是在做超現實之旅，而是在做超習慣，
和超墮性的改革。譬如下面的一些情況，可以突顯一些問題的獲致
改進：

　　一、詩的形式問題，自五四新文學運動以來一直有不同的主張
和爭論。但是多半只會想到從前有格律可循、有規定的韻律可依的
方便和因循，因此面對自由詩的氾濫無度，很多人便想到不妨從西
方取經，於是西方的十四行體引了過來，散文詩引了過來，甚至日
本的俳句也想作為新詩形式的借鏡。甚至更有主張詩體重建，及建
立詩的標準模式之說。卻沒有人想到如何找到一種新的約束來阻遏
詩形式的氾濫，而達到一種非如舊詩整齊，卻也秩序井然的形式。
台灣有一位非常年輕的女詩人夏夏，發明了一種「活版自由詩」的
寫詩方法，她仿照從前活版印刷的鉛字，自己用木頭刻了一百五十
一字，規定只能在這範圍內寫一首六十字以內的詩（含題目，可自
訂），可以重複使用規定內的字，不可加入額外的字。這是一種綁手
綁腳，比格律詩要求更嚴苛、更不自由的寫作規範，稱之為「限制
性寫作」。這個設計的寫詩活動，曾經是二○○七年台北詩歌節活動
中最重要的一項。消息公佈後，網路上有人留言：「這種玩法，讓不
會寫詩的人寫詩，讓會寫詩的人不會寫詩。」結果完全出乎意料之
外，在徵件活動的一個多月中，收到台灣本地及大陸香港，及東南
亞各地將近三千首作品，顯然嚴苛的要求並沒有嚇走真正愛詩的人
一試的勇氣，反而限制越嚴越能突破作家的慣常思考模式，而製造
出新的效果，這三千首應徵來的詩可以作證。詩之有形格律本來係

一種設限，讓詩在一定規範內發揮，不致盡興浪漫到沒有規矩，也是詩美的要求。同時至少已因各種設限，達到古詩所要求的「句要藏字，字要藏意」，及「刪蕪就簡，句絕而意不絕」的制約目的。這些徵求來的從一百五十一字創造出的限制性寫作的詩，已精選了一百五十一首，編成一本《一五一時》詩選集，以撲克牌盒大小的形式出版，適合愛詩者的隨身翻閱。

二、題材的開發不遺餘力。曾經執掌文壇大旗的魯迅先生，對新詩一向不太友善。他曾撰文說：「沒有非凡的才華，最好不要寫詩，好詩讓唐朝人寫光了。」

確實，凡寫詩的人必有非凡的才具，乃天經地義的事。但「好詩讓唐朝人寫光了」就未免太過武斷。一個時代有一個時代的詩，詩是在不斷進化的，不是詩到唐朝就到此為止。我們的新詩走到而今，好詩是否寫光恐怕誰也不敢下定論，倒是該寫的題材好像已經寫盡，以致一再炒剩飯，一再的感嘆來，感慨去，了無新意。剛出道時寫出的詩，直到成為資深詩人，仍是那個老腔老調，數十年如一日的這樣「自作應聲之蟲」（錢鍾書批陸游的重話）。

這在當代的台灣的年輕詩人眼中，是大不以為然，絕對不會去效法的。他們奉行袁枚所說「但肯尋詩便有詩」那句話，同時也牢記台灣第一代詩人覃子豪先生的那句：「詩，是游離於情感和字句以外的東西；是一個未知的探求。」他們要努力開發新題材，新意象。即使舊題材，也必須去探求一具創意的表現。《衛生紙》詩刊即是響應向未知探求應運而生。

另外詩材向高深的經典探尋也是一個方向。中生代詩人黃漢龍寫了一本詩集叫《詩寫易經》。《易經》是一部聽到就會感覺敬畏，始終不敢隨意進入的天書，可以說從來沒有新詩人在這麼富哲理的經書

中去找寫作材料，縱然現在已有人在搞「身體寫作」，在組「垃圾詩派」等等向形而下的所在去尋「詩」，否定朝向形而上的區塊去攀爬。

《易經》是在說明宇宙現象「變」的道理。《易經》六十四卦，每個組合中都有人情、物理、事態的象徵意涵，內容牽涉之廣簡直不可想像。因之欲以白話新詩建構一個全新的「卦」來，首先就必須有全新的宇宙現象「變」的知識，使得解出來的卦能切合現時代的演進，而不是舊爻辭的複述，且仍不脫前人解卦的原旨。黃漢龍君的《詩寫易經》實已窮研「易理」達二十餘年，請益各方教授專家，得到一些心得，始才逐步以現代的解構方法，從原卦象中釋出合乎現代的新意，以通俗易解的詩的語言，悟出一些現代人所能感受的道理來。這種從不可能的冷僻處找詩材的開發，已受到普遍的肯定，有令人耳目一新之感。

三、關懷弱勢族群，發揮普世的同情心，也是現代台灣詩人寫詩著眼的所在。來自金門的青年詩人黃克全近年曾出版過一本詩集《兩百個玩笑》，封面上特別標明：「給那些遭時代及命運嘲弄的老兵。」這些一九四九年前後撤退來台的老兵，多半係因戰亂少小離家失學的一群，年邁解甲後，由於謀生能力薄弱，多半只能以剩餘的勞動力，求溫飽於下層社會，生存的狀況可能尚不如在未解甲前在軍中的穩定。黃克全花兩年的時間訪談了分散在全台各地的兩百位老兵，或查相關資料，以詩的筆力為這些曾經為國效力，現在猶困苦的掙扎在生活邊緣，現已七老八十的老兵，寫詩立傳，使他們卑微而苦難的一生，不會成為歷史的缺角。值此一個悲慘的時代快已失去它應有記憶的時候，黃克全這位現代詩人勇於為這些被命運捉弄的老兵效力，實在應該向他致敬。

年輕詩人詩的注意力，更瞄向世界各個角落。今年台灣的全國學生文學獎，大專學生新詩徵件中，其第一、二名得獎作品分別為

〈給孩子的一首詩〉和〈加薩走廊〉。得獎者均為非文科的準碩士生。〈給孩子的一首詩〉分五個子題，分別為〈緬甸風災〉、〈汶川教室〉、〈愛滋兒〉、〈兒童兵〉和〈棄嬰〉。五首短詩寫盡世間各地兒童慘遭各種不幸的災難和對待，可說字字滴血，處處椎心。使人懷疑這是一個被上蒼遺忘的世界，諸神疏忽眷顧的幾處人間角落。這些詩對不幸孩子的深刻同情貫穿全局，結構有機，發展分明，取喻生動，已是多年難得的詩的上品。

〈加薩走廊〉為現今中東以巴衝突火拼之地，多年世仇，一直無解，永無寧日。每日雙方火箭交織，無辜居民死傷無數，又以兒童為最多。在我們這遠方島上的詩人多感多悲、多痛楚的筆觸發掘下，在作者靈思驅動的意象表邊達中，詩句所透露出的悲愴憤懑，讓人心驚肉跳，詫異不解人類為何要如此自相殘殺。這是一首具世界觀的人道關懷泛愛詩，詩的光熱至少已給紛擾的世界帶來幾分警惕的作用。

四、詩歌文字的基本體認，已是台灣資深詩人最近所關注的重點。新詩的發展越來越令人擔心之處，乃在自現代主義提倡以來，造成詩發展的兩個極端：一是語言乾澀難解如踢到鐵板，令人不得其門而入；另一端則又一清如水，找不出幾隻跳竄的小蝦米。這兩種前者為現代主義或後現代主義的餘緒，後者則是所謂「詩到語言為止」的新寵，各有一群死忠在堅持護衛，各自欣賞自己的成長和果實。然而詩之外的一般反應不是如他們所預期的好，通常是還沒有看兩句，便會說：「這哪裡是詩，根本看不懂，句子都不通。」對另一極端的反應則是：「這也是詩？比我那剛入幼稚園的孩子說話還幼稚。」詩人對這些反應通常是嗤之以鼻。他們會說：「詩不是要人看懂的，是看有否從中得到感受。」至於說某人詩連三歲小孩說話都不如，則會強辯：「詩人本來就應有稚子之心，這有什麼好奇怪？」

這些話都言之成理，問題是如果詩中句子連最基本的文字通順都達不到，要人從中感受到什麼？童言稚語尚有天真可以享受，毫無任何成份的白話，哪還有詩的美感可言？

　　因此，我們對新詩是否能成為一種被承認的文體，可以拿來和小說、散文一樣當作作文的考試題，都予以存疑。古代的科舉考試最重要的一關，是首先必須要作規定非常嚴苛的試帖詩。最近大陸福建省在舉辦高等考試時，寫作文可以各種文體不限，唯獨不可用詩歌體寫，認為詩無定則，無法評出應給分數。台灣其實早就避免用新詩來寫作文，想必也是難定分數。台灣的各種考試試題中出現新詩是在選擇題，從某詩人一句詩或某一段詩出現四種解釋，從中找出標準答案。然所定標準答案，有時也並非作者原意。新詩的不被承認拿來做作文考題，其尷尬就在這裡。

　　余光中先生是台灣中華語文教育促進協會的理事長，也是知名詩人，他一向主張詩應深入淺出，簡練的文言文和通俗的成語用在詩文中，一樣可達含蓄且具美感的目的。因此我們在談詩和評審詩的場合，都特別注意詩語言的通順表達，因為一般人的所謂不懂詩，實際是詩文字不通所造成，不通才會不懂其意。即使詩人使用一些使詩含蓄的修辭技巧，如象徵、暗示、頂真或通感等，詩意也仍有跡可循，且更增加詩耐咀嚼的味道。這也是台灣當代詩歌，我們欲使其更臻於完美的努力方向。

（按第二屆中國詩歌節於 2009 年 5 月 23 日至 28 日在陝西西安市召開，本人及鄭愁予、尹玲、綠蒂應邀參加。此為本人發表之論文，
刊印於會議論文集）

台灣詩歌的突破與自律

——成長中台灣現代詩的特色

一、前言

　　在此高喊全球化、世界村的今天，一切都得像生產線上所要求的標準化一樣，製造出品牌規格一致的作品，做批量劃一的行銷，這是當今世界經濟發展的普遍趨勢，無非是想降低成本，刺激消費，謀取暴利。所幸的是，也算是文化財的詩的這一區塊，似乎尚無人有興趣來染指，甚至還對之冷漠。詩好像是個被人看扁的自閉兒，與一般大眾無關，大眾也不在乎詩是否存在。如今資訊發達，知識流通，獨有詩在孤芳自賞，不欲人知，是不是詩會與人間脫節，與世界脫軌呢？這應該是一個值得探討的問題。在那些把詩看成可以「燭照三才，輝麗萬有」的老一輩人的眼中，會認為這將是詩文化斷裂或萎縮的象徵，茲事體大，該復興詩運。然在熟知詩與其他生物無異，具興滅繼絕的命定，詩不振，其實乃是重生的先兆或思變的前因，不必那麼擔心。王國維先生說得好：「文體既久，染指遂多，自成習套，豪傑之士，亦難於其中自出新意，故遁而做他體，已自解脫，一切文體始盛，皆由於此。」也許可以這樣解釋詩的顛躓命運。

　　在我認為，詩絕對是一種個性產物，不可能像生產線上規格或品牌統一的產品，或與軍旅一樣穿同樣制服的詩人。因此詩絕不可能全球化，詩人也不可能聚居成一個世界村。我們的詩也應該對外

強調這是「有中國特色的現代詩或新詩」。而台灣這個小島，由於四面被海隔離，海洋文化的浸染，也可形成自己的特色，成為「具有台灣特色的現代詩或新詩」。台灣文化根源也包含著中華文化的要素，具台灣特色自不可能脫離博大精深的中國特色，然亦不能否認，台灣這幾十年來，自行發展出來的台灣風韻，和對詩前途的認知，也必有其存在的價值，和值得重視討論的空間。

二、台灣現代詩早期發展概況

台灣是東海上一個番薯形的島嶼，由於四面環海，氣候溫和、人民勤奮，物產豐饒，一直是外國殖民主義者眼中的一塊肥肉，先後曾被荷蘭、西班牙、法國人、日本人所染指。日本人佔領了五十年，他們拚命發展台灣的農漁業，台灣簡直就成了日本人後院的糧倉。也就是由於深受殖民之苦，島居的台灣人民不免隨時想求得擺脫，達到獨立自主的地位。二次戰後，日本戰敗，台灣回歸祖國，被外國人統治過的台灣人民，瘋狂的迎王師回朝，痛訴被異族統治所遭受的苦難。然而由於一九四七年二月二十八日的一場警民衝突的誤解，軍隊鎮壓造成人民傷亡，從此這場衝突成了台灣人民的暗傷，進而把隨國民政府撤退來台灣所有的軍民都視為新的殖民統治者，無論任何善意改革措施，都被視作居心不良，且被視為外來政權。一九四九年前後來台灣的外省人始終背負著外來入侵者的原罪。

戰後來台灣的詩人，早一代的少數幾個，在渡海來台驚魂未定的喘息下，就開始在報紙副刊發表作品。而原受過日本教育的台籍詩人，在跨語言的艱困下，不純熟的使用漢語寫詩，共同為台灣詩

歌的前途，撒下傳承的火種。首先「現代詩」、「藍星」、「創世紀」
三大詩社相繼成立，各擁有一批年輕詩人加入行列，為詩效命。「現
代詩」是現代主義的大本營，主張「橫的移植，強調知性」。藍星則
一方面要面對現代的進步改革，也不能放棄承續中國詩的優良抒情
傳統，認為當時的台灣尚是農業時代，不急著全面回應西方工業社
會所要求的現代化。「創世紀」，初創主張新民族詩型，出刊十三期
後，徹底投向現代，且要奉行超現實主義寫作。這些朝現代激進行
為和寫出的作品，招致保守的蘇雪林教授和新聞主筆言曦等人的撻
伐。五十年代所掀起的那場新詩改革運動，和前所未有的數次新詩
論戰，為台灣新詩的走向從激烈的辯論中，似乎找到了一線往前推
進的曙光（見本人所撰〈五〇年代的台灣現代詩〉，載《詩中天地寬》
詩隨筆集，2006 台灣商務版）。最後保守的學者及對詩死忠的專家，
雖然敵不過所謂現代潮流而敗北，然在勝利的現代主義擁護的一
方，卻也流入了詩過於知性，而致晦澀難懂的危機。這當是過度引
入西方現代主義潮流，放棄中國詩歌一直以來的抒情傳統，將具圖
像意義的方塊字，當作拼音文字寫詩的結果。知性的強調是西方工
業革命所必需的手段，為了實事求是，要求工差精密，不宜有任何
浪漫想法和情緒誤差摻入工序之中，否則破壞整個工程的演進。然
在詩文學上，就純靠廣袤無邊的想像空間做馳騁的腹地，捕捉虛實
巧配的意象為首要目標。一首詩可以無理而趣，但絕不能是嚴絲合
縫的文字拼圖，沒有半點柔情可以獲致的概念式空寂享受。台灣現
代化的詩改革，在當時存在主義和虛無思想的植入配合下，雖巧妙
的躲過了無所不在的白色恐怖審查（censorship），然亦走入了僵化
冷漠的死胡同，詩之被人唾棄遠離，可以說早在那時就已開始。然
而不可否認，台灣六十至七十年代間，正是「現代詩」意興風發的

一段黃金時段，年輕詩人前仆後繼的投入現代詩的行列，有的虛無，有的超現實，有的更具水手刀的架勢，毫不顧及外在的反感，志得意滿的埋頭寫只有自己人才看得過癮的現代詩。

　　然而物極必反是命定必有的輪回，首先屬於台灣省籍「笠」詩社多數的鄉土詩人就站出來對抗，認為詩不可過度西化，不可遠離自己土生土長的家園；而另一敲自己的鑼、打自己的鼓的「龍族詩社」的詩人，雖然絕大部份也是本土詩人，也提出詩應有自己的民族個性。再加上一心以承接中國詩的抒情傳統為職志的「藍星詩社」諸君子，和主張健康明朗的「葡萄園」詩社的詩人，詩的局面總算有了比較持平的發展，不再偏執於「現代」的一端。可以說，首先發難成立「現代派」的紀弦大老，在受到各方壓力下，及時站出來力主解散現代派（見紀弦撰〈表明我的立場〉一文，載 1960/5/10《藍星詩頁》第 18 期），接著宣導詩的「大植物園」主張，這才使得台灣的詩以後呈多元發展的趨勢。保守的一方可以放膽的做著詩的太平歲月平康好夢。醉心現代的，仍然在做詩的先鋒，仍然跟定世界潮流，超現實主義仍然是他們的追求目標；同時也跟著進入「後現代」狀況，喊出顛覆、解構、反崇高、反傳統等響亮口號。而介於這兩者之間的本省籍詩人的詩刊《笠》，則以一貫的批判態度，以詩作為當頭棒喝，對現實和執政當局發出在野的諍言。這三股詩壇的力量，並沒有因意識形態的差異，而相爭執，大家相互尊敬，一直相安無事、相敬如賓的各為自己詩的理想而奮鬥。台灣地狹人稠，詩人遠離政治，遠離意識的偏見，各自發展自己的興趣，倒是共同的默契，也是詩能平順發展的遠因。

三、社會轉型及兩岸開放對詩的衝擊

　　然而隨著台灣社會形態的轉變，由靠香蕉、稻米為主要出口的農業社會，慢慢轉型為加工出口導向的準工業社會，進而轉化為生產製造的正式工業社會，經濟環境一躍而為亞洲四小龍之首，以及政治上要求民主自由的聲浪日增，台灣社會進入一個全新的現代化局面，已勢不可免。而詩作品亦必隨著社會環境變化與時俱進，做廣泛的、溫和的現代追求，做到詩不可與人遙隔，更不可隨物欲沉淪墮入不思長進的超慢速進化或停滯。

　　跟著一九八五年兩岸開放交流，兩岸詩人像久別親人重逢一樣的親密擁抱，對台灣詩壇最大的衝擊是，來自大陸全國各地的詩作如潮的湧入，台灣幾家全由詩人自己集資出版的詩刊（台灣從未有官辦詩刊及文學雜誌），幾全為大陸來稿所淹沒。然而究竟兩岸隔離已四十年，由於意識形態不同所影響的文化差異，對詩的認知和表現方法是有著一時難以適應，且處理上費斟酌的尷尬。但台灣各詩刊仍熱情的接受投稿，有的一本詩刊上幾乎百分之八十以上篇幅都是大陸詩人作品，常被人譏諷為台灣出版的「大陸詩刊」。在此同時，大陸的「朦朧詩」和跟著「崛起的一代」詩運動，如火如荼的吸引著年輕大陸詩人。台灣詩壇對這些類似五十年代台灣詩的現代化改革，也賦予關注報導，並選刊一些作品做介紹。在接近八十年代末期，藍星詩社的《藍星詩季刊》舉辦「屈原詩獎」，首次接納海內外華文詩人作品參與競賽。評比結果，在來自台、港、澳、大陸及美、加、德、日、瑞典、泰國、菲律賓、新加坡、馬來西亞等地應徵詩作一百六十八篇中，選出前三名和佳作三名。很令人意外的是，評選結果的前三名均為大陸青年詩人所得，最後不得不追加兩個二三

名給台灣本地詩人，以平衡視聽（來應徵作品均經重新列印，並只有編號，評審人員只能就作品論作品，無從得知作者一切）。得獎的大陸三位詩人分別來稿自湖南隆回、陝西寶雞及河南長垣，都在當地低層社會工作。所有這些參獎入圍的作品內容，既非大陸傳統詩歌的工農兵語言，亦非傷痕文學式的控訴，更不是「朦朧詩」，也非崛起一代的前衛。無論題材、語言和修辭都像直接傳承自固有中國詩傳統的溫柔敦厚，質樸謙和，韻味十足，顯與台灣一脈相承的溫和現代主義詩人所經營的藝術氛圍相契合。這種結果，顯示大陸民間詩的資源蘊藏豐富，且表現自由活潑，具真正中國詩歌固有的藝術美感。台灣詩人的作品在兩岸開始交往時，曾被評家認為台灣的詩品質超前大陸至少二十年，競賽結果台灣詩人全部敗北，分明已出現彼優我劣、彼進步我停滯的警訊和隱憂，台灣詩壇必須有所檢討因應。一九九二年是台灣現代詩的能否存續的一個轉捩點，首先是我所主編的《藍星詩季刊》在編完第三十二期以後，由於支持的出版社財務緊縮而撤資停刊。而在同年年底，出版發行了二十年的「年度詩選」亦宣佈不再編選。這兩項台灣最重要的詩的資源突然告急，「詩之死亡」之說，又死灰復燃。因而遂有中生代詩人欲重組一新形態的詩刊，以繼續承接台灣詩的香火之議。這便是一九九二年十二月以「挖深織廣，詩寫台灣經驗。剖情析采，論說現代詩學」為宗旨的《台灣詩學季刊》的創立。

四、《台灣詩學季刊》帶來詩的積極面

　　《台灣詩學季刊》成立的最顯著特點，一是所有成員除唯一老生代的本人我以外，其他十三人均為中生代的實力派，且均為中文

碩博士（女詩人尹玲先獲台大中文博士，復獲法國巴黎第七大學文
學社會學博士）在各大學中文系任教或任系主任。同仁李瑞騰博士
於中央大學文學院長任內，借調為台灣文學館館長。所有同仁的詩
創作、詩評論、詩教學均為一時之選，且均經歷年各大文學獎詩類
評比之歷練（同仁唐捐博士曾於台灣全國學生文學獎詩獎，自高中
至博士班各學程計有九次得獎紀錄）。《台灣詩學》並非如過去由志
同道合的詩人集資創辦，專供社內同仁發表作品的詩刊，此為一開
放性的詩創作及詩學研究刊物，以詩創作為主，理論批評為輔。自
創刊伊始即採計劃性編輯，每期設一主題（各期主題早在三個月前
即已預告），廣納各方就主題範圍內所寫之優良詩作，顯然在做經常
性的文學評比篩選。而對詩的發展則以論說方式，採取建設性的批
評，和漸進性的啟發和培植，且不做任何門類派別的主張，純粹就
詩論詩，凡有創意且脫俗的作品均會得到鼓勵。在創刊之初並於每
月舉辦「挑戰詩人」公開座談，讓人對新詩的存在與發展採取正面
嚴肅的看待。

　　《台灣詩學季刊》在發行十年後的第四十期（2002/12）做階段
性的結束（已製成電子書存檔，請查 http://www.ntut.edu.tw/-thchuang/
tpq/00.htm/），自二○○三年開始做全面性的改版轉型，正式進入學
術殿堂的境界。其一為以發表新詩論述為主之《台灣詩學學刊》，刊
出之作品採學術論文式之審稿制，每篇論文來稿均須經外聘之三位
匿名評審通過，方予刊登，於每年五月及十一月刊行兩期。其二為
《台灣詩學網路創作版》，配合以書面發行之《吹鼓吹詩論壇》同步
發行。該刊稿件除部份邀稿外，餘均以上網投稿為原則。其網刊內
含分類細密多途，計有「詩創作投稿區」，內又分各種類詩的專欄版
面，各版面設版主負來稿登錄之專責。所有貼出詩作，每三月精選

一次，每半年再總淘汰一次，再刊發於紙本《吹鼓吹詩論壇》。另有「論述投稿區」、「超文本投稿區」、「台灣詩學詩戰場」、「台灣詩學新聞台」等欄目（網路版常有更新的發展，詳請查看 http://www.taiwanpoetry.com）。紙本之《吹鼓吹詩論壇》於每年三月及九月刊行兩期，除固定之「詩家詩篇」及「詩家論評」欄目外，另每期均有專題詩展及每半年網路詩選評比揭曉，再配以大學及少年詩園，翻譯介紹及訪問等欄目，形成一廣納百川，內容極為豐富多彩，適合各類型對詩有興趣的人閱讀。《台灣詩學》兩刊一報（網路電子報）之組合，形成「詩寫」與「論說」並舉，再加上網路版詩論壇的 online 立時淘汰賽，可說為當今詩刊發行之最新創舉，全世界各地尚無此考慮周詳、澤被所有愛詩人的詩歌發行刊物。《台灣詩學》的確立打破台灣現代詩一直未能進入文學殿堂，在學院開立現代詩課程並授予學位之神話。

當然台灣各詩刊追求新的發展改進，並非只有《台灣詩學》一家，其他各歷史悠久的詩刊，如《創世紀》、《笠》、《葡萄園》、《秋水》等均在固有的扎實基礎上做不斷的改進，時時有新的面貌。也有幾家更年輕的詩刊出現，發出截然不同於往昔的聲音，如由青年詩人兼劇作家鴻鴻所獨自一人創辦的《衛生紙》詩刊，光看其「稿約」便覺其具卓然不群的氣勢：「本刊選稿無標準，端賴編者的個人口味，只有極為特殊、不同流俗，並難以見容於其他報刊的作品，才會考慮刊登。」似此取稿立場，迥異傳統保守制式的做法，顯露出台灣的現代詩已在年輕一輩詩人的主政下，邁入一個更形自立自主的新境。

五、從積極中尋求詩的突破和自律

　　從近年來台灣現代詩的作品表現和各種相應舉辦的詩活動上看，台灣的現代詩正朝著尋求「突破」和追求「自律」的兩個大方向殊途並進。「突破」和「自律」本乃一相互牴觸矛盾的作為，可以說「突破」代表求進步，求變革，不滿於現存的停滯狀況。而「自律」則為勒住馬的韁繩，保持平穩，使不致輕舉妄動。然而如將兩者針對時弊配合並進，未免不會得出一種相乘效果。其實台灣的詩一直有人在求突破上用功夫，譬如為想突破詩既定的文本的桎梏，欲做跨界或超文本的表現，早在三十年前即有過「視覺詩」及以後自朗誦詩發展成多媒體「詩的聲光」的演出（請查看 http://www.cc.ntut.edu.tw/-thchuang/e/白靈（象天堂）文學網「詩的聲光」演出），兩者均曾數度蔚為一時風氣，為大眾所歡迎。再以後，演進為二〇〇二台北詩歌節的「方塊字的化裝舞會──讀詩的九十九種方法」，讓詩不只是平躺在紙本上的黑色鉛字，詩可以在歌裡、畫裡、舞蹈者的舞姿或流行的服飾，甚至劇場的口白中，大放異彩。除此之外，尚有詩走向全方位藝術的「數字詩展演」（請查看蘇紹連之〈FLASH超文學〉http://netcity.hinet.net/suhwan，及〈向陽工坊〉http://netcity.hinet.net/hylin，以及須文蔚之〈文學看電影〉http://dcc.ndhu.edu.tw/poem）。素有文字魔法師之稱的女詩人夏宇和她的神秘朋友們，也以一種陌生的「伊爾米弟索」語展演詩歌，製造迷幻氛圍，蠱惑愛詩又好奇詩的信眾。直至現在的二〇一〇年這股跨界及超文本的潮流，仍由一批六十及七十後或八十初的詩人在庚續作出各種欲突破現狀的詩作嘗試。他們有時做出作品展示，或發表在《台灣詩學吹鼓吹論壇》或《乾坤詩刊》。其中以念社會學有成的六十後詩人林德

俊，對這種台灣現代詩書寫新旅程的追求最力，他試圖翻轉一切詩的典律，破解詩史中常情化的規則、定見，讓我們看到，也能碰觸到詩的無所不在。生活中，物件上隨處都附著有詩，沾著有詩或鑲嵌得有詩。有時看似被詩附著的物體，本身即是詩的原型。他有一本著作名叫《樂善好詩》，裡面有名家向陽教授對他這種新型詩創作的剖析引薦，更有他新創作品的圖鑑。更有一批年輕的同好組織「玩詩合作社」創造出各種跨界的詩作，不時在展示或刊發在詩刊上，使人覺得詩與人的距離不再那麼遙遠，隨時可有與詩親暱的可能（詳見本人所撰〈大家來玩詩——順便談詩的越界表現〉一文，載二〇一〇年元月號《明道文藝》）。

六、從「限制性寫作」中學習詩的自律

我們的詩從三十年代韻律解放形成所謂「自由詩」以後，在漫無章法的表現中，即不斷有人，想從中找出一些能辨識得出成為一首詩的最低規格的要求或標準。譬如五四以後的「新月詩派」詩人聞一多，即對當時寫詩的太隨便，以為將白話分行便是詩的現象不以為然，他以下棋來比喻寫詩，認為下棋不能沒有規矩亂擺棋子，寫詩也不能完全沒有格律的規範而寫出好詩來。因此他提出詩應有音樂的美（音節）、繪畫的美（詞藻）和建築的美（節的勻稱和句的均齊），這樣詩的新美學標準。他特別著重在詩應有「建築的美」，他的名詩〈死水〉便是依此構想寫成，每段四行，每行九個字：

這是一溝絕望的死水

這裡斷不是美的所在

　　不如讓給醜惡來開墾

　　看他造出個什麼世界

　　但是聞一多這種新格律體的詩，一出來便被人罵翻，認為不過是為推翻了的舊詩復辟，且被諷刺為「豆腐乾體」。自此以後寫詩的人對於詩的形式問題，雖然眼看詩的表現已自由到不可理喻，使人望之卻步的困境，但沒有人敢再倡議詩應有格律規範的任何建議。據知重慶西南師大新詩研究中心，近年已經就應否「新詩二次革命」發出議題，欲從一次革命的詩「破革」，做重新「創格」之舉。並主張建立一套「新詩標準規範」，以使如脫韁野馬的新詩就範。然該項議題已歷經六年，三次大會的討論，似仍無法得到具體結果。

　　新詩在台灣歷經近六十年，由於一直是遵循著自由詩的風格在發展，是以詩的散文化如故，隨意分行提行如故，有的一行只有一個字，有的長行到二三十字。而到近期進入所謂後現代狀況，有的已演變成不分行不分段的板塊形式，甚或散彈槍似的點字化排列（如陳黎的名詩〈戰爭交響曲〉），以及夢幻式的意識流寫作，都一直在各自奉為圭臬的發展，沒有人敢干涉置喙，也從沒有人想用一種形式來規範。事實上大家在沒有標準形式可依的情勢下，只好讓內容來決定形式，創造各自詩的形式。不知是對這種氾濫式的寫作感到厭倦，還是想改變一下表現風氣，於是一些自覺性強的年輕詩人，有意將一種自律性的「限制性寫作」引薦到台灣。所謂「限制性寫作」是由法國文學實驗大師奎諾（Raymond Queneau）於一九六〇年所提倡。他相信限制越苛越能令作家突破慣常的思考方式，創作出更令人激賞的作品。認為嚴肅的文學開拓實奠基於文學遊戲實驗當中。於是台灣的青年女詩人夏夏發揮驚人的創造力，仿照已廢棄

的活版印刷鉛字，自己製作五百餘木刻活版字，從中挑出一百五十一字公佈出來，利用二〇〇七年台北詩歌節的機會，徵求從此有限字數中創作出一首僅六十字以內的詩作（含題目，可自訂），字可重複使用，但不得加入一百五十一以外的任何字。這是一種限制極嚴，可用的文字籌碼極少，較之格律音韻規定嚴苛的古典詩詞更為綁手綁腳，非得有驚人的文字運用功力，實難以發揮的一種寫詩方法。此一消息公佈後，網路上有人預言：「這種玩法讓不會寫詩的人寫詩，讓會寫詩的人不敢寫詩。」結果完全出乎意料之外，在徵件活動的一個多月中，收到兩岸三地及東南亞、英、美、紐、澳等地近三千首應徵作品。顯然限制性寫作，未能嚇走真正欲求新求變的新詩人，反而使他們鼓足勇氣向未知的天塹探險。其實我們的古詩不但要求嚴謹的格律音韻，更必須做到「句要藏字，字要藏意」，及「刪蕪就簡，句絕而意不絕」的制約目的，我們詩的先賢早就知道運用「限制性寫作」來自律詩人了。這些來應徵的大量詩作，經過嚴格挑選，已選出一百五十一首，編成一本只有手機大小的迷你詩集，諧趣性的命名為《一五一時》詩選集，非常受到愛詩者的歡迎。另外前述所謂「詩跨界寫作」的一些作品，事實上早就在回應「限制性寫作」的自律要求了。譬如由詩人林德俊在「聯副文學遊藝場」策劃的「車票詩大行動」，便須在傳統火車票的狹小空間上（在起迄站約二十字的位置處），以頂多二十字（含標點符號）的簡短詩句表達生命歷程的心境與情感。例如女詩人顏艾琳題為〈真愛站到背叛站〉，便有如下的詩句呈現：

　　轉念間
　　過站當終點

　　原本韶華風景

　　下錯站　地獄

　　又如慣於以超現實手法寫詩的老詩人碧果，他的〈甲站到乙站〉車票詩，便讓人必須從簡短的十五個中文字中，悟出一些存在的道理：

　　路　想逃

　　而　未果。

　　唔　選擇你我的

　　是　距離

　　凡此利用微型物件（車票之外，尚有彩券、統一發票、明信片、識別證、廣告標籤等）上狹小空間，因地制宜創作出的詩作，莫不也在限制文字的濫用，及約束詩思免致漫無節制的發揮，是漫無章法自由詩的一種全然反動，也是中國詩傳統精練含蓄的延續，更是在尋求一種新的詩的形式不可得時的一種折衷方法。

七、結論

　　台灣現代詩的近期發展，尚有詩材朝向高深的經典開發一例，如中生代極少露臉的詩人黃漢龍，甘於默默獻身於一本青年期刊達三十年，忽於二〇〇九年出版一本《詩寫易經》的新詩集。原來他已窮二十餘年對「易理」的研究，逐步以現代的解構方法，從原卦象中釋出合乎現代的易理新意，更以通俗易解的詩的語言，悟出現代人能夠感受的天人道理。這種從冷僻處找詩材開發，實也是台灣

現代詩突破困境、新闢坦途的可貴之處。早年來台的第一代詩人覃子豪先生，曾在其最重要一本詩集《畫廊》的序文中有言：「詩，是游離於情感和字句以外的東西，是一個未知的探求，是一種假設正等待我們去求證。」今年將是他百歲冥誕，台灣的詩人並沒忘記他這幾句寶貴的箴言，不斷在做詩的突破開發與奮進。

（2010/6/26，北京大學與北京首都師大兩新詩研究中心，聯合舉辦「兩岸四地當代詩學論壇」，就主題「中國新世紀的回顧與反思」而撰文）
（2010/5/22 凌晨完稿，2010/6/26 於大會宣讀，收錄於本次大會論文集）

語言文學類　PG0643

無邊光景在詩中
──向明談詩

作　　者 / 向　明
責任編輯 / 黃姣潔
圖文排版 / 黃莉珊
封面設計 / 陳佩蓉

發 行 人 / 宋政坤
法律顧問 / 毛國樑　律師
出版發行 / 秀威資訊科技股份有限公司
　　　　　114 台北市內湖區瑞光路 76 巷 65 號 1 樓
　　　　　電話：+886-2-2796-3638　傳真：+886-2-2796-1377
　　　　　http://www.showwe.com.tw
劃撥帳號 / 19563868　戶名：秀威資訊科技股份有限公司
　　　　　讀者服務信箱：service@showwe.com.tw
展售門市 / 國家書店（松江門市）
　　　　　104 台北市中山區松江路 209 號 1 樓
　　　　　電話：+886-2-2518-0207　傳真：+886-2-2518-0778
網路訂購 / 秀威網路書店：http://www.bodbooks.tw
　　　　　國家網路書店：http://www.govbooks.com.tw

2011 年 10 月 BOD 一版
定價：320 元

國家圖書館出版品預行編目

無邊光景在詩中：向明談詩 / 向明著. -- 一版. -- 臺北
市：秀威資訊科技, 2011.10
　　面；　　公分. -- (語言文學類；PG0643)
BOD 版
ISBN 978-986-221-835-8(平裝)

1. 新詩　2. 詩評

820.9108　　　　　　　　　　　　　100017434

讀 者 回 函 卡

感謝您購買本書,為提升服務品質,請填妥以下資料,將讀者回函卡直接寄回或傳真本公司,收到您的寶貴意見後,我們會收藏記錄及檢討,謝謝!
如您需要了解本公司最新出版書目、購書優惠或企劃活動,歡迎您上網查詢或下載相關資料:http:// www.showwe.com.tw

您購買的書名:_____

出生日期:_____年_____月_____日

學歷:□高中 (含) 以下　　□大專　　□研究所 (含) 以上

職業:□製造業　□金融業　□資訊業　□軍警　□傳播業　□自由業
　　　□服務業　□公務員　□教職　　□學生　□家管　　□其它_____

購書地點:□網路書店　□實體書店　□書展　□郵購　□贈閱　□其他

您從何得知本書的消息?

　□網路書店　□實體書店　□網路搜尋　□電子報　□書訊　□雜誌

　□傳播媒體　□親友推薦　□網站推薦　□部落格　□其他_____

您對本書的評價:(請填代號　1.非常滿意　2.滿意　3.尚可　4.再改進)

　封面設計____　版面編排____　內容____　文/譯筆____　價格____

讀完書後您覺得:

　□很有收穫　□有收穫　□收穫不多　□沒收穫

對我們的建議:_____

_____

_____

_____

11466
台北市內湖區瑞光路 76 巷 65 號 1 樓

秀威資訊科技股份有限公司 　　收

BOD 數位出版事業部

....

（請沿線對折寄回，謝謝！）

姓　　名：＿＿＿＿＿＿＿＿＿＿　年齡：＿＿＿＿　性別：□女　□男

郵遞區號：□□□□□

地　　址：＿＿＿＿＿＿＿＿＿＿＿＿＿＿＿＿＿＿＿＿＿＿

聯絡電話：(日) ＿＿＿＿＿＿＿＿＿＿＿　(夜) ＿＿＿＿＿＿＿＿＿＿＿

E - m a i l：＿＿＿＿＿＿＿＿＿＿＿＿＿＿＿＿＿＿＿＿＿＿